季羡林

人间岁月长

季羡林◎著

中国致公出版社

目录 | CONTENT

忆初心

怀师友

花解语

长歌行

幽梦记

有所思

忆初心

女主人没了，少主人也离开了，老狗每天到村内找点东西吃，究竟能够找多久呢？我相信，它绝不会离开那个篱笆门口的，它会永远趴在那里的，尽管脑袋里也会充满了疑问。

我的童年

回忆起自己的童年来，眼前没有红，没有绿，是一片灰黄。

20 世纪初期的中国，刚刚推翻了清代的统治，神州大地，一片混乱，一片黑暗。我最早的关于政治的回忆，就是“朝廷”二字。当时的乡下人管当皇帝叫坐朝廷，于是“朝廷”二字就成了皇帝的别名。我总以为朝廷这种东西似乎不是人，而是有极大权力的玩意儿。乡下人一提到它，好像都肃然起敬。我当然更是如此。总之，当时皇威犹在，旧习未除，是大清帝国的继续，毫无万象更新之象。

我就是在这新旧交替的时刻，于1911年8月6日生于山东省清平县（现改临清市）的一个小村庄——官庄。当时全中国的经济形势是南方富而山东（也包括北方其他的省份）穷。专就山东论，是东部富而西部穷。我们县在山东西部，又是最穷的县，我们村在穷县中是最穷的村，而我们家在全村中又是最穷的家。

我们家据说并不是一向如此。在我诞生前，似乎也曾有过比较好的日子。可是我降生时，祖父、祖母都已去世。我父亲的亲兄弟共有三人，最小的一个（大排行是第十一，我们把他叫十一叔）送给了别人，改了姓。我父亲同另外的一个弟弟（九叔）孤苦伶仃，相依为命。房无一间，地无一垄，两个无父无母的孤儿，活下去是什么滋味，活着是多么困难，概可想见。他们的堂伯父是一个举人，是方圆几十里最有学问的人物，做官做到一个什么县的教谕，也算是最大的官。他曾养育过我父亲和叔父，据说待他们很不错。可是家庭大，人多是非多。他们俩有几次饿得到枣林里去捡落到地上的干枣充饥。最后还是被迫弃家（其实已经没了家）出走，兄弟俩逃到济南去谋生。

我父亲和叔父到了济南以后，人地生疏，拉过洋车，扛过大件，当过警察，卖过苦力。叔父最终站住了脚。于是兄弟俩一商量，让我父亲回老家，叔父一个人留在济南挣钱，寄钱回家，供我的父亲过日子。

我出生以后，家境仍然是异常艰苦。一年吃白面的次数有限，平常只能吃红高粱面饼子；没有钱买盐，就把盐碱地上的土扫起来，在锅里煮水，腌咸菜；什么香油，根本见不到。一年到头，就吃这种咸菜。举人的太太，我管她叫奶奶，她很喜欢我。我三四岁的时候，每天一睁眼，抬脚就往村里跑（我们家在村外）。跑到奶奶跟前，只见她把手一卷，卷到肥大的袖子里面，手再伸出来的时候，就会有半个白面馒头拿在手中，递给我。我吃起来，仿佛是龙胆凤髓一般，我不知道天下还有比白面馒头更好吃的东西。这白面馒头是她的两个儿子（每家有几十亩地）特别孝敬她的。她喜欢我这个孙子，每天总省下半个，留给我吃。在长达几年的时间内，这是我每天最高的享受，最大的愉快。

大概到了四五岁的时候，对门住的宁大婶和宁大姑，每到夏秋收割庄稼的时候，总带我走出去老远，到别人割过的地里去拾麦子或者豆子、谷子。一天辛勤之余，可以捡到一小篮麦穗或者谷穗。晚上回家，我把篮子递给母亲，看样子她是非常喜欢的。有一年夏天，大概我拾的麦子比较多，她把麦粒磨成面粉，贴了一锅面饼子。我大概是吃出味道来了，吃完了饭以后，我又偷了一块吃，让母亲看到了，赶着要打我。我当时是赤条条的，浑身一丝不挂，我逃到房后，往水坑里一跳。母亲没有法子下来捉我，我就站在水中把剩下的白面饼子尽情地享受了。

现在写这些事情还有什么意义呢？这些芝麻绿豆般的小事是不折不扣的身边琐事，使我终生受用不尽。它有时候能激励我前进，有时候能鼓舞我振作。我一直到今天，对日常生活要求也不高，对吃喝从不计较，难道同我小时候的这些经历没有关系吗？我看到一些独生子女的父母那样溺爱子女，也颇不以为然。儿童是祖国的花朵，花朵当然要爱护，但爱护要得法，否则无疑是坑害子女。

不记得是从什么时候起，我开始学着认字，大概也总在四岁到六岁之间。我的老师是马景功先生。现在我无论如何也记不起有什么类似私塾之类的场所，也记不起有什么《百家姓》《千字文》之类的书籍。我那一个家徒四壁的家就没有一本书，连带字的什么纸条子也没有见过。反正我总是认了几个字，否则哪里来的老师呢？马景功先生的存在是不能怀疑的。

虽然没有私塾，但是小伙伴是有的。我记得最清楚的有两个：一个叫杨狗，我前几年回家，才知道他的大名，他现在还活着，一字不识；另一个叫哑巴小（意思是哑巴的儿子），我到现在也没有弄清楚他姓甚名谁。我们三个天天在一起玩，洑水、打枣、捉知了、摸虾……不见不散，一天也不间断。后来听说哑巴小当了山大王，练就了一身蹿房越脊的惊人本领，能用手指抓住大庙的椽子，浑身悬空，围绕大殿走一周。有一次他被捉住，是寒冬腊月，赤身露体，浇上凉水，被捆起来，倒挂一夜，仍然能活着。据说他从来不到官庄来作案——兔子不吃窝边草，这是绿林英雄的义气。后来终于被捉杀掉。我每次想到这样一个光着屁股游玩的小伙伴，竟成为这样一个“英雄”，就颇有骄傲之意。

在故乡只待了六年，我能回忆起来的事情还多得很，但是我不想再写下去了，已经到了同我那个一片灰黄的故乡告别的时候了。

我六岁那一年，是在春节前夕，公历可能已经是1917年，我离开父母，离开故乡，是叔父把我接到济南去的。叔父此时大概日子已经可以了，他兄弟俩只有我一个男孩子，想把我培养成人，将来能光大门楣，只有到济南去一条路。这可以说是我一生中最关键的一个转折点，否则我今天仍然会在故乡种地（如果我能活着的话），这当然算是一件好事。

到了济南以后，过了一段难过的日子。一个六七岁的孩子离开母亲，他心里会是什么滋味，非有亲身经历者，实难体会。我曾有几次从梦里哭着醒来。尽管此时不但能吃上白面馒头，而且还能吃上肉，但是我宁愿再啃红高粱饼子就苦咸菜。这种愿望当然只是一个幻想。我毫无办法，久而久之，也就习以为常了。

叔父望子成龙，对我的教育十分关心。先安排我在一个私塾里学习。老师是一个白胡子老头儿，面色严峻，令人见而生畏。每天入学，先向孔子牌位行礼，然后才是赵钱孙李。接着，叔父又把我送到一师附小去念书，这个地方在旧城墙里面，街名叫升官街，看上去很堂皇，实际上“官者，棺也”，整条街都是做棺材的。此时五四运动大概已经起来了。校长是一师校长兼任，他是山东得风气之先的人物，在一个小学生眼里，他是一个大人物，轻易见不到面。想不到在十几年以后，我大学毕业到济南高中去教书的时候，我们俩竟成了同事，他是历史教员。我执弟子礼甚恭，他则再三逊谢。我当时觉得，人生真是变幻莫测啊！因为校长是维新人物，我们的国文教材就改用了白话。教科书里面有一篇课文，叫作《阿拉伯的骆驼》。故事是大家熟知的，但当时对我却是陌生而又新鲜，我读起来感到非常有趣味，简直是爱不释手。然而这篇文章却惹了祸。有一天，叔父翻看我的课本，我只看到他蓦地勃然变色。骆驼怎么能说人话呢？他愤愤然了：这个学校不能念下去了，要转学！

于是我转了学。转学手续比现在要简单得多，只经过一次口试就行了。

而且口试也非常简单，只出了几个字叫我们认，我记得字中间有一个“骡”字。我认出来了，于是定为高一。另一个比我大两岁的亲戚没有认出来，于是定为初三。为了一个字，我占了一年的便宜，这也算是逸事吧。

这个学校靠近南圩子墙，校园很空阔，树木很多。花草茂密，景色算是秀丽的。在用木架子支撑起来的一座柴门上面，悬着一块木匾，上面刻着四个大字：循规蹈矩。我当时并不懂这四个字的含义，只觉得笔画多得好玩而已。我就天天从这个木匾下出出进进，上学，游戏。当时立匾者的用心，到了后来我才了解，无非是想让小学生规规矩矩做好孩子而已。但是用了四个古怪的字，小孩子谁也不懂，结果形同虚设，多此一举。

我循规蹈矩了没有呢？大概是没有。我们有一个珠算教员，眼睛长得凸了出来，我们给他起了一个绰号，叫作 Shao-qianr（济南话，意思是知了）。他对待学生特别蛮横。打算盘，算错一个数，打一板子。打算盘错上十个八个数，甚至上百数，是很难避免的。我们都挨了不少板子。不知是谁一嘀咕：我们架（小学生的行话，意思是赶走）他！立刻得到大家的同意。我们一群十岁左右的小孩子也要造反了。大家商定：他上课时，我们把教桌弄翻，然后一起离开教室，躲在假山背后。我们自己认为这个锦囊妙计实在非常高明，如果成功了，这位教员将无颜见人，非卷铺盖回家不可。然而我们班上出了叛徒，虽然只有几个人，他们想拍老师的马屁，没有离开教室。这一来，大大助长了老师的气焰，他知道自己还有群众，于是威风大振，把我们这一群不知天高地厚的叛逆者，狠狠地用大竹板把手心打了一阵。我们每个人的手都肿得像发面馒头，然而没有一个人掉泪。我以后每次想到这一件事，就觉得完全可以写进我的优胜计略中去。

谈到学习，我记得在三年之内，我曾考过两个甲等第三（只有三名甲等），两个乙等第一，总起来看，属于上等；但是并不拔尖。实际上，我当时并不用功，玩的时候多，念书的时候少。我们班上考甲等第一的叫李玉和，年年都是第一。他比我大五六岁，好像已经很成熟了，死记硬背，刻苦努力，天天皱着眉头，不见笑容，也不同我们打闹。我从来就是少无大志，一点儿也不想争那个状元。但是我对我这一位老学长并无敬意，还有点儿瞧不起的意思，觉得他是非我族类。

我虽然对正课不感兴趣，但是也有我非常感兴趣的东西，那就是看小说。我叔父是古板人，把小说叫作“闲书”，闲书是不许我看的。在家里的时候，我书桌下面有一个盛白面的大缸，上面盖着一个用高粱秆编成的盖垫（济南话）。我坐在桌旁，桌上摆着《四书》，我看的却是《彭公案》《济公传》《西游记》《三国演义》等旧小说。《红楼梦》大概太深，我看不懂其中的奥妙，黛玉整天哭哭啼啼，为我所不喜，因此看不下去。其余的书都是看得津津有味。冷不防叔父走了进来，我就连忙掀起盖垫，把闲书往里一丢，嘴巴里念起“子曰、诗云”来。

到了学校里，用不着防备什么，一放学，就是我的天下。我往往躲到假山的背后，或者一个盖房子的工地上，拿出闲书，狼吞虎咽似的大看起来。常常是忘记了时间，忘记了吃饭，有时候到了天黑，才摸回家去。我对小说中的绿林好汉非常熟悉，将他们的姓名背得滚瓜烂熟，连他们用的兵器也如数家珍，比教科书熟悉多了。我自己当然也希望成为那样的英雄。有一回，一个小朋友告诉我，把右手五个指头往大米缸里猛戳，一而再，再而三，一直戳到几百次，上千次。练上一段时间以后，再换上砂粒，用手猛戳，最终可以练成铁砂掌，五指一戳，能够戳断树木。我颇想有一个铁砂掌，信以为真，猛练起来，结果把指头戳破了，鲜血直流，知道自己与铁砂掌无缘，遂停止不练。

学习英文，也是从这个小学开始的。当时对我来说，外语是一种非常神奇的东西。我认为，方块字是天经地义，不用方块字，只弯弯曲曲像蚯蚓爬过的痕迹一样，居然能发出音来，还能有意思，简直是不可思议。越是神秘的东西，便越有吸引力。英文对于我就有极大的吸引力。我万万没有想到，望之如海市蜃楼般的可望而不可即的东西竟然唾手可得了。我现在已经记不清楚，学习的机会是怎么来的。大概是有一位教员会一点儿英文，他答应晚上教一点儿，可能还要收点儿学费。总之，一个业余英文学习班很快就组成了，参加的大概有十几个孩子，究竟学了多久，我已经记不清楚，时候好像不太长，学的东西也不太多，26 个字母以后，学了一些单词。我当时有一个非常伤脑筋的问题：为什么“是”和“有”算是动词，它们一点儿也不动嘛。当时老师答不上来；到了中学，英文老师也答不上来。当年用动词来译英文 verb 的人，大概不会想到他这个译名惹下的祸根吧。

每次回忆学习英文的情景时，我眼前总有一团凌乱的花影，是绛紫色的芍药花。原来在校长办公室前的院子里有几个花畦，春天一到，芍药盛开，都是绛紫色的花朵。白天走过那里，紫花绿叶，极为分明。到了晚上，英文课结束后，再走过那个院子，紫花与绿叶化成一个颜色，朦朦胧胧的一堆一团，因为有白天的印象，所以还知道它们的颜色。但夜晚的眼前，却只能看到花影，鼻子前似乎有点儿花香而已。这一幅情景伴随了我一生，只要是一想起学习英文，这一幅美妙无比的情景就浮现到眼前来，带给我无量的幸福与快乐。

然而时光像流水一般飞逝，转瞬三年已过：我小学该毕业了，我要告别这个美丽的校园了。我十三岁那一年，考上了城里的正谊中学。我本来是想考鼎鼎大名的第一中学的，但是我左衡量，右衡量，总觉得自己这一块料分量不够，还是考与烂育英齐名的破正谊吧。我上面说我幼无大志，这又是一个证明。正谊虽破，风景却美：背靠大明湖，万顷苇绿，十里荷香，不啻人间乐园。然而到了这里，我算是已经越过了童年，不管正谊的学习生活多么美妙，我也只好搁笔，且听下回分解了。

综观我的童年，从一片灰黄开始，到了正谊算是到达了一片浓绿的境界，我进步了。但这只是从表面上来看，如果从生活的内容上来看，依然是一片灰黄。即使到了济南，我的生活也难找出什么有声有色的东西。我从来没有什么玩具，自己把细铁条弄成一个圈，再弄个钩一推，就能跑起来，自己就非常高兴了。贫困、单调、死板、固执，是我当时生活的写照。接受外面信息，仅凭五官。什么电视机、收录机，连影儿都没有。我小时连电影也没有看过，其余概可想象了。

今天的儿童有福了。他们有多少花样翻新的玩具呀！他们有多少儿童乐园、儿童活动中心呀！他们饿了吃面包，渴了喝这可乐、那可乐，还有牛奶、冰激凌；电影看厌了，看电视；广播听厌了，听收录机。信息从天空、海外，越过高山大川，纷纷蜂拥而来。他们才真是"儿童不出门，便知天下事"。可是他们偏偏不知道旧社会。就拿我来说，如果不认真回忆，我对旧社会的情景也逐渐淡漠，有时竟淡如云烟了。

今天我把自己的童年尽可能真实地描绘出来，不管还多么不全面，不管怎样挂一漏万，也不管我的笔墨多么拙笨，就是上面写出来的那一些，我们今天的儿童读了，不是也可以从中得到一点启发，从中悟出一些有用的东西来吗？

1986 年 6 月 6 日

我的小学和中学

我在记忆里深挖，再深挖，实在挖不出多少东西来。学校的整个建筑，一团模糊。教室的情况，如云似雾。教师的名字，一个也记不住。学习的情况，如海上三山，糊里糊涂。总之，是一点具体的影像也没有。我只记得，李长之是我的同班。因为他后来成了名人，所以才记得清楚，当时对他的印象也是模糊不清的。最奇怪的是，我记得了一个叫卞蕴珩的同学。他大概是长得非常漂亮，行为也极潇洒。对于一个七八岁的孩子来说，男女外表的美丑，他们是不关心的。可不知为什么，我竟记住了卞蕴珩，只是这个名字我就觉得美妙无比。此人后来再没有见过。对我来说，他成为一条神龙。

此外，关于我自己，还能回忆起几件小事。首先，我做过一次生意。我住在南关佛山街，走到西头，过马路就是正觉寺街。街东头有一个地方，叫新桥。这里有一所炒卖五香花生米的小铺子。铺子虽小，名气却极大。这里的五香花生米（济南俗称长果仁）又咸又香，远近驰名。我经常到这里来买。我上一师附小，一出佛山街就是新桥，可以称为顺路。有一天，不知为什么，我忽发奇想，用自己从早点费中积攒起来的一些小制钱（中间有四方孔的铜币）买了半斤五香长果仁，再用纸分包成若干小包，带到学校里向小同学兜售，他们都震于新桥花生米的大名，纷纷抢购，结果我赚了一些小制钱，尝到了做买卖的甜头，偷偷向我家的阿姨王妈报告。这样大概做了几次。我可真没有想到，自己在七八岁时竟显露出来了做生意的“天才”。可惜我“误”入“歧途”，“天才”没有得到发展。否则，如果我投笔从贾，说不定我早已成为一个大款，挥金如土，不像现在这样柴、米、油、盐、酱、醋、茶都要斤斤计算了。我是一个被埋没了的“天才”。

还有一件小事，就是滚铁圈。我一闭眼，仿佛就能看到一个八岁的孩子，用一根前面弯成钩的铁条，推着一个铁圈，在升官街上从东向西飞跑，耳中仿佛还能听到铁圈在青石板路上滚动的声音。这就是我。有阵子，我迷上了滚铁圈这种活动。在南门内外的大街上没法推滚，因为车马行人，喧闹拥挤。一转入升官街，车少人稀，英雄就大有用武之地了。我用不着拐弯，一气就推到附小的大门。

然而，世事多变，风云突起。为了一件没有法子说是大是小的，说起来简直是滑稽的事儿，我离开了一师附小，转了学。原来，当时正是五四运动风起云涌的时候，而一师校长王祝晨是新派人物，立即起来响应，改文言为白话。忘记了是哪个书局出版的国文教科书中，选了一篇名传世界的童话《阿拉伯的骆驼》，内容讲的是：在沙漠大风暴中，主人躲进自己搭起来的帐篷，而把骆驼留在帐外。骆驼忍受不住风沙之苦，哀告主人说：“只让我把头放进帐篷里行不行？”主人答应了；过了一会儿，骆驼又哀告说：“让我把前身放进去行不行？”主人又答应了；又过了一会儿，骆驼又哀告说：“让我全身都进去行不行？”主人答应后，自己却被骆驼挤出了帐篷。童话的意义是非常清楚的。但是天有不测风云，这篇课文竟让叔父看到了。他大为惊诧，高声说：“骆驼怎么能说话呢！荒唐！荒唐！转学！转学！”

于是我立即转了学。从此，一师附小只留在我的记忆中了。

2002 年 2 月 28 日

怀念母亲

我一生有两个母亲：一个是生我的那个母亲，一个是我的祖国母亲。

我对这两个母亲怀着同样崇高的敬意和同样真挚的爱慕。

我六岁离开我的生母，到城里去住。中间曾回故乡两次，都是奔丧，只在母亲身边待了几天，仍然回到城里。最后一别八年，在我读大学二年级的时候，母亲弃养，只活了四十多岁。我痛哭了几天，食不下咽，寝不安席。我真想随母亲于地下。我的愿望没能实现，从此我就成了没有母亲的孤儿，一个缺少母爱的孩子，是灵魂不全的人。我怀着不全的灵魂，抱终天之恨。一想到母亲，我就泪流不止，数十年如一日。如今到了德国，来到格丁根这一座孤寂的小城，不知道是为什么，母亲频来入梦。

我的祖国母亲，我这是第一次离开她。离开的时间只有短短几个月，不知道是为什么，我这个母亲也频来入梦。

为了保存当时真实的感情，避免用今天的情感篡改当时的感情，我现在不加叙述，不做描绘，只从初到格丁根的日记中摘抄几段：

1935 年 11 月 16 日

不久，外面就黑起来了。我觉得这黄昏的时候最有意思。我不开灯，只沉默地站在窗前，看暗夜渐渐织上天空，织上对面的屋顶。一切都沉在朦胧的薄暗中。我的心往往在沉静到不能再沉静的氛围里，活动起来。这活动是轻微的，我简直不知道有这样的活动。我想到故乡，想到故乡里的老朋友，心里有点儿酸酸的，有点儿凄凉。然而这凄凉并不同普通的凄凉一样，是甜蜜的，浓浓的，有说不出的味道，浓浓地糊在心头。

1935 年 11 月 18 日

从好几天以前，房东太太就对我说，她的儿子今天回家，从学校回来，她高兴得不得了……但儿子就是不回来，她的神色有点儿沮丧。她又说，晚上还有一趟车，说不定他会回来的。我看到她的神情，想到自己的在故乡地下卧着的母亲，真想哭！我现在才知道，古今中外的母亲都是一样的！

1935 年 11 月 20 日

我现在还真是想家，想故国，想故国里的朋友。我有时简直想得不能忍耐。

1935 年 11 月 28 日

我仰在沙发上，听风声在窗外路过。风里夹着雨。天色阴得如黑夜。心里思潮起伏，又想起故国了。

1935 年 12 月 6 日

近几天来，心情安定多了。以前我真觉得两年太长；同时，在这里无论衣食住行，哪一方面都感到不舒服，所以这两年简直似乎无论如何也忍受不下来了。

从初到格丁根的日记里，我暂时引用这几段。实际上，类似的地方还有不少，从这几段中也可见一斑了。总之，我不想在国外待。一想到我的母亲和祖国母亲，就心潮腾涌，惶惶不可终日，留在国外的念头连影儿都没有。几个月以后，在1936年7月11日，我写了一篇散文，题目叫《寻梦》。开头一段是：

夜里梦到母亲，我哭着醒来。醒来再想捉住这梦的时候，梦却早不知道飞到什么地方去了。

下面描绘在梦里见到母亲的情景。

最后一段是：

天哪！连一个清清楚楚的梦都不给我吗？我怅望灰天，在泪光里，幻出母亲的面影。

我在国内的时候，只怀念，也只有可能怀念一个母亲。现在到国外来了，在我的怀念中，就增添了一个祖国母亲。这种怀念，在初到格丁根的时候异常强烈，以后也没有断过。对这两位母亲的怀念，一直伴随着我度过了在德国的十年，在欧洲的十一年。

赋得永久的悔

题目是韩小蕙小姐出的，所以名之曰“赋得”。但文章是我心甘情愿作的，所以不是八股。

我为什么心甘情愿作这样一篇文章呢？一言以蔽之，题目出得好，不但实获我心，而且先获我心：我早就想写这样一篇东西了。

我已经到了望九之年。在过去的七八十年中，从乡下到城里，从国内到国外，从小学、中学、大学到洋研究院，从“志于学”到超过“从心所欲不逾矩”，曲曲折折，坎坎坷坷。既走过阳关大道，也走过独木小桥；既经过“山重水复疑无路”，又看到“柳暗花明又一村”。喜悦与忧伤并驾，失望与希望齐飞，我的经历可谓多矣。要讲后悔之事，那是俯拾皆是。要选其中最深切、最真实、最难忘的悔，也就是永久的悔，那也是唾手可得，因为它片刻也没有离开过我的心。

我这永久的悔就是：不该离开故乡，不该离开母亲。

我出生在鲁西北一个极端贫困的村庄里。我们家是贫中之贫，真可以说是贫无立锥之地。十年浩劫中，我自己跳出来反对北大那一位倒行逆施但又炙手可热的“老佛爷”，被她视为眼中钉，必欲除之而后快。她手下的小喽啰们曾两次窜到我的故乡，处心积虑把我“打”成地主，他们那种狗仗人势穷凶极恶的教师爷架子，并没有吓倒我的乡亲。我小时候的一位伙伴指着他们的鼻子，大声说：“如果让整个官庄来诉苦的话，季羡林家是第一家！”

这一句话并没有夸大，他说的是实情。我祖父母早亡，留下了我父亲等三个兄弟，孤苦伶仃，无依无靠。最小的十一叔送了人。我父亲和九叔饿得没有办法，只好到别人家的枣林里去捡落到地上的干枣充饥。这当然不是长久之计。最后兄弟俩被逼背井离乡，盲流到济南去谋生。此时他俩也不过十几岁。在举目无亲的大城市里，必然是经过千辛万苦，九叔在济南落住了脚。于是我父亲就回到了故乡，说是农民，但又无田可耕。又必然是经过千辛万苦，九叔从济南有时寄点儿钱回家，父亲赖以生活。不知怎么一来，竟然寻（家乡读若 xín）上了媳妇，她就是我的母亲。母亲的娘家姓赵，门当户对，她家穷得同我们家差不多，否则也绝不会结亲。她家里饭都吃不上，哪里有钱有闲上学。所以我母亲一个字也不识，活了一辈子，连个名字都没有。她的家是在另一个庄上，离我们庄五里路。这五里路就是我母亲毕生所走的最长的距离。

北京大学那一位“老佛爷”要“打”成“地主”的人，也就是我，就出生在这样一个家庭里，就有这样一位母亲。

后来我听说，我们家确实也“阔”过一阵。大概在清末民初，九叔在东三省用口袋里剩下的最后五角钱，买了十分之一的湖北水灾奖券，中了奖。兄弟俩商量，要“富贵而归故乡”，回家扬一下眉，吐一下气。于是把钱运回家，九叔仍然留在城里，乡里的事由父亲一手张罗，他用荒唐离奇的价钱，买了砖瓦，盖了房子。又用荒唐离奇的价钱，置了一块带一口水井的田地。一时兴致淋漓，真正扬眉吐气了。可惜好景不长，我父亲又用荒唐离奇的方式，仿佛宋江一样，豁达大度，招待四方朋友。转瞬间，盖成的瓦房又拆了卖砖、卖瓦。有水井的田地也改变了主人。全家又回归到原来的境况。我就是在这个时候，在这样的情况下降生到人间来的。

母亲当然亲身经历了这个巨大的变化。可惜，同母亲住在一起的时候，我只有几岁，告诉我，我也不懂。所以，我们家这一次陡然上升，又陡然下降，只像是昙花一现，我到现在也不完全明白。这个谜恐怕要成为永恒的谜了。

不管怎么样，我们家又恢复到从前那种穷困的境况。后来听人说，我们家那时只有半亩多地。这半亩多地是怎么来的，我也不清楚。一家三口人就靠这半亩多地生活。城里的九叔当然还会给点儿接济，然而像中湖北水灾奖那样的事儿，一辈子有一次也不算少了。九叔没有多少钱接济他的哥哥了。

家里日子是怎样过的，我年龄太小，说不清楚。反正吃得极坏，这个我是懂得的。按照当时的标准，吃“白的”（指麦子面）最高，其次是吃小米面或棒子面饼子，最次是吃红高粱饼子，颜色是红的，像猪肝一样。“白的”与我们家无缘，“黄的”（小米面或棒子面饼子颜色都是黄的）与我们缘分也不大，终日为伍者只有“红的”。这“红的”又苦又涩，真是难以下咽。但不吃又害饿，我真有点儿谈“红”色变了。

但是，小孩子也有小孩子的办法。我祖父的堂兄是一个举人，他的夫人，我喊她奶奶。他们这一支是有钱有地的。虽然举人死了，但家境依然很好。我这位大奶奶仍然健在。她的亲孙子早亡，所以把全部的钟爱都倾注到我身上来。她是整个官庄能够吃“白的”的仅有的几个人之一。她不但自己吃，而且每天都给我留出半个或者四分之一个白面馍馍。我每天早晨一睁眼，立即跳下炕来向村里跑，我们家住在村外。我跑到大奶奶跟前，清脆甜美地喊上一声：“奶奶！”她立即笑得合不上嘴，把手缩回到肥大的袖子内，从口袋里掏出一小块馍馍，递给我，这是我一天最幸福的时刻。

此外，我也偶尔能够吃一点“白的”，这是我自己用劳动换来的。一到夏天麦收季节，当然我们家根本没有什么麦子可收。对门住的宁家大婶子和大姑——她们家也穷得够呛——就带我到本村或外村富人的地里去拾麦子。所谓拾麦子，就是别家的长工割过麦了，总会漏下那么一点点麦穗，这些都是不值得一捡的，我们这些穷人就来“拾”。因为漏下的绝不会多，所以我们拾上半天，也不过半篮子，然而对我们来说，这已经是如获至宝了。一定是大婶子和大姑对我特别照顾，以一个四五岁的孩子，拾上一个夏天，也能拾上十斤八斤麦粒。这些都是母亲亲手搓出来的。为了对我加以奖励，麦季过后，母亲便把麦子磨成面，蒸成馍馍，或贴成白面饼子，让我解馋。我于是就大快朵颐了。

记得有一年，我拾麦子的成绩也许是有点儿“超常”。到了中秋节——农民嘴里叫八月十五——母亲不知从哪里弄了点月饼，给我掰了一块，我就蹲在一块石头旁边，大吃起来。在当时，对我来说，月饼可真是神奇的东西，龙肝凤髓也难以比得上的，我难得吃一次。我当时并没有注意，母亲是否也在吃。现在回想起来，她根本一口也没有吃。不但是月饼，连其他“白的”，母亲也从来都没有尝过，全留给我吃了。她大概是毕生就与红色的高粱饼子为伍。到了歉年，连这个也吃不上，那就只有吃野菜了。

至于肉类，吃的回忆似乎是一片空白。我姥娘家隔壁是一家卖煮牛肉的作坊。给农民劳苦耕耘了一辈子的老黄牛，到了老年，耕不动了，几个农民便以极其低的价钱买来，用极其野蛮的办法杀死，把肉煮烂，然后卖掉。老牛肉难煮，实在没有办法，农民就在肉锅里小便一通，这样肉就好烂了。农民心肠好，有了这种情况，就昭告四邻：“今天的肉你们别买！”姥娘家穷，虽然极其疼爱我这个外孙，也只能用土罐子，花几个制钱，装一罐子牛肉汤，聊胜于无。记得有一次，罐子里多了一块牛肚儿，这就成了我的专利。我舍不得一气吃掉，就用生了锈的小铁刀，一块一块地割着吃，慢慢地吃。这一块牛肚儿真可以同月饼媲美了。

“白的”、月饼和牛肚儿难得，“黄的”怎样呢？“黄的”也同样难得。但是，尽管我只有几岁，却也想出了办法。到了春、夏、秋三个季节，庄外的草和庄稼都长起来了。我就到庄外去割草，或者到人家高粱地里去劈高粱叶。劈高粱叶，田主不但不禁止，而且还欢迎；因为叶子一劈，通风情况就能改进，高粱长得就能更好，粮食打得就能更多。草和高粱叶都是喂牛用的。我们家穷，从来没有养过牛。我二大爷家是有地的，经常养着两头大牛。我这草和高粱叶就是给它们准备的。每当我这个不到三块豆腐高的孩子背着一大捆草或高粱叶走进二大爷家的大门时，我心里就有所恃而不恐，把草放在牛圈里，赖着不走，总能蹭上一顿“黄的”吃，不会被二大娘“卷”（我们那里的土话，意思是“骂”）出来。到了过年的时候，自己心里觉得，在过去的一年里，自己喂牛立了功，又有了勇气到二大爷家里赖着吃黄面糕。黄面糕是用黄米面加上枣蒸成的。颜色虽黄，却位列“白的”之上，因为一年只在过年时吃一次，“物以稀为贵”，于是黄面糕就贵了起来。

我上面讲的全是吃的东西。为什么一讲到母亲就讲起吃的东西呢？原因并不复杂。第一，我作为一个孩子容易关心吃的东西；第二，所有我在上面提到的好吃的东西，几乎都与母亲无缘。除了“黄的”以外，其余她都不沾边儿。我在她身边只待到六岁，以后两次奔丧回家，待的时间也很短。现在我回忆起来，连母亲的面影都是迷离模糊的，没有一个清晰的轮廓。特别有一点，让我难解而又易解：我无论如何也回忆不起母亲的笑容来，她好像是一辈子都没有笑过。家境贫困，儿子远离，她受尽了苦难，笑容从何而来呢？有一次我回家听对面的宁大婶告诉我说：“你娘经常说：‘早知道送出去回不来，我无论如何也不会放他走的！’”简短的一句话里面含着多少辛酸、多少悲伤啊！母亲不知有多少日日夜夜，眼望远方，盼望自己的儿子回来啊！然而这个儿子却始终没有归去，一直到母亲离开这个世界。

对于这个情况，我最初懵懵懂懂，理解得并不深刻。到了上高中的时候，自己大了几岁，逐渐理解了。但是自己寄人篱下，经济不能独立，空有雄心壮志，怎奈无法实现，我暗暗地下定了决心，立下了誓愿：一旦大学毕业，自己找到工作，立即迎养母亲。然而没有等到我大学毕业，母亲就离开我走了，永远永远地走了。古人说："树欲静而风不止，子欲养而亲不待。"这话正应到我身上。我不忍想象母亲临终时思念爱子的情况；一想到，我就会心肝俱裂，眼泪盈眶。当我从北平赶回济南，又从济南赶回清平奔丧的时候，看到了母亲的棺材，看到那简陋的屋子，我真想一头撞死在棺材上，随母亲于地下。我后悔，我真后悔，我千不该万不该离开了母亲。世界上无论什么名誉，什么地位，什么幸福，什么尊荣，都比不上待在母亲身边，即使她一个字也不识，即使整天吃"红的"。

这就是我的"永久的悔"。

1994 年 3 月 5 日

一条老狗

自己也不知道是什么原因，我总会不时想起一条老狗来。在过去七十年的漫长的时间内，不管我是在国内，还是在国外，不管我是在亚洲、欧洲，还是非洲，一闭眼睛，就会不时有一条老狗的影子在我眼前晃动，背景是在一个破破烂烂的篱笆门前，后面是绿苇丛生的大坑，透过苇丛的疏稀处，闪亮出一片水光。

这究竟是怎么一回事呢？

无论用多么夸大的词句，也绝不能说这一条老狗是逗人喜爱的。它只不过是一条最普普通通的狗，毛色棕红、灰暗，上面沾满了碎草和泥土，在乡村群狗当中，无论如何也显不出一点特异之处，既不凶猛，又不魁梧。然而，就是这样一条不起眼的狗却揪住了我的心，一揪就是七十年。

因此，话必须从七十年前说起。当时我还是一个不谙世事的毛头小伙子，正在清华大学读西洋文学系二年级。能够进入清华园，是我平生最满意的事情，日子过得十分惬意。然而，好景不长。有一天，是在秋天，我忽然接到从济南家中打来的电报，只有四个字："母病速归。"我仿佛是劈头挨了一棒，脑筋昏迷了半天。我立即买好了车票，登上开往济南的火车。

我当时的处境是，我住在济南叔父家中，这里就是我的家，而我母亲却住在清平官庄的老家里。整整十四年前，我六岁的那一年，也就是1917年，我离开了故乡，也就是离开了母亲，到济南叔父处去上学。我上一辈共有十一位叔伯兄弟，而男孩却只有我一个。济南的叔父也只有一个女孩儿，于是，在表面上我就成了一个宝贝蛋。然而真正从心眼里爱我的只有母亲一人，别人不过是把我看成能够传宗接代的工具而已。这一层道理一个六岁的孩子是无法理解的。可是离开母亲的痛苦我却是理解得又深又透的。到了济南后的第一夜，我生平第一次不在母亲怀抱里睡觉，而是孤身一个人躺在一张小床上，我无论如何也睡不着，我一直哭了半夜。这是怎么一回事呀！为什么把我弄到这里来了呢？"可怜小儿女，未解忆长安。"母亲当时的心情，我还不会去猜想。现在追忆起来，她一定会是肝肠寸断，痛哭绝不止半夜。现在，这已成了一个万古之谜，永远也不会解开了。

从此，我就过上了寄人篱下的生活。我不能说，叔父和婶母不喜欢我，但是，我唯一被喜欢的资格就是，我是一个男孩。不是亲生的孩子同自己亲生的孩子感情必然有所不同，这是人之常情，用不着掩饰，更用不着美化。我在感情方面不是一个麻木的人，一些细枝末节，我体会极深。常言道，没娘的孩子最痛苦。我虽有娘，却似无娘，这痛苦，我感受得极深。我是多么想念我故乡里的娘呀！然而，天地间除了母亲一个人外，有谁真能了解我的心情、我的痛苦呢？因此，我半夜醒来一个人偷偷地在被窝里吞声饮泣的情况就越来越多了。

在整整十四年中，我总共回过三次老家。第一次是在我上小学的时候，为了奔大奶奶之丧而回家的。大奶奶并不是我的亲奶奶，但是从小就对我疼爱异常。如今她离开了我们，我必须回家，这似乎是天经地义的事情。

这一次我在家只住了几天，母亲异常高兴，自在意中。第二次回家是在我上中学的时候，原因是父亲卧病。叔父亲自请假回家，看自己共过患难的亲哥哥。这次在家住的时间也不长。我每天坐着牛车，带上一包点心，到离我们村相当远的一个大地主兼中医住的村里去请他，到我家来给父亲看病，看完再用牛车送他回去。路是土路，坑洼不平，牛车走在上面，颠颠簸簸，来回两趟，要用去差不多一整天的时间。至于医疗效果如何呢？那只有天晓得了。反正父亲的病没有好，也没有变坏。叔父和我的时间都是有限的，我们只好先回济南了。过了没有多久，父亲就走了。十一叔到济南来接我回家。这是我第三次回家，同第一次一样，专为奔丧。在家里埋葬了父亲，又住了几天。现在家里只剩下了母亲和二妹两个人。家里失掉了男主人，一个妇道人家怎样过那种只有半亩地的穷日子，母亲的心情怎样，我只有十一二岁，当时是难以理解的。但是，我仍然必须离开她到济南去继续上学。在这样万般无奈的情况下，但凡母亲还有不管是多么小的力量，她也决不会放我走的。可是她连一丝一毫的力量也没有。她一字不识，一辈子连个名字都没有能够取上。做了一辈子“季赵氏”。到了今天，父亲一走，她怎样活下去呢？她能给我饭吃吗？不能的，绝不能的。母亲内心的痛苦和忧愁，连我都感觉到了。最后，她只能眼睁睁地看着自己最亲爱的孩子离开了自己，走了，走了。谁会知道，这是她最后一次看到自己的儿子呢？谁会知道，这也是我最后一次见到母亲呢？

回到济南以后，我由小学而初中，而初中而高中，由高中而到北京来上大学，在长达八年的学习过程中，我由一个混混沌沌的小孩子变成了一个青年人，知识增加了一些，对人生的了解也多了不少。对母亲当然仍然是不断想念的。但在暗中饮泣的次数少了，想的是一些切切实实的问题和办法。我梦想，再过两年，我大学一毕业，由于出身一个名牌大学，抢一只饭碗是不成问题的。到了那时候，自己手头有了钱，我将首先把母亲迎至济南。她才四十来岁，今后享福的日子多着哩。

可是我这一个奇妙如意的美梦竟被一张“母病速归”的电报打了个支离破碎。我现在坐在火车上，心惊肉跳，忐忑难安。哈姆莱特问的是 to be or not to be，我问的是：母亲是病了，还是走了？我没有法子求签占卜，可我又偏想知道个究竟，我于是自己想出了一套占卜的办法。我闭上眼睛，如果一睁眼我能看到一根电线杆，那母亲就是病了；如果看不到，就是走了。当时火车速度极慢，从北京到济南要走十四五个小时。就在这样长的时间内，我闭眼又睁眼反复了不知多少次。有时能看到电线杆，则心中一喜。有时又看不到，则心中一惧。到头来也没能得出一个肯定的结果，我到了济南。

到了家中，我才知道，母亲不是病了，而是走了。这消息对我真如五雷轰顶，我昏迷了半晌，躺在床上哭了一天，水米不曾沾牙。悔恨像大毒蛇直刺入我的心窝。在长达八年的时间内，难道你就不能在任何一个暑假内抽出几天时间回家看一看母亲吗？二妹在前几年也从家乡来到了济南，家中只剩下母亲一个人，孤苦伶仃，形单影只，而且又缺吃少喝，她日子是怎么过的呀？你的良心和理智哪里去了？你连想都不想一下吗？你还能算得上是一个人吗？我痛悔自责，找不到一点能原谅自己的地方。我一度曾想到自杀，追随母亲于地下。但是，母亲还没有埋葬，不能立即实行。在极度痛苦中，我胡乱诌了一副挽联：

一别竟八载，多少次倚闾怅望，眼泪和血流，迢迢玉宇，高处寒否？

为母子一场，只留得面影迷离，入梦浑难辨，茫茫苍天，此恨曷极！

对仗谈不上，只不过想聊表我的心情而已。

叔父、婶母看着苗头不对，怕真出现什么问题，派马家二舅陪我还乡奔丧。到了家里，母亲已经成殓，棺材就停放在屋子中间。只隔一层薄薄的棺材板，我竟不能再见母亲一面，我与她竟是人天悬隔矣。我此时如万箭钻心，痛苦难忍，想一头撞死在母亲的棺材上，被别人死力拽住。昏迷了半天，才醒转过来。抬头看屋中的情况，真正是家徒四壁，除了几张破椅子和一只破箱子以外，什么都没有。在这样的环境中，母亲这八年的日子是怎样过的，不是一清二楚了吗？我又不禁悲从中来，痛哭了一场。

现在家中已经没了女主人，也就是说，没有了任何人。白天我到村内二大爷家里去吃饭，讨论母亲的安葬事宜。晚上则由二大爷亲自送我回家。那时村里不但没有电灯，连煤油灯也没有，家家都点豆油灯，用棉花条搓成灯捻，只不过是有点微弱的亮光而已。有人劝我，晚上就睡在二大爷家里，我执意不肯。让我再陪母亲住上几天吧。在茫茫百年中，我在母亲身边只住过六年多，现在仅仅剩下了几天，再不陪就真正抱恨终天了。于是，二大爷就亲自提一个小灯笼送我回家。此时，万籁俱寂，宇宙笼罩在一片黑暗中，只有天上的星星在眨眼，仿佛闪出一丝光芒。全村没有一点亮光，没有一点声音。透过大坑里芦苇的疏隙闪出一点儿水光。走近破篱笆门时，门旁地上有一团黑东西，细看才知道是一条老狗，静静地卧在那里。狗有没有思想，我说不准，但感情确是有的。这一条老狗几天来大概是陷入困惑中，天天喂我的女主人怎么忽然不见了？它白天到村里什么地方偷一点东西吃，立即回到家里来，静静地卧在篱笆门旁。见了我这个小伙子，它似乎感到我也是这家的主人，同女主人有点什么关系，因此见到了我并不咬我，有时候还摇摇尾巴，表示亲昵。那一天晚上，我看到的就是这一条老狗。

我孤身一个人走进屋内，屋中停放着母亲的棺材。我躺在里面一间屋子里的大土炕上，炕上到处是跳蚤，它们勇猛地向我发动进攻。我本来就毫无睡意，跳蚤的干扰更加使我难以入睡了。我此时孤身一人陪伴着一具棺材。我是不是害怕呢？不，一点儿也不。虽然是可怕的棺材，但里面躺的人却是我的母亲。她永远爱她的儿子，是人，是鬼，都绝不会改变的。

正在这时候，黑暗中从外面走进来一个人，听声音是对门的宁大叔。在母亲生前，他帮助母亲种地，干一些重活，我对他真是感激不尽。他一进屋就高声说：“你娘叫你哩！”我大吃一惊：母亲怎么会叫我呢？原来宁大婶撞客了，撞着的正是我母亲。我赶快起身，走到宁家。在平时，这种事情我是绝对不会相信的。此时我却是心慌意乱了。只听从宁大婶嘴里叫了一声：“喜子呀！娘想你啊！”我虽然头脑清醒，然而却泪流满面。娘的声音，我八年没有听到了。这一次如果是从母亲嘴里说出来的，那有多好啊！然而是从宁大婶嘴里，但是听上去确实像母亲当年的声音。我信呢，还是不信呢？你不信能行吗？我糊里糊涂地如醉似痴地走了回来。在篱笆门口，地上黑黢黢的一团，是那一条忠诚的老狗。

我又躺在炕上，无论如何也睡不着了，两只眼睛望着黑暗，仿佛能感到自己的眼睛在发亮。我想了很多很多，八年来从来没有想到的事，现在全想到了。父亲死了以后，济南的经济资助几乎完全断绝，母亲就靠那半亩地维持生活，她能吃得饱吗？她一定是天天夜里躺在我现在躺的这一个土炕上想她的儿子，然而儿子却音信全无。她不识字，我写信也无用。听说她曾对人说过：“如果我知道他一去不回头的话，我无论如何也不会放他走的！”这一点我为什么过去一点儿也没有想到过呢？古人说：“树欲静而风不止，子欲养而亲不待。”现在这两句话正应在我的身上，我亲自感受到了，然而晚了，晚了，逝去的时光不能再追回了！“长夜漫漫何时旦？”我却盼天赶快亮。然而，我立刻又想到，我只是一次度过这样痛苦的漫漫长夜，母亲却度过了将近三千次。这是多么可怕的一段时间啊！在长夜中，全村没有一点儿灯光，没有一点儿声音，黑暗仿佛凝结成固体，只有一个人还瞪大了眼睛在玄想，想的是自己的儿子。伴随她的寂寥的只有一个动物，就是篱笆门外静卧的那条老狗。想到这里，我无论如何也不敢再想下去了；如果再想下去的话，我就不知道会出现什么样的情况。

母亲的丧事处理完，又是我离开故乡的时候了。临离开那一座破房子时，我一眼就看到那条老狗仍然忠诚地趴在篱笆门口，见了我，它似乎预感到我要离开了，它站了起来，走到我跟前，在我腿上擦来擦去，对着我直摇尾巴。我一下子泪流满面，我知道这是我们的永别，我俯下身，抱住了它的头，亲了一口。我很想把它抱回济南，但那是绝对办不到的。我只好一步三回首地离开了那里，眼泪向肚子里流。

到现在这一幕已经过去了七十年。我总是不时想到这一条老狗。女主人没了，少主人也离开了，它每天到村内找点东西吃，究竟能够找多久呢？我相信，它绝不会离开那个篱笆门口的，它会永远趴在那里的，尽管脑袋里也会充满了疑问。它究竟趴了多久，我不知道，也许最终是饿死的。我相信，就是饿死，它也会死在那个破篱笆门口。后面是大坑里透过苇丛闪出来的水光。

我从来不信什么轮回转生，但是，我现在宁愿信上一次。我已经九十岁了，来日苦短了。等到我离开这个世界以后，我会在天上或者地下什么地方与母亲相会，趴在她脚下的仍然是这一条老狗。

2001 年 5 月 2 日

老猫

老猫虎子蜷曲在玻璃窗外窗台上一个角落里，缩着脖子，眯着眼睛，浑身一片寂寞、凄清、孤独、无助的神情。

外面正下着小雨，雨丝一缕一缕地向下飘落，像是珍珠帘子。时令虽已是初秋，但是隔着雨帘，还能看到紧靠窗子的小土山上丛草依然碧绿，毫无要变黄的样子。在万绿丛中赫然露出一朵鲜艳的红花。古诗“万绿丛中一点红”，大概就是这般光景吧。这一朵小花如火似燃，照亮了浑茫的雨天。

我从小就喜爱小动物。同小动物在一起，别有一番滋味。它们天真无邪，率性而行；有吃抢吃，有喝抢喝；不会说谎，不会推诿；受到惩罚，忍痛挨打；一转眼间，照偷不误。同它们在一起，我心里感到怡然、坦然、安然、欣然；不像同人在一起那样，应对进退、谨小慎微，斟酌词句、保持距离，感到异常的别扭。

十四年前，我养的第一只猫，就是这个虎子。刚到我家来的时候，它比老鼠大不了多少。蜷曲在窄狭的室内窗台上，活动的空间好像富富有余。它并没有什么特点，仅是一只最平常的狸猫，身上有虎皮斑纹，颜色不黑不黄，并不美观。但是异于常猫的地方也有，它有两只炯炯有神的眼睛，两眼一睁，还真虎虎有虎气，因此起名叫虎子。它的脾气也确实暴烈如虎，从来不怕任何人。谁要想打它，不管是用鸡毛掸子，还是用竹竿，它从不回避，而是向前进攻，声色俱厉。得罪过它的人，它永世不忘。我的外孙打过它一次，从此结仇。只要他到我家来，隔着玻璃窗子，一见人影，它就做好准备，向前进攻，爪牙并举，吼声震耳。他没有办法，在家中走动，都要手持竹竿，以防万一，否则寸步难行。有一次，一位老同志来看我，他显然是非常喜欢猫的。一见虎子，嘴里连声说着：“我身上有猫味，猫不会咬我的。”他伸手想去抚摩它，可万万没有想到，我们虎子不懂什么猫味，回头就是一口。这位老同志大惊失色。总之，到了后来，虎子无人不咬，只有我们家三个主人除外，它的“咬声”颇能耸人听闻了。

但是，要说这就是虎子的全面，那也是不正确的。除了暴烈爱咬人以外，它还有另外一面，这就是温柔敦厚的一面。我举一个小例子。虎子来我们家的第三年，我又要了一只小猫。这是一只混种的波斯猫，浑身雪白，毛很长，但在额头上有一小片黑黄相间的花纹。我们家人管这只猫叫洋猫，起名咪咪；虎子则被尊为土猫。这只猫的脾气同虎子完全相反：胆小怕人，从来没有咬过人。只有在外面跑的时候，才露出一点儿野性。它只要有机会溜出大门，但见它长毛尾巴一摆，像一溜烟似的立即窜入小山的树丛中，半天不回家。这两只猫并没有血缘关系。但是，不知道是由于什么原因，一进门，虎子就把咪咪看作是自己的亲生女儿。它自己本来没有什么奶，却坚决要给咪咪喂奶，把咪咪搂在怀里，让它咂自己的干奶头，它眯着眼睛，仿佛在享着天福。我在吃饭的时候，有时丢点儿鸡骨头、鱼刺，这等于猫的燕窝、鱼翅。但是，虎子却只蹲在旁边，瞅着咪咪吃，从来不同它争食。有时还“咪噢”上两声，好像是在说：“吃吧，孩子！安安静静地吃吧！”

有时候，不管是春夏还是秋冬，虎子会从西边的小山上逮一些小动物，麻雀、蚱蜢、蝉、蛐蛐之类，用嘴叼着，蹲在家门口，嘴里发出一种怪声。这是猫语，屋里的咪咪，不管是睡还是醒，耸耳一听，立即跑到门后，馋涎欲滴，等着吃母亲带来的佳肴，大快朵颐。我们家人看到这样母子亲爱的情景，都由衷地感动，一致把虎子称作“义猫”。有一年，小咪咪生了两只小猫。大概是初做母亲，没有经验，正如我们圣人所说的那样：“未有学养子而后嫁者也。”人们能很快学会，而猫们则不行。咪咪丢下小猫不管，虎子却大忙特忙起来，觉不睡，饭不吃，日日夜夜把小猫搂在怀里。但小猫是要吃奶的，而奶正是虎子所缺的。于是小猫暴躁不安，虎子眉头一皱，计上心来，叼起小猫，到处追着咪咪，要它给小猫喂奶。还真像一个姥姥样子，但是小咪咪并不领情，依旧不给小猫喂奶。有几天的时间，虎子不吃不喝，瞪着两只闪闪发光的眼睛，嘴里叼着小猫，从这屋赶到那屋，一转眼又赶了回来。小猫大概真是受不了啦，便辞别了这个世界。

我看了这一出猫家庭里的悲剧又是喜剧，实在是爱莫能助，惋惜了很久。

我同虎子、咪咪都有深厚的感情。每天晚上，它们俩抢着到我床上去睡觉。在冬天，我会在棉被上面特别铺上了一块布，供它们躺卧。我有时候半夜里醒来，神志一清醒，觉得有什么东西重重地压在我身上，一股暖气仿佛透过了两层棉被，扑到我的双腿上。我知道，小猫睡得正香，即使我的双腿由于僵卧时间过久，又酸又痛，但我总是强忍着，决不动一动双腿，免得惊了小猫的轻梦。它此时也许正梦着捉住了一只耗子。只要我的腿一动，它这耗子就吃不成了，岂非大煞风景吗？

这样过了几年，小咪咪大概有八九岁了。虎子比它大三岁，十一二岁的光景，依然威风凛凛，脾气暴烈如故，见人就咬，大有死不悔改的神气。而小咪咪则出我意料地露出了下世的光景，常常到处小便，桌子上，椅子上，沙发上，无处不便。如果到医院里去检查的话，大夫在列举的病情中一定会有一条的：小便失禁。最让我心烦的是，它偏偏看上了我桌子上的稿纸。

我正写着什么文章，然而它却根本不管这一套，跳上去，屁股往下一蹲，一泡猫尿流在上面，还闪着微弱的光。说我不急，那不是真的。我心里真急，但是，我谨遵我的一条戒律：决不打小猫一掌，在任何情况之下，也不打它。此时，我赶快把稿纸拿起来，抖掉了上面的猫尿，等它自己干。心里又好气，又好笑，真是哭笑不得。家人对我的嘲笑，我置若罔闻，“全等秋风过耳边”。

我不信任何宗教，也不皈依任何神灵。但是，此时我却有点儿想迷信一下。我期望会有奇迹出现，让咪咪的病情好转。可世界上是没有什么奇迹的，咪咪的病一天一天地严重起来。它不想回家，喜欢在房外荷塘边上石头缝里待着，或者藏在小山的树木丛里。它再也不在夜里睡在我的被子上了。每当我半夜里醒来，觉得棉被上轻飘飘的，我惘然若有所失，甚至有点儿悲伤了。我每天凌晨起来，第一件事情就是拿着手电到房外塘边山上去找咪咪。它浑身雪白，是很容易找到的。在薄暗中，我眼前白白地一闪，我就知道是咪咪。见了我，它“咪噢”一声，起身向我走来。我把它抱回家，给它东西吃，它似乎根本没有口味。我看了直想流泪。有一次，我拖着疲惫的身子，走几里路，到海淀的肉店里去买猪肝和牛肉。拿回来，喂给咪咪，它一闻，似乎有点儿想吃的样子，但肉一沾唇，它立即又把头缩回去，闭上眼睛，不闻不问了。

有一天傍晚，我看咪咪神情很不妙，我预感要发生什么事情。我唤它，它不肯进屋。我把它抱到篱笆以内，窗台下面。我端来两只碗，一只盛吃的，一只盛水。我拍了拍它的脑袋，它偎依着我，“咪噢”叫了两声，便闭上了眼睛。我放心进屋睡觉。第二天凌晨，我一睁眼，三步并作一步，手里拿着手电，到外面去看。哎呀，不好！两碗全在，猫影顿杳。我心里非常难过，说不出是什么滋味。我手持手电找遍了塘边、山上、树后、草丛、深沟、石缝。有时候，眼前白光一闪。“是咪咪！”我狂喜。走近一看，是一张白纸。我嗒然若丧，心头仿佛被挖掉了点儿什么。“屋前屋后搜之遍，几处茫茫皆不见。”从此我就失掉了咪咪，它从我的生命中消逝了，永远永远地消逝了。我简直像是失掉了一个好友，一个亲人。至今回想起来，我内心里还颤抖不止。

在我心情最沉重的时候，有一些通达世事的好心人告诉我，猫有一种特殊的本领，能知道自己什么时候寿终。到了此时此刻，它们决不待在主人家里，让主人看到死猫，感到心烦，或感到悲伤。它们总是逃了出去，到一个最僻静、最难找的角落里、地沟里、山洞里、树丛里，等候最后时刻的到来。因此，养猫的人大都在家里看不见死猫的尸体。只要自己的猫老了，病了，出去几天不回来，他们就知道，它已经离开了人世，不让举行遗体告别的仪式，永远永远不再回来了。

我听了以后，憬然若有所悟。我不是哲学家，也不是宗教家，但读过不少哲学家和宗教家谈论生死大事的文章。这些文章多半有非常精辟的见解，闪耀着智慧的光芒，我也想努力从中学习一些有关生死的真理。结果却是毫无所得。那些文章中，除了说教以外，几乎没有什么有用的东西。大半都是老生常谈，不能解决什么实际问题，没能给我留下深刻的印象。现在看来，倒是猫们临终时的所作所为，即使仅仅是出于本能，却给了我很大的启发。人们难道就不应该向猫学习这一点经验吗？有生必有死，这是自然规律，谁都逃不过。中国历史上的赫赫有名的人物，秦皇、汉武，还有唐宗，想方设法，千方百计，想求得长生不老。到头来仍然是竹篮子打水一场空，只落得黄土一抔，“西风残照，汉家陵阙。”我辈平民百姓又何必煞费苦心呢？一个人早死几个小时，或者晚死几个小时，甚至几天，实在是无所谓的小事，绝影响不了地球的转动、社会的前进。再退一步想，现在有些思想开明的人士，不想长生不老，不想在大地上再留黄土一抔；甚至开明到不要遗体告别，不要开追悼会。但是仍会给后人留下一些麻烦：登报，发讣告，还要打电话四处通知，总得忙上一阵。何不学一学猫呢？它们这样处理生死大事，干得何等干净利索呀！一点儿痕迹也不留，走了，走了，永远地走了，让这花花世界的人们不见猫尸，用不着落泪，照旧做着花花世界的梦。

我忽然联想到我多次看过的敦煌壁画上的《西方净土变》。所谓“净土”，指的就是我们常说的天堂、乐园，是许多宗教信徒烧香念佛、查经祷告，甚至实行苦行，折磨自己，梦寐以求想到达的地方。据说在那里可以享受天福，得到人世间万万得不到的快乐。我看了壁画上画的房子、街道、树木、花草，以及大人、小孩儿，林林总总，觉得十分热闹。可我觉得没有什么出奇之处。只有一件事给我留下了永不磨灭的印象，那就是，那里的人们都是笑口常开，没有一个人愁眉苦脸，他们的日子大概过得都很惬意。不像在我们人间有这样许多不如意的事情，有时候办点儿事，还要找后门，钻空子。在他们的商店里——净土里面还实行市场经济吗？他们还用得着商店吗？——售货员大概都很和气，不给人白眼，不训斥“上帝”，不扎堆闲侃，不给人钉子碰。这样的天堂乐园，我也真是心向往之的。但是给我印象最深，使我最为吃惊或者羡慕的还是他们对待要死的人的态度。那里的人，大概同人世间的猫们差不多，能预先知道自己寿终的时刻。到了此时，要死的老嬷嬷或者老头儿，健步如飞地走在前面，身后簇拥着自己的子子孙孙、至亲好友，个个喜笑颜开，全无悲戚的神态，仿佛是去参加什么喜事一般，一直把老人送进坟墓。后事如何，壁画不是电影，是不能动的。然而画到这个程序，以后的事尽在不言中。如果一定要画上填土封坟，反而似乎是多此一举了。我觉得，净土中的人们给我们人类争了光。他们这一手比猫们又漂亮多了。知道必死，而又兴高采烈，多么豁达！多么聪明！猫们能做得到吗？这证明，净土里的人们真正参透了人生奥秘，真正参透了自然规律。人为万物之灵，他们为我们人类在同猫们对比之下真真增了光！真不愧是净土！

上面我胡思乱想得太远了，还是回到我们人世间来吧。我坦白承认，我对人生的奥秘参透得还不够，我对自然规律参透得也还不够。我仍然十分怀念我的咪咪。我心里仿佛有一个空白，非填起来不行。我一定要找一只同咪咪一模一样的白色波斯猫。后来果然朋友又送来了一只，浑身长毛，洁白如雪，两只眼睛全是绿的，亮晶晶像两块绿宝石。为了纪念死去的咪咪，我仍然为它命名“咪咪”，见了它，就像见到老咪咪一样。过了大约又有一年的光景，友人又送了我一只据说是纯种的波斯猫，两只眼睛颜色不同，一黄一蓝。在太阳光下，黄的特别黄，蓝的特别蓝，像两颗黄蓝宝石，闪闪发光，竞妍争艳。这只猫特别调皮，简直是胆大无边，然而也因此就更特别可爱。这一下子又忙坏了虎子，它认为这两只小猫都是自己的亲生女儿，硬逼着它们吮吸自己那干瘪的奶头。只要它走出去，不知在什么地方弄到了小鸟、蚱蜢之类，就带回家来，给两只小猫吃。好久没有听到的“咪噢”唤小猫的声音，现在又听到了。我心里漾起了一丝丝甜意。这大大地减轻了我对老咪咪的怀念。

可是岁月不饶人，也不会饶猫的。这一只“土猫”虎子已经活到十四岁。据通达世情的人们说，猫的十四岁，就等于人的八九十岁。这样一来，我自己不是成了虎子的同龄“人”了吗？这个虎子却也真怪。有时候，颇现出一些老相。两只炯炯有神的眼睛里忽然被一层薄膜蒙了起来；嘴里流出了哈喇子，胡子上都沾得亮晶晶的；不大想往屋里来，日日夜夜趴在阳台上蜂窝煤堆上，不吃，不喝。我有了老咪咪的经验，知道它快不行了。我也跑到海淀，去买来牛肉和猪肝，想让它不要饿着肚子离开这个世界。我随时准备着：第二天早晨一睁眼，虎子不见了。结果虎子并没有这样干。我天天凌晨第一件事就是来看虎子；隔着窗子，依然黑乎乎的一团，卧在那里。我心里感到安慰。有时候，它也起来走动。我在本文开头时写的就是去年深秋一个下雨天，我隔窗看到的虎子的情况。

到了今天，半年又过去了。虎子不但没有走，而且顽健胜昔，仍然是天天出去。有时候在晚上，窗外的布帘子的一角蓦地被掀了起来，一个丑角似的三花脸一闪。我便知道，这是虎子回来了，连忙开门，放它进来。大概同某一些老年人一样——不是所有的老年人——到了暮年就改恶向善，虎子的脾气大大地改变了，几乎再也不咬人了。我早晨摸黑起床，写作看书累了，常常到门外湖边山下去走一走。此时，我冷不防脚下忽然踢着了一团软乎乎的东西。是虎子。它夜里不知道在什么地方待了一夜，现在看到了我，一下子窜了出来，用身子蹭我的腿，在我身前和身后转悠。它跟着我，亦步亦趋，我走到哪里，它就跟到哪里，寸步不离。我有时故意爬上小山，以为它不会跟来了，然而一回头，虎子正跟在身后。猫是从来不跟人散步的，只有狗才这样干。有时候碰到过路的人，他们见了这情景，都大为吃惊。“你看猫跟着主人散步哩！”他们说，露出满脸惊奇的神色。最近一个时期，虎子似乎更精力旺盛了，它返老还童了。有时候竟带一个它重孙辈的小公猫到我们家阳台上来。今夜我们相识。虎子用不着介绍就相识了。看样子，虎子一去不复返的日子遥遥无期了。我成了拥有三只猫的家庭的主人。

我养了十几年猫，前后共有四只。猫向人们学习什么，我不通猫语，无法询问。我作为一个人却确实向猫学习了一些有用的东西。上面讲过的对处理死亡的办法，就是一个例子。我自己毕竟年纪已经很大了，常常想到死的问题。鲁迅五十多岁就想到了，我真是瞠乎后矣。人生必有死，这是无法抗御的。而且我还认为，死也是好事情。如果世界上的人都不死，连我们的轩辕老祖和孔老夫子今天依然峨冠博带，坐着奔驰车，到天安门去遛弯儿，你想人类世界会成一个什么样子！人是百代的过客，总是要走过去的，这绝不会影响地球的转动和人类社会的进步。每一代人都只是一场没有终点的长途接力赛的一棒。前不见古人，后不见来者，是宇宙常规。人老了要死，像在《净土》里那样，应该算是一件喜事。老人跑完了自己的一棒，把棒交给后人，自己要休息了，这是正常的。不管快慢，他们总算跑完了一棒，总算对人类的进步做出了贡献，总算尽上了自己的天职。年老了要退休，这是身体精神状况所决定的，不是哪个人能改变的。老人们会不会感到寂寞呢？我认为，会的。但是我却觉得，这寂寞是顺乎自然的，从伦理的高度来看，甚至是应该的。我始终主张，老年人应该为青年人活着，而不是相反。青年人有接力棒在手，世界是他们的，未来是他们的，希望是他们的。吾辈老年人的天职是尽上自己仅存的精力，帮助他们前进，必要时要躺在地上，让他们踏着自己的躯体前进，前进。如果由于害怕寂寞而学习《红楼梦》里的贾母，让一家人都围着自己转，这不但是办不到的，而且从人类前途利益来看，是犯罪的行为。我说这些话，也许有人怀疑，我是不是碰到了什么不如意的事，才说出这样令某些人骇怪的话来。不，不，绝不。我现在身体顽健，家庭和睦，在社会上广有朋友，每天照样读书、写作、会客、开会不辍。我没有不如意的事情，也没有感到寂寞。不过自己毕竟已逾耄耋之年，面前的路有限了，不免有时候胡思乱想。而且，我同猫相处久了，觉得它们有些东西确实值得我们学习，我们这些万物之灵应该屈尊一下，学习学习。即使只学到猫处理死亡大事这一手，我们社会上会减少多少麻烦呀！

“那么，你是不是准备学习呢？”我仿佛听到有人这样质问了。是的，我心里是想学习的。不过也还有些困难。我没有猫的本能，我不知道自己的大限何时来到。而且我还有点儿担心。如果我真正学习了猫，有一天忽然偷偷地溜出了家门，到一个旮旯里、树丛里、山洞里、河沟里，一头钻进去，藏了起来，这样一来，我们人类社会可不像猫社会那样平静，有些人必然认为这是特大新闻，指手画脚，嘁嘁喳喳。如果是在旧社会里或者在今天的香港等地的话，这必将成为头版头条的爆炸性新闻，不亚于当年的杨乃武和小白菜。我的亲属和朋友也必将派人出去寻找，派的人也许比寻找彭加木的人还要多。这是多么可怕的事呀！因此我就迟疑起来。至于最后究竟何去何从？我正在考虑、推敲、研究。

1992 年 2 月 17 日

月是故乡明

每个人都有个故乡，人人的故乡都有个月亮。人人都爱自己故乡的月亮。事情大概就是这个样子。

但是，如果只有孤零零一个月亮，未免显得有点儿孤单。因此，在中国古诗文中，月亮总有什么东西当陪衬，最多的是山和水，什么“山高月小”“三潭印月”等等，不可胜数。

我的故乡是在山东西北部大平原上。我小的时候，从来没有见过山，也不知山为何物。我曾幻想，山大概是一个圆而粗的柱子吧，顶天立地，好不威风。以后到了济南，才见到山，恍然大悟：原来山是这个样子呀！因此，我在故乡里望月，从来不同山联系。像苏东坡说的“月出于东山之上，徘徊于斗牛之间”，完全是我无法想象的。

至于水，我的故乡小村却大大地有。几个小苇坑占了小村一多半。在我这个小孩子眼中，虽不能像洞庭湖“八月湖水平”那样有气派，但也颇有一点儿烟波浩渺之势。到夏天黄昏以后，我在坑边场院里躺在地上，数天上的星星。有时候在古柳下面点起篝火，然后上树一摇，成群的知了飞落下来。比白天用嚼烂的麦粒去粘要容易得多。我天天晚上乐此不疲，天天盼望黄昏早早来临。

到了更晚的时候，我走到坑边，抬头看到晴空一轮明月，清光四溢，与水里的那个月亮相映成趣。我当时虽然还不懂什么叫诗兴，但也顾而乐之，心中油然有什么东西在萌动。有时候在坑边玩很久，才回家睡觉。在梦中见到两个月亮叠在一起，清光更加晶莹澄澈。第二天一早起来，到坑边苇子丛里去捡鸭子下的蛋。白白地一闪光，手伸向水中，一摸就是一个蛋。此时更是乐不可支了。

我只在故乡待了六年，以后就离乡背井，漂泊天涯。在济南住了十多年，在北京度过四年，又回到济南待了一年，然后在欧洲住了近十一年，重又回到北京，到现在已经四十多年了。在这期间，我曾到过世界上将近三十个国家，看过许许多多的月亮。在风光旖旎的瑞士莱芒湖上，在平沙无垠的非洲大沙漠中，在碧波万顷的大海中，在巍峨雄奇的高山上，我都看到过月亮。这些月亮应该说都是美妙绝伦的，我都异常喜欢。但是，看到它们，我立刻就想到我故乡中那个苇坑上面和水中的那个小月亮。对比之下，无论如何我也感到，这些广阔世界的大月亮，万万比不上我那心爱的小月亮。不管我离开我的故乡多少万里，我的心立刻就飞来了。我的小月亮，我永远忘不掉你！

我现在年近耄耋，住的朗润园是燕园胜地。此地有茂林修竹，绿水环流，还有几座土山，点缀其间，风光无疑是绝妙的。前几年，我从庐山休养回来，一个同在庐山休养的老朋友来看我。他看到这样的风光，慨然说："你住在这样的好地方，还到庐山去干吗呢！"可见朗润园给人印象之深。此地既然有山，有水，有树，有花，有鸟，每逢望夜，一轮当空，月光闪耀于碧波之上，上下空蒙，一碧数顷，而且荷香远溢，宿鸟幽鸣，真不能不说是赏月胜地。荷塘月色的奇景，就在我的窗外。不管是谁来到这里，难道还能不顾而乐之吗？

然而，每值这样的良辰美景，我想到的仍然是故乡苇坑里的那个平凡的小月亮。见月思乡，已经成为我经常的经历。思乡之病，说不上是苦是乐，其中有追忆，有惆怅，有留恋，有惋惜。流光如逝，时不再来。在微苦中实有甜美在。月是故乡明，我什么时候能够再看到我故乡的月亮呀？我怅望南天，心飞向故里。

1989 年 11 月 3 日

忆初心

怀师友

俊之的死却同别人的死都不一样：生死之悲当然有，但另外还有知己之感。我站在人群里，只觉得自己的渺小和孤独，我仿佛失掉了倚靠似的，徘徊在寂寞的大空虚里。

站在胡适之先生墓前

我现在站在胡适之先生墓前。他虽已长眠地下，但是他那典型的“我的朋友”式的笑容，仍宛然在目。可我最后一次见到这个笑容，却已是五十年前的事了。

1948 年 12 月中旬，是北京大学建校五十周年的纪念日。此时，解放军已经包围了北平城，然而城内人心并不惶惶。北大同仁和学生也并不惶惶；不但不惶惶，而且在人们的内心中，有的非常殷切，有的还有点狐疑，都在期望着迎接解放军。适逢北大建校大喜的日子，许多教授都满面春风，聚集在沙滩孑民堂中，举行庆典。记得作为校长的适之先生，满面含笑，做了简短的讲话，只有喜庆的内容，没有愁苦的调子。正在这个时候，城外忽然响起了隆隆的炮声。大家相互开玩笑说：“解放军给北大放礼炮哩！”简短的仪式完毕后，适之先生就辞别了大家，登上飞机，飞赴南京去了。我忽然想到了李后主的几句词：“最是仓皇辞庙日，教坊犹唱别离歌，垂泪对宫娥。”我想改写一下，描绘当时适之先生的情景：“最是仓皇辞校日，城外礼炮声隆隆，含笑辞友朋。”我哪里知道，我们这一次会面竟是最后一次。如果我当时意识到这一点的话，我是含笑不起来的。

从此以后，我同适之先生便天各一方，分道扬镳，“世事两茫茫”了。听说，他离开北平后，曾从南京派来一架专机，点名要接走几位老朋友。他亲自在南京机场恭候。飞机返回以后，机舱门开，他满怀希望要同老友会面，然而除了一两位以外，所有他想接的人都没有走出机舱。据说——只是据说，他当时大哭一场，心中的滋味恐怕真是不足为外人道也。

适之先生在南京也没有能待多久，“百万雄师过大江”以后，他也逃往台湾。后来又到美国去住了几年，并不得志，往日的辉煌犹如春梦一场，已不复存在。后来又回到台湾。最初也不为当局所礼重。往日“总统候选人”的迷梦，也只留下了一个话柄，日子过得并不顺心。后来，不知怎样一来，他被选为台湾“中央研究院”的院长，算是得到了应有的礼遇，过了几年舒适称心的日子。适之先生毕竟是一书生，一直迷恋于《水经注》的研究，如醉如痴，此时又得以从容继续下去。他的晚年可以说是差强人意的。可惜仁者不寿，猝死于宴席之间。死后哀荣备至。台湾“中央研究院”为他建立了纪念馆，包括他生前的居室在内，并建立了胡适陵园，遗骨埋葬在院内的陵内。今天我们参拜的，就是这个规模宏伟、极为壮观的陵园。

我现在站在适之先生墓前，鞠躬之后，悲从中来，心内思潮汹涌，如惊涛骇浪，眼泪自然流出。杜甫诗：“焉知二十载，重上君子堂。”我现在是“焉知五十载，躬亲扫陵墓”。此时，我的心情也是不足为外人道也。

我自己已经到望九之年，距适之先生所待的黄泉或者天堂乐园，只差几步之遥了。回忆自己八十多年坎坷又顺利的一生，真如一部二十四史，不知从何处说起了。

积八十年之经验，我认为，一个人生在世间，如果想有所成就，必须具备三个条件：才能、勤奋、机遇。行行皆然，人人皆然，概莫能外。别的人先不说了，只谈我自己。关于才能一项，再自谦也不能说自己是白痴。

但是，自己并不是什么天才，这一点自知之明，我还是有的。谈到勤奋，我自认还能差强人意，用不着有什么愧怍之感。但是，我把重点放在第三项上：机遇。如果我一生还能算得上有些微成就的话，主要是靠机遇。机遇的内涵是十分复杂的，我只谈其中恩师一项。韩愈说："古之学者必有师。师者所以传道、授业、解惑也。"根据老师这三项任务，老师对学生都是有恩的。然而，在我所知道的世界语言中，只有汉文把"恩"与"师"紧密地嵌在一起，成为一个不可分割的名词。这只能解释为中国人最懂得报师恩，为其他民族所望尘莫及的。

我在学术研究方面的机遇，就是我一生碰到了六位对我有教导之恩或者知遇之恩的恩师。我不一定都听过他们的课，但是，只读他们的书也是一种教导。我在清华大学读书时，读过陈寅恪先生所有已经发表的著作，旁听过他的"佛经翻译文学"，从而种下了研究梵文和巴利文的种子。在当了或滥竽了一年国文教员之后，由于一个天上掉下来的机遇，我到了德国哥廷根大学。正在我入学后的第二个学期，瓦尔德施米特先生调到哥廷根大学任印度学的讲座教授。当我在教务处前看到他开基础梵文课的通告时，我喜极欲狂。"踏破铁鞋无觅处，得来全不费工夫。"难道这不是天赐的机遇吗？最初两个学期，选修梵文的只有我一个外国学生。然而教授仍然照教不误，而且备课充分，讲解细致。威仪俨然，一丝不苟。几乎是我一个学生垄断课堂，受益之大，自可想见。二战爆发，瓦尔德施米特先生被征从军。已经退休的原印度学讲座教授西克，虽已年逾八旬，毅然又走上讲台。教的依然是我一个中国学生。西克先生不久就告诉我，他要把自己平生的绝招全传授给我，包括《梨俱吠陀》《大疏》《十王子传》，还有他费了二十年的时间才解读了的吐火罗文。在吐火罗文研究领域中，他是世界最高权威。我并非天才，六七种外语早已塞满了我那渺小的脑袋瓜，我并不想再塞进吐火罗文。然而像我的祖父一般的西克先生，告诉我这是他的决定，一点征求意见的意思都没有。我唯一能走的道路就是：敬谨遵命。现在回忆起来，冬天大雪之后，在研究所上过课，天已近黄昏。积雪白皑皑地拥满十里长街。雪厚路滑，天空阴暗，地闪雪光，路上阒静无人，我搀扶着老爷子，一步高，一步低，送他到家。我没有见过自己的祖父，当时我真觉得，身边的老人就是我的祖父。他为了学术，不惜衰朽残年，不顾自己的健康，想把衣钵传给我这个异国青年。此时我心中思绪翻腾，感激与温暖并在，担心与爱怜齐涌。我真不知道是置身何地了。

二战期间，我被困德国，一待就是十年。二战结束后，听说寅恪先生正在英国就医。我连忙给他写了一封致敬信，并附上发表在哥廷根科学院集刊上用德文写成的论文，向他汇报我十年学习的成绩。很快就收到了他的回信，问我愿不愿意到北大去任教。北大为全国最高学府，名扬全球；但是，门槛一向极高，等闲难得进入。现在竟有一个天赐的机遇落到我头上来，我焉有不愿意之理！我立即回信同意。寅恪先生把我推荐给了当时的北大校长胡适之先生、代理校长傅斯年先生、文学院长汤用彤先生。寅恪先生在学术界有极高的声望，一言九鼎。北大三位领导立即接受。于是我这个三十多岁的毛头小伙子，在国内学术界尚无籍籍名，公然堂而皇之地走进了北大的大门。唐代中了进士，就“春风得意马蹄疾，一日看尽长安花”。我虽然没有一日看尽北平花，但是，身为北大正教授兼东方语言文学系系主任，心中有点扬扬自得之感，不也是人之常情吗？

在此后的三年内，我在适之先生和锡予（汤用彤）先生领导下学习和工作，度过了一段毕生难忘的岁月。我同适之先生，虽然学术辈分不同，社会地位悬殊，想来接触是不会太多的。但是，实际上却不然，我们见面的机会非常多。他那一间在孑民堂前东屋里的窄狭简陋的校长办公室，我几乎是常客。作为系主任，我要向校长请示汇报工作，他主编报纸上的一个学术副刊，我又是撰稿者，所以免不了也常谈学术问题，最难能可贵的是，他待人亲切和蔼，见什么人都是笑容满面，对教授是这样，对职员是这样，对学生是这样，对工友也是这样。从来没见过他摆当时颇为流行的名人架子，教授架子。此外，在教授会上，在北大文科研究所的导师会上，在北京图书馆的评议会上，我们也时常有见面的机会。我作为一个年轻的后辈，在他面前，绝没有什么局促之感，经常如坐春风中。

适之先生是非常懂得幽默的，他绝不老气横秋，而是活泼有趣。有一件小事，我至今难忘。有一次召开教授会，杨振声先生新收得了一幅名贵的古画，为了想让大家共同欣赏，他把画带到了会上，打开铺在一张极大的桌子上，大家都啧啧称赞。这时适之先生忽然站了起来，走到桌前，把画卷了起来，作纳入袖中状，引得满堂大笑，喜气洋洋。

这时候，印度总理尼赫鲁派印度著名学者师觉月博士来北大任访问教授，还派来了十几位印度男女学生来北大留学。这也算是中印两国间的一件大事。适之先生委托我照管印度老少学者。他多次会见他们，并设宴为他们接风。师觉月做第一次演讲时，适之先生亲自出席，并用英文致欢迎词，讲中印历史上的友好关系，介绍师觉月的学术成就，可见他对此事之重视。

适之先生在美国留学时，忙于对西方，特别是对美国哲学与文化的学习，忙于钻研中国古代先秦的典籍，对印度文化以及佛教还没有进行过系统深入的研究。据说后来由于想写完《中国哲学史》，为了弥补自己的不足，开始认真研究中国佛教禅宗以及中印文化关系。我自己在德国留学时，忙于同梵文、巴利文、吐火罗文以及佛典拼命，没有余裕来从事中印文化关系史的研究。回国以后，迫于没有书籍资料，在不得已的情况下，开始注意中印文化交流史的研究。在新中国成立前的三年中，只写过两篇比较像样的学术论文：一篇是《浮屠与佛》，一篇是《列子与佛典》。第一篇讲的问题正是适之先生同陈援庵先生争吵到面红耳赤的问题。我根据吐火罗文解决了这个问题。两老我都不敢得罪，只采取了一个骑墙的态度。我想，适之先生不会不读到这一篇论文的。我只到清华园读给我的老师陈寅恪先生听。蒙他首肯，介绍给地位极高的《中央研究院史语所集刊》发表。第二篇文章，写成后我拿给了适之先生看，第二天他就给我写了一封信，信中说：“《生经》一证，确凿之至！”可见他是连夜看完的。他承认了我的结论，对我无疑是一个极大的鼓舞。这一次，我来到台湾，前几天，在大会上听到主席李亦园院士的讲话，中间他讲到，适之先生晚年任“中央研究院”院长时，在下午饮茶的时候，他经常同年轻的研究人员坐在一起聊天。有一次，他说：做学问应该像北京大学的季羡林那样。我乍听之下，百感交集。适之先生这样说，一定同上面两篇文章有关，也可能同我们分手后十几年中我写的一些文章有关。这说明，适之先生一直到晚年还关注着我的学术研究。知己之感，油然而生。在这样的情况下，我还可能有其他任何的感想吗？

在政治方面，众所周知，适之先生是不赞成共产主义的。但是，我们不应忘记，他同样也反对三民主义。我认为，在他的心目中，世界上最好的政治就是美国政治，世界上最民主的国家就是美国。这同他的个人经历和哲学信念有关。他们实验主义者不主张设什么“终极真理”，而世界上所有的“主义”都与“终极真理”相似，因此他反对。他同共产党并没有任何深仇大恨。他自己说，他一辈子没有写过批判共产主义的文章，而反对国民党的文章则是写过的。我可以讲两件我亲眼看到的小事。新中国成立前夕，北平学生经常举行示威游行，每次北平国民党的宪兵和警察逮捕了学生，他都乘坐他那辆当时北平还极少见的汽车，奔走于各大衙门之间，逼迫国民党当局非释放学生不行。他还亲笔给南京驻北平的要人写信，为了同样的目的。据说这些信至今犹存。我个人觉得，这已经不能算是小事了。另外一件事是，有一天我到校长办公室去见适之先生。一个学生走进来对他说：昨夜延安广播电台曾对他专线广播，希望他不要走，北平解放后，将任命他为北大校长兼北京图书馆的馆长。他听了以后，含笑对那个学生说：“人家信任我吗？”谈话到此为止。这个学生的身份他不能不明白，但他不但没有拍案而起，怒发冲冠，态度依然亲切和蔼。小中见大，这些小事都是能够发人深思的。

适之先生以青年暴得大名，誉满士林。我觉得，他一生处在一个矛盾中，一个怪圈中：一方面是学术研究，一方面是政治活动和社会活动。他一生忙忙碌碌，倥偬奔波，作为一个“过河卒子”，勇往直前。我不知道，他自己是否意识到身陷怪圈。当局者迷，旁观者清。我认为，这个怪圈确实存在，而且十分严重。那么，我对这个问题有什么看法呢？我觉得，不管适之先生自己如何定位，他一生毕竟是一个书生，说不好听一点，就是一个书呆子。我也举一件小事。有一次，在北京图书馆开评议会，会议开始时，适之先生匆匆赶到，首先声明，还有一个重要会议，他要早退席，会议开着开着就走了题，有人忽然谈到《水经注》。一听到《水经注》，适之先生立即精神抖擞，眉飞色舞，口若悬河。一直到散会，他也没有退席，而且兴致极高，大有挑灯夜战之势。从这样一个小例子中不也可以小中见大吗？

我在上面谈到了适之先生的许多德行，现在笼统称之为“优点”。我认为，其中最令我钦佩、最使我感动的却是他毕生奖掖后进。“平生不解藏人善，到处逢人说项斯。”他正是这样一个人。这样的例子是举不胜举的。中国是一个很奇怪的国家，一方面有我上面讲到的只此一家的“恩师”；另一方面却又有老虎拜猫为师学艺，猫留下了爬树一招没教给老虎，幸免为徒弟吃掉的民间故事。二者显然是有点矛盾的。适之先生对青年人一向鼓励提挈。四十年代，他在美国哈佛大学遇到当时还是青年的学者周一良和杨联升等，对他们的天才和成就大为赞赏。后来周一良回到中国，倾向进步，参加革命，其结果是众所周知的。杨联升留在美国，在二三十年的长时间内，同适之先生通信论学，互相唱和，在学术成就上也是硕果累累，名扬海外。周的天才与功力，只能说是高于杨，虽然在学术上也有表现，但是，由于形势，不免令人有未尽其才之感。看了二人的遭遇，难道我们能无动于衷吗？

我同适之先生在孑民堂庆祝会上分别，从此云天渺茫，天各一方，再没有能见面，也没有能互通音信。而适之先生离开北大后的情况，我在上面已稍有所涉及；总起来说，我是不十分清楚的，也是无法清楚的。到了1954年，从批判俞平伯先生《红楼梦研究》的资产阶级唯心论起，批判之火终于烧到了适之先生身上。这是一场缺席批判。适之先生远在重洋之外，即使被斗的是他自己，反正伤不了他一根毫毛，他乐得怡然观战。他的名字仿佛已经成了一个稻草人，浑身是箭，一个不折不扣的“箭垛”。众家豪杰，个个义形于色，争先恐后，万箭齐发，适之先生兀自岿然不动。我幻想，这一定是一个非常难得的景观。在浪费了许多纸张和笔墨、时间和精力之余，终成为“竹篮子打水——一场空”，乱哄哄一场闹剧。

适之先生于1962年猝然逝世，享年已经过了古稀，在中国历代学术史上，这已可以算是高龄了，但以今天的标准来衡量，似乎还应该活得更长一点。中国古称“仁者寿”，但适之先生只能说是“仁者不寿”。当时“左”风犹狂，一般人大概认为胡适已经是被打倒在地的人，这样一个人的死去，有何值得大惊小怪！所以报刊上没有一点反应。我自己当然是被蒙在鼓里，毫无所知。十几二十年以后，我脑袋里开始透进点光的时候，我越想越不是滋味，曾写了一篇短文《为胡适说几句话》，我连“先生”二字都没有勇气加上，可是还有人劝我以不发表为宜。文章终于发表了，反应还差强人意，至少没有人来追查我。我心里一块石头落了地。最近几年来，改革开放之风吹绿了中华大地。知识分子的心态有了明显的转变，身上的枷锁除掉了，原罪之感也消逝了，被泼在身上的污泥浊水逐渐清除了，再也用不着天天夹着尾巴过日子了。这种思想感情上的解放，大大地提高了他们的积极性，愿意为祖国的繁荣富强贡献自己的力量。出版界也奋起直追，出版了几部《胡适文集》。安徽教育出版社雄心最强，准备出版一部超过两千万字的《胡适全集》。我可是万万没有想到，主编这一非常重要的职位，出版社竟垂青于我。我本不是胡适研究专家，我诚惶诚恐，力辞不敢应允。但是出版社却说，现在北大曾经同适之先生共过事而过从又比较频繁的，只剩下我一个人了。铁证如山，我只能“仰”（不是“俯”）允了。我也想以此报知遇之恩于万一。我写了一篇长达一万七千字的总序，副标题是：还胡适以本来面目。意思也不过是想拨乱反正，以正视听而已。前不久，又有人邀我在《学林往事》中写一篇关于适之先生的文章，理由同前，我也应允而且从台湾回来后抱病写完。这一篇文章的副标题是：毕竟一书生。原因是，前一个副标题说得太满，我哪里有能力还适之先生以本来面目呢？后一个副标题是说我对适之先生的看法，是比较实事求是的。

我在上面谈了一些琐事和非琐事，俱往矣，只留下了一些可贵的记忆。我可真是万万没有想到，到了望九之年，居然还能来到宝岛，这是以前连想都没敢想的事。到了台北以后，才发现，五十年前在北平结识的老朋友，比如梁实秋、袁同礼、傅斯年、毛子水、姚从吾等等，全已作古。我真是“访旧半为鬼，惊呼热中肠”了。天地之悠悠是自然规律，是人力所无法抗御的。

我现在站在适之先生墓前，心中浮想联翩，上下五十年，纵横数千里，往事如云如烟，又历历如在目前。中国古代有俞伯牙在钟子期墓前摔琴的故事，又有许多在挚友墓前焚稿的故事。按照这个旧理，我应当把我那新出齐了的《文集》搬到适之先生墓前焚掉，算是向他汇报我毕生科学研究的成果。但是，我此时虽思绪混乱，神志还是清楚的，我没有这样做。我环顾陵园，只见石级整洁，盘旋而上。陵墓极雄伟，上覆巨石，墓志铭为毛子水亲笔书写。墓后石墙上嵌有“德艺双隆”四个大字，连同墓志铭，都金光闪闪，炫人双目。我站在那里，蓦抬头，适之先生那有魅力的典型的“我的朋友”式的笑容，突然显现在眼前，五十年依稀缩为一刹那，历史仿佛没有移动。但是，一定神儿，忽然想到自己的年龄，历史毕竟是动了，可我一点也没有颓唐之感。我现在大有“老骥伏枥，志在万里”之感。我相信有朝一日，我还会有机会重来宝岛，再一次站在适之先生墓前。

1999 年 5 月 2 日写毕

悼念沈从文先生

去年有一天，老友肖离打电话告诉我，从文先生病危，已经准备好了后事。我听了大吃一惊，悲从中来。一时心血来潮，提笔写了一篇悼念文章，自诧为倚马可待，情文并茂。然而，过了几天，肖离又告诉我说，从文先生已经脱险回家。我心里一块石头落了地，又窃笑自己太性急，人还没去，就写悼文，实在非常可笑。我把那一篇“杰作”往旁边一丢，从心头抹去了那一件事，稿子也沉入书山稿海之中，从此“云深不知处”了。

到了今年，从文先生真正去世了。我本应该写点什么的。可是，由于有了上述一段公案，懒于再动笔，一直拖到今天。同时我注意到，像沈先生这样一个人，悼念文章竟如此之少，有点儿不太正常，我也有点儿不平，考虑再三，还是自己披挂上马吧。

我认识沈先生已经五十多年了，当我还是一个大学生的时候，我就喜欢读他的作品。我觉得，在所有并世的作家中，文章有独立风格的人并不多见。除了鲁迅先生之外，就是从文先生。他的作品，只要读上几行，立刻就能辨认出来，决不含糊。他出身于湘西的一个破落小官僚家庭，年轻时当过兵，没有受过多少正规的教育。他完全是自学成家。湘西那一片有点神秘的土地，其怪异的风土人情，通过沈先生的笔而大白于天下。湘西如果没有像沈先生这样的大作家和像黄永玉先生这样的大画家，恐怕一直到今天还是一片充满了神秘的 terra incognita（没有人了解的土地）。

我同沈先生打交道，是通过一件不大不小的事情。丁玲的《母亲》出版以后，我读了觉得有一些意见要说，于是写了一篇书评，刊登在郑振铎、靳以主编的《文学季刊》创刊号上。刊出以后，我听说，沈先生有一些意见。我于是立即写了一封信给他，同时请求郑先生在《文学季刊》创刊号再版时，把我那一篇书评抽掉。也许是由于这一个不能算是太愉快的因缘，我们就认识了。我当时是一个穷学生，沈先生是著名的作家。社会地位，虽不能说如云泥之隔，毕竟差一大截子。可是他一点名作家的架子也不摆，这使我非常感动。他同张兆和女士结婚，在北京前门外大栅栏撷英番菜馆设盛大宴席，我居然也被邀请。当时出席的名流如云。证婚人好像是胡适之先生。

从那以后，有很长的时间，我们并没有多少接触。我到欧洲去住了将近十一年。他在抗日烽火中的昆明住了很久，在西南联大任国文系教授。彼此音问断绝，他的作品我也读不到了。但是有时候，不知是出于什么原因，我在饥肠辘辘、机声嗡嗡中，竟会想到他。我还是非常怀念这一位可爱、可敬、淳朴、奇特的作家的。

一直到一九四六年夏天，我回到祖国。这一年的深秋，我终于又回到了别离了十几年的北平。从文先生也于此时从云南复员来到北大，我们同在一个学校任职。当时我住在翠花胡同，他住在中老胡同，都离学校不远，因此我们也相距很近，见面的次数就多了起来。他曾请我吃过一顿相当别致、毕生难忘的饭——云南有名的汽锅鸡。锅是他从昆明带回来的，外表看上去像宜兴的紫砂，上面雕刻着花卉书法，古色古香，虽系厨房用品，然却古朴高雅，简直可以成为案头清供，与商鼎周彝斗艳争辉。

就在这一次吃饭时，有一件小事给我留下了深刻的印象。当时要解开一个用麻绳捆得紧紧的什么东西。只需用剪子或小刀轻轻地一剪一割，就能弄开。然而从文先生却抢了过去，硬是用牙把麻绳咬断了。这一个小小的举动，有点儿粗劲，有点儿蛮劲，有点儿野劲，有点儿土劲，并不高雅，并不优美。然而，它却完全透露了沈先生的个性。在达官贵人、高等华人眼中，这简直非常可笑，非常可鄙。可是，我欣赏的却正是这样一种劲头。我自己也许就是这样一个“土包子”，虽然同那一些只会吃西餐、穿西装、半句洋话也不会讲，偏又自认为是“洋包子”的人比起来，我并不觉得低他们一等。不是有一些人也认为沈先生是“土包子”吗？

还有一件小事，也使我忆念难忘。有一次我们到什么地方去游逛，可能是中山公园之类。我们要了一壶茶。我正要拿起壶来倒茶，沈先生连忙抢了过去，先斟出了一杯，又倒入壶中，说只有这样才能把茶味调得均匀。这当然是一件微不足道的小事，然而在琐细中不是更能看到沈先生的精神吗？

小事过后，来了一件大事：我们共同经历了北平的解放。在这个关键时刻，我并没有听说从文先生有逃跑的打算。他的心情也是激动的，虽然他并不故作革命状，以达到某种目的，他仍然是朴素如常。可是厄运还是降临到他头上来。一个著名的马列主义文艺理论家，在香港出版的一个进步的文艺刊物上，发表了一篇长文，题目大概是什么《文坛一瞥》之类，前面有一段相当长的修饰语。这一位理论家视觉似乎特别发达，他在文坛上看出了许多颜色。他“一瞥”之下，就把沈先生“瞥”成了粉红色的小生。我没有资格对这一篇文章发表意见。但是，沈先生好像是当头挨了一棒，从此被“瞥”下了文坛，销声匿迹，再也不写小说了。

一个惯于舞笔弄墨的人，一旦被剥夺了写作的权利，他心里是什么滋味，我说不清；他有什么苦恼，我也说不清。然而，沈先生并没有因此而消沉下去。文学作品不能写，还可以干别的事嘛。他是一个精力旺盛的人，他是一个闲不住的人，他转而研究起中国古代的文物来，什么古纸、古代刺绣、古代衣饰等等，他都研究。凭着他那一股惊人的钻研能力，过了没有多久，他就在新开发的领域内取得了可喜的成绩。他那一本讲中国服饰史的书，出版以后，洛阳纸贵，受到国内外一致的高度赞扬。他成了这方面权威。他自己也写章草，又成了一个书法家。

有点讽刺意味的是，正当他手中写小说的笔被“瞥”掉的时候，从国外沸沸扬扬传来了消息，说国外一些人士想推选他做诺贝尔文学奖的候选人。我在这里着重声明一句，我们国内有一些人特别迷信诺贝尔奖，迷信的劲头，非常可笑。试拿我们中国没有得奖的那几位文学巨匠，同已经得奖的欧美一些作家来比一比，其差距简直有如高山与小丘。同此辈争一日之长，有这个必要吗？推选沈先生当候选人的事是否进行过，我不得而知。沈先生怎样想，我也不得而知。我在这里提起这一件事，只不过把它当作沈先生一生中一个小小的插曲而已。

我曾在几篇文章中都讲到，我有一个很大的缺点（优点？），我不喜欢拜访人。有很多可尊敬的师友，比如我的老师朱光潜先生、董秋芳先生等等，我对他们非常敬佩，但在他们健在时，我很少去拜访。对沈先生也一样。偶尔在什么会上，甚至在公共汽车上相遇，我感到非常亲切，他好像也有同样的感情。他依然是那样温良、淳朴，时代的风风雨雨在他身上似乎没有留下什么痕迹，说白了就是没有留下伤痕。一谈到中国古代科技、艺术等等，他就喜形于色，眉飞色舞，娓娓而谈，如数家珍，天真得像一个大孩子。这更增加了我对他的敬意。我心里曾几次动过念头：去看一看这一位可爱的老人吧！然而，我始终没有行动。现在人天隔绝，想见面再也不可能了。

有生必有死，是大自然的规律。我知道，这个规律是违抗不得的，我也从来没有想去违抗。古代许多圣君贤相，聪明一世，糊涂一时，想方设法，去与这个规律对抗，妄想什么长生不老，结果却事与愿违，空留了一场笑话。

这一点我很清楚。但是，生离死别，我又不能无动于衷。古人云：太上忘情。我是一个微不足道的凡人，无论如何也做不到忘情的地步，只有把自己钉在感情的十字架上了。我自谓身体尚颇硬朗，并不服老。然而，曾几何时，宛如黄粱一梦，自己已接近耄耋之年。许多可敬可爱的师友相继离我而去。此情此景，焉能忘情？现在从文先生也加入了去者的行列。他一生安贫乐道，淡泊宁静，死而无憾矣。对我来说，忧思却着实难以排遣。像他这样一个有特殊风格的人，现在很难找到了。我只觉得大地茫茫，顿生凄凉之感。我没有别的本领，只能把自己的忧思从心头移到纸上，如此而已。

1988 年 11 月 2 日写于香港中文大学会友楼

回忆汤用彤先生

自己已经到了望九之年。过去八十多年的忆念，如云如烟，浩渺一片。但在茫茫的烟雾中，却有几处闪光之点，宛如夏夜的晴空，群星上千上万，其中有大星数颗，熠熠闪光，明亮璀璨，无论什么时候回想起来，都晶莹如在眼前。

我对于汤用彤先生的回忆就是最闪光之点。

但是，有人会提出疑问了："你写了那么多对师友的回忆文章，为什么单单对于你回忆中最亮之点的汤锡予（先生的号）先生，却没有写全面的回忆文章呢？"这问得正确，问得有理。但是，我却有自己的至今还没有说出过的说法。试想：锡予先生是在哪一年逝世的？是在1964年。一想到这个年份，事情就很清楚了。我若一写悼念文章，必然会流露出我的真情来。如果我还有什么优点的话，那就是，没有真感情，我不写回忆文章。但是，在那个时代，真感情都会被归入"小资产阶级"的范畴，而一旦成了"小资产阶级"，则距离"修正主义"只差毫厘了。我没有这个胆量，所以就把对锡予先生怀念感激之情，深深地埋在我的心灵深处。到了今天，环境气氛已经大大地改变了，我也能够把真情实感从心中移到纸上来了。

因为不在一所学校，我没能成为锡予先生的授业弟子。但是，他的文章我是读过的，他的道德我是听说过的。“高山仰止，景行行止。”他早已是我崇拜的对象。我也崇拜一些别的大师，读其书未见其人者屡见不鲜。但我却独独对锡予先生常有幻象：我想象他是一个瘦削慈祥的老人，有五绺白须，飘拂胸前。对于别的大师，没见过面的大师，我从来没有过这样的幻象，此理我至今不解。但是，我相信其中必有原因，一种深奥难言的原因。既然“难言”，现在就先不“言”吧。

1945 年，我在德国待了整整十年之后，“二战”结束，时来入梦的祖国母亲在召唤我了，我必须回国了。回国后，我必须找一个职业，用当时的话来说，就是“抢一只饭碗”。古人云：“民以食为天。”没有饭碗，怎么能过日子呢？于是我就写信给我的恩师——正在英国治疗目疾的陈寅恪先生，向他报告我十年来学习的过程。我的师祖吕德斯正是他的老师，而我的德国恩师瓦尔德施米特正是他的同学。因此，我一讲学习情况，他大概立即了然。不久我就收到他的一封长信，信中除了一些奖掖鼓励的话以外，他还说，他想介绍我到北京大学任教。这实在是望外之喜。北大这所全国最高学府，与我本有一段因缘。1930 年我曾考取北大，因梦想出国，弃北大而就清华。现在我的出国梦已经实现了，阴阳往复，往往非人力所能定，我终究又要回到北大来了。我简直狂喜不能自已，立即回信应允。这就是我来北大的最初因缘。

1945 年 10 月，我离开住了十年的“客树回望成故乡”的格丁根，挥泪辞别了像老母一般的女房东，到了瑞士，在这山青水绿的世界公园中住了将近半年，然后经法国马赛、越南西贡、英国占领的香港，回到了祖国的上海。路上用了将近四个月。“二战”中遗留在大洋里的水雷尚未打捞，时时有触雷的危险。载着上千法国兵的英国巨轮的船员，随时都如临深渊，战战兢兢，终于靠他们那一位上帝的保佑，渡过了险境，安然抵达西贡。从西贡至香港，海上又遇到飓风，一昼夜，小轮未能前进一寸。这个险境也终于渡过了。离开祖国将近十一年的儿子又回到母亲怀抱里来了。临登岸时，我思绪万端，悲喜交集，此情实不足为外人道也。

初到上海，人地生疏，我仿佛变成了瑞普·凡·温克（Rip Van Winkle），满目茫然。幸而臧克家正住在那里，我在他家的榻榻米上睡了十几天。又转到南京，仍然是无家可归，在李长之的办公桌上睡了一个夏天。当时寅恪恩师已经从英国回国，我曾到他借住的俞大维的官邸中去谒见他。师生别离已经十多年了，各自谈了别后的情况，都有九死一生之感。杜甫诗说："今夕复何夕？共此灯烛光。"不啻为我当时的心情写照也。寅恪恩师命我持在德国发表的论文，到鸡鸣寺下"中央研究院"历史语言研究所去见当时北大代理校长傅斯年先生，时任校长胡适尚留美未返。傅告诉我，按照北大的规定，在国外拿了学位回国的人，只能给予副教授的职称。我对此并不在意，能入北大，已如登龙门了，焉敢还有什么痴心妄想？如果真有的话，那不就成了不知天高地厚了吗？

在南京做了一个夏天的"流动人口"，虽然饱赏了台城古柳的清碧、玄武湖旖旎的风光，却也患上了在南京享有盛名的疟疾，颇受了点苦头。在那年的秋天，我从上海乘海轮到了秦皇岛，又从秦皇岛乘火车到了北平。锡予先生让阴法鲁先生到车站去迎接我们。时届深秋，白露已降，"凄清弥天地，落叶满长安（长安街也）。"我心中说不出是什么滋味，凄凉中有欣慰，悲愁中有兴奋，既忆以往，又盼来者，茫然懵然，住进了几乎是空无一人的红楼。

第二天，少曾（阴法鲁号）陪我到设在北楼的文学院院长办公室去谒见锡予先生，他是文学院院长。这是我景仰多年以后第一次见到先生。把眼前的锡予先生同我心中幻想的锡予先生一对比，当然是不相同的，然而我却更爱眼前的锡予先生。他面容端严慈祥，不苟言笑，却是即之也温，观之也诚，真蔼然仁者也。先生虽留美多年，学贯中西，可是身着灰布长衫，脚穿圆口布鞋，望之似老农老圃，没有半点“洋气”，没有丝毫教授架子和大师威风。我心中不由自主地油然生起幸福之感，浑身感到一阵温暖。晚上，先生设家宴为我接风，师母也是慈祥有加，更增加了我的幸福之感。当时一介和一玄都还年小，恐怕已经记不得那天的情景了。我从那一天起，就成了北大的副教授，开始了我下半生的新生活，心中陶陶然也。

我可绝对没有想到，过了一个来星期，至多不过十天，锡予先生忽然告诉我，我已经被聘为北京大学正教授兼新成立的东方语言文学系系主任，并且还兼任文科研究所的导师。前两者我已经不敢当，后一者人数极少，皆为饱学宿儒，我一个三十多岁的名不见经传的毛头小伙子，竟也滥竽其间，我既感光荣，又感惶恐不安。这是谁的力量呢？我心里最清楚：背后有一个人在，这都出于锡予先生的垂青与提携。说既感且愧，实不足以表达我的心情。我做副教授任期之短，恐怕是前无古人的，这无疑是北大的新纪录，后来也恐怕没有人打破的。我只能说，这是一种恩情，它对我从那以后一直到今，五十多年在北大的工作中，起了而且还在起着激励的作用。

但是，我心中总还有一点遗憾之处：我没有能成为锡予先生的授业弟子。往者已矣，来者可追。大概是 1947 年，锡予先生开“魏晋玄学”这一门课，课堂就在我办公室的楼上。这真是天赐良机，我焉能放过！1949 年前的教授，相对来讲社会地位高，工资收入丰，存在决定意识，这样就“决定”出来了“教授架子”。架子人人皆有，各有巧妙不同，没有架子的，也得学着端起一副拒人的架子。我自认是一个上不得台盘的人，有没有架子，我自己不得而知。但是，在锡予先生跟前，宛如小丘之仰望泰岳，架子何从端起！而且听先生讲课，正是我求之不得的。在当时，一位教授听另外一位教授讲课，简直是骇人听闻的事。这些事情我都不想，毅然征得了锡予先生的同意，成了他班上的最忠诚的学生之一，一整年没有缺过一次课，而且每堂课都工整地做听课的笔记，巨细不遗。这一大本笔记，我至今尚保存着，只是“只在此室中，书深不知处”了，有朝一日总会重见天日的。这样一来，我就自认为是锡予先生的私淑弟子，了了一个夙愿。

锡予先生对我的关心是多方面的，他让我从红楼搬到文科研究所的大院子里去住。此地在明朝是令人闻而觳觫的特务机关东厂，是专杀好人折磨好人的地狱，据说当年的水牢还有遗迹保留着。“庭院深深深几许”，我住在最里面一个院子里，里面堆满考古挖掘出土的汉代砖棺，阴气森森，传说是闹鬼的凶宅之一。晚上没有人敢来找我，除非他在门房打听得万分清楚：季羡林确是在家里，才敢迈步走进。我也并非“季大胆”，只是在欧洲十年多，受了“西化”，成了一个“无鬼论”者，所以能处之泰然。夏夜昏黑，我经常在缕缕的马缨花香中，怡然入梦。

当时的北大真正是精兵简政，只有一个校长胡适之先生，还经常不在学校，并没有什么副校长。一个教务长主管全校的教学科研工作。一个秘书长主管全校的后勤工作。六个学院：文、理、法、农、工、医，各设院长一人。也没有听说有什么校院长联席会，什么系主任联席会。专就文学院而论，锡予先生孤身一人，聘人、升职等等现在非开上无数次会不可解决的问题，那时一次会也不开，锡予先生一个人说了算。大概因为他为人正直，办事公道，从来没有出过什么娄子。我们系里遇到麻烦，我总去找锡予先生，他不动声色，帮我解除了困难。他还帮我在学校图书馆中要了一间教授研究室，所有我要用的书都从书库中提到我的研究室里，又派一位研究生马理女士当我的助手，帮我整理书籍。室内窗明几净，我心旷神怡。我之所以能写出几篇颇有点新见解的文章，不能不说是出于锡予先生之赐。我的文章写出后，首先送给锡予先生请求指正。他的意见，哪怕是片言只语，对我总都是大有帮助的。

就这样，我们共同迎来了1949年北京的解放。在解放军围城期间，南京方面派一架专机，来接几位名单上有名的著名教授到尚未解放的南京去。锡予先生单上有名，但他却坚决不走，他期望看到新中国。有一段时间，锡予先生被任命为北大校务委员会主席，算是一个“过渡政权”。总之，北大师生共同度过了许多初解放后，兴奋狂欢的令人难忘的日子。

1952 年，我们北大从城里搬到了现在的燕园中来。政府早已任命马寅初先生为北大校长，只有两个副校长，其中一个是党委书记江隆基兼任，实际上主管教学和科研的就是锡予先生一人。马老德高望重，但实际上不大真管事情。江隆基是一个正直、正派、有理智、有良心的老革命家。据我们局外人看，校领导是团结的。当时的北大，同全国各大学和科研机构一样，几乎是天天搞“运动”。然而北大这样一所全国重点大学，一只无形的带头羊，却并没有出什么娄子，这与校领导的团结和江隆基同志的睿智正直是分不开的。

还是讲一讲我自己的情况吧。出城以后，我“官”运亨通，财源大开。先是在城里时，工资被评为每月一千一百斤小米，新中国成立前夕，那种物价一小时一涨，火箭似的上升的可怕日子一去不复返了。后来按级别评定工资，我依稀记得：马老（马寅初）是三级，相当于政府的副总理。以下是汤老（汤用彤）、翦老（翦伯赞）、曹老（曹靖华）等，具体级别记不清了。再以下就是我同其他几位老牌和名牌的教授。到了 1956 年，又有一次全国评定教授工资的活动，根据我的回忆，这次活动用的时间较长，工作十分细致，深入谨慎。人事处的一位领导同志，曾几次征求我的意见：中文系教授吴组缃是全国著名的小说家、《红楼梦》研究专家、中国作家协会书记处书记、我的老同学和老朋友，他问我吴能否评为一级教授？我当然觉得很够格。然而最后权衡下来，仍然定为二级，可见此事之难。据我所知，有的省份，全省只有一个一级教授，有的竟连一个也没有，真是一级之难“难于上青天”了。

然而，藐予小子竟然被评为一级，这实在令我诚惶诚恐。后来听说，常在一个餐厅里吃饭的几位教授，出于善意的又介乎可理解与不可理解之间的心理，背后赐给我一个诨名，曰“一级”。只要我一走进食堂，有人就窃窃私语，会心而笑：“一级来了！”我不怪这些同事，同他们比起来，无论是年龄或学术造诣，我都逊一筹，起个把诨名是应该的。这是由于我的运气好吗？也许是的，但是我知道，背后有一个人在，这个人不是别人，正是锡予先生。

俗话说：“福不双至。”可是 1956 年，我竟然“福真双至”。“一级”之外，我又被评选为中国科学院哲学社会科学学部委员。这是中国一个读书人至高无上的称号，从人数之少来说，比起封建时代的“金榜题名”来，还要难得多。除了名以外，还有颇为丰厚的津贴，真可谓“名利双收”。至于是否还有人给我再起什么诨号，我不得而知，就是有的话，我也会一笑置之。

总之，在我刚过不惑之年没有几年的时候，还只能算是一个老青年，一个中国读书人所能指望的最高荣誉和利益，就都已稳稳地拿到手中。我是一个颇有点儿自知之明的人，我知道，我之所以能够做到这一步，与锡予先生不声不响地提携是分不开的。说到我自己的努力，不能说一点没有，但那是次要的事。至于机遇，也不能说一点没有，但那更是次要之次要，微不足道了。

从 1956 年起，直到 1964 年锡予先生逝世，不知道经过了多少运动，到了 1966 年，“十年浩劫”开始登峰造极。在这些运动中，在历次的提升提级的活动中，我的表现都还算过得去。我真好像是淡泊名利，与人无争，至今还在燕园内外有令人满意的口碑。难道我真就这样好吗？我的道德就这样高吗？不，不是的。我虽然不敢把自己归入完人之列，但我至少除了替自己考虑外，我还能考虑别人。我绝对反对曹操的哲学：“宁教我负天下人，休教天下人负我！”但我也绝非圣贤，七情六欲，样样都有；私心杂念，一应俱全。可是，既然在名利两个方面，我早已达到了顶峰，还有什么可争的呢？难道我真想去“九天揽月，五洋捉鳖”吗？我之所以能够获得少许美名，其势然也。如果说我是“浪得虚名”，也是并不冤枉的。话又说回来，如果没有锡予先生，我能得到这一点点美名吗？

所以，我现在只能这样说，我之所以崇敬锡予先生，忆念锡予先生，除了那一些冠冕堂皇的表面理由以外，还有我内心深处从来没有对别人说过的动机。古人说：“人生得一知己足矣。”我不谬托自己是锡予先生的知己，我只能说锡予先生是我的知己。我平生要感谢的师辈和友辈，颇有几位，尽管我对我这一生并不完全满意，但是有了这样的师友，我可以说是不虚此生了。

我自己现在已经是垂暮之年，活得早早超过了我的期望。因为我的父母都只活了四十多岁，因此，我的最高期望是活到五十岁。可是，到了今天已超过这个最高期望，已经快到四十年了。我虽老迈，但还没有昏聩。曹孟德说：“老骥伏枥，志在千里。”窃不自量力，大有“老骥伏枥，志在万里”之势。在学术研究方面，我还有不少的计划，这些计划是否切合实际，可另作别论，但我确实没有攀登八宝山的计划，这一点是完全可以肯定的。

但愿我回忆中那一点最亮的光点，能够照亮我前进的道路。

1997 年 5 月 28 日

我记忆中的老舍先生

老舍先生含冤逝世已经二十多年了。在这一段相当长的时间内，我经常想到他，想到的次数远远超过我认识他以后直至他逝世的三十多年。每次想到他，我都悲从中来。我悲的是中国失去一个热爱祖国、热爱人民的正直的大作家，我自己失去一位从年龄上来看算是师辈的和蔼可亲的老友。目前，我自己已经到了晚年，我的内心再也承受不住这一份悲痛，我也不愿意把它带着离开人间。我知道，原始人是颇为相信文字的神秘力量的，我从来没有这样相信过。但是，我现在宁愿做一个原始人，把我的悲痛和怀念转变成文字，也许这悲痛就能突然消逝掉，还我心灵的宁静，岂不是天大的好事吗？

我从高中时代起，就读老舍先生的著作，什么《老张的哲学》《赵子曰》《二马》，我都读过。到了大学以后，以及离开大学以后，只要他有新作出版，我一定先睹为快，什么《离婚》《骆驼祥子》等等，我都认真读过。最初，由于水平的限制，他的著作我不敢说全都理解。可是我总觉得，他同别的作家不一样。他的语言生动幽默，是地道的北京话，间或也夹上一点山东俗语。他没有许多作家那种忸怩作态让人读了感到浑身难受的非常别扭的文体，一种新鲜活泼的力量跳动在字里行间。他的幽默也同林语堂之流的那种着意为之的幽默不同。总之，老舍先生成了我毕生最喜爱的作家之一，我对他怀有崇高的敬意。

但是，我认识老舍先生却完全出于一个偶然的机会。三十年代初，我离开了高中，到清华大学来念书。当时老舍先生正在济南齐鲁大学教书。济南是我的老家，每年暑假，我都回去。李长之是济南人，他是我的唯一的一个小学、中学、大学“三连贯”的同学。有一年暑假，他告诉我，他要在家里请老舍先生吃饭，要我作陪。在旧社会，大学教授架子一般都非常大，他们与大学生之间宛然是两个阶级。要我陪大学教授吃饭，我真有点儿受宠若惊。及至见到老舍先生，他却全然不是我心目中的那种大学教授。他谈吐自然，蔼然可亲，一点架子也没有，特别是他那一口地道的京腔，铿锵有致，听他说话，简直就像是听音乐，是一种享受。从那以后，我们就算是认识了。

以后是激烈动荡的几十年。我在大学毕业以后，在济南高中教了一年国文，就到欧洲去了，一住就是十一年。中国胜利了，我才回来，在南京住了一个暑假。夜里睡在国立编译馆长之的办公桌上；白天没有地方待，就到处云游，什么台城、玄武湖、莫愁湖等等，我都游了一个遍。老舍先生好像同国立编译馆有什么联系，我常从长之口中听到他的名字。但是没有见过面。到了秋天，我也就离开了南京，乘海船绕道秦皇岛，来到北平。

以后又是更为激烈震荡的三年。用美式装备武装到牙齿的国民党反动军队，被彻底消灭，蒋介石一小撮逃到台湾去了。中国人民苦斗了一百多年，终于迎来解放的春天。我们这一群知识分子都亲身感受到，我们确实已经站起来了。就在这样的情况下，我在当时所谓的故都又会见了老舍先生，距上第一次见面已经有二十多年了。

我现在已经记不清楚我们重逢时的情景。但是我却清晰地记得五十年代初期召开的一次汉语规范化会议时的情景。当时语言学界的知名人士以及曲艺界的名人都被邀请参加，其中有侯宝林、马增芬姊妹等等。老舍先生、叶圣陶先生、罗常培先生、吕叔湘先生、黎锦熙先生等等都参加了。这是新中国成立后语言学界的第一次盛会。当时还没有达到会议成灾的程度，因此大家的兴致都很高，会上的气氛也十分亲切融洽。

有一天中午，老舍先生忽然建议，要请大家吃一顿地道的北京饭。大家都知道，老舍先生是地道的北京人，他讲的地道的北京饭一定会是非常地道的，都欣然答应。老舍先生对北京人民生活之熟悉，是众所周知的。有人戏称他为“北京土地”。他结交的朋友，三教九流都有。他能一个人坐在大酒缸旁，同洋车夫、旧警察等旧社会的“下等人”，开怀畅饮，亲密无间，宛如亲朋旧友，谁也感觉不到他是大作家、名教授、留洋的学士。能做到这一步的，并世作家中没有第二人。这样一位老北京想请大家吃北京饭，大家的兴致哪能不高涨起来呢？商议的结果是到西四砂锅居去吃白煮肉，当然是老舍先生做东。他同饭馆的经理一直到小伙计都是好朋友，因此饭菜极佳，服务周到。大家尽兴地饱餐了一顿。虽然是一顿简单的饭，然而却令人毕生难忘。当时参加宴会今天还健在的叶老、吕先生大概还都记得这一顿饭吧。

还有一件小事，也必须在这里提一提。忘记是哪一年了，反正我还住在城里翠花胡同没有搬出城外。有一天，我到东安市场北门对门的一家著名的理发馆里去理发，猛然瞥见老舍先生也在那里，他正躺在椅子上，下巴上白乎乎的一团肥皂泡沫，正让理发师刮脸。这不是谈话的好时机，只寒暄了几句，就什么也不说了。等我坐在椅子上时，从镜子里看到他跟我打招呼，告别，看到他的身影走出门去。我理完发要付钱时，理发师说，老舍先生已经替我付过了。这样芝麻绿豆的小事殊不足以见老舍先生的精神，但是，难道也不足以见他这种细心体贴人的心情吗？

老舍先生的道德文章，光如日月，巍如山斗，用不着我来细加评论，我也没有那个能力。我现在写的都是一些小事。然而小中见大，于琐细中见精神，于平凡中见伟大，豹窥一斑，鼎尝一脔，不也能反映出老舍先生整个人格的一个缩影吗？

中国有一句俗话："好死不如赖活着。"这一句话道出了一个真理：一个人除非万不得已，绝不会自己抛掉自己的生命。印度梵文中"死"这个动词，变化形式同被动态一样。我一直觉得非常有趣，非常有意思。印度古代语法学家深通人情，才创造出这样一个形式。死几乎都是被动的，有几个人主动地去死呢？老舍先生走上自沉这一条道路，必有其不得已之处。有人说，人在临死前总会想到许多许多东西的，他会想到自己的一生的。可惜我还没有这个经验，只能在这里胡思乱想。当老舍先生徘徊在湖水岸边决心自沉时，眼望湖水茫茫，心里悲愤填膺，唤天天不应，唤地地不答，悠悠天地，仿佛只剩下自己孤身一人，他会想到自己的一生吧！这一生是忠诚于祖国、忠诚于人民的一生，然而到头来却落到这等地步。为什么呢？究竟是为什么呢？如果自己留在美国不回来，著书立说，优游自在，洋房、汽车、声名禄利，无一缺少，舒舒服服地过一辈子，说不定能寿登耄耋，富埒王侯。他不是为了热爱自己的祖国母亲，才毅然历尽艰辛回来的吗？是今天祖国母亲无法庇护自己那远方归来的游子了呢，还是不愿意庇护了呢？我猜想，老舍先生绝不会埋怨自己的祖国母亲，祖国母亲永远是可爱的，在任何情况下都是可爱的。他也绝不会后悔回来的。但是，他确实有一些问题难以理解，他只有横下一条心，一死了之。这样的问题，我们今天又有谁能够理解呢？我想，老舍先生还会想到自己院子里种的柿子树和菊花，他当然也会想到自己的亲人，想到自己的朋友。所有这一些都是十分美好可爱的。对于这一些，难道他就一点也不留恋吗？绝不会的，绝不会的。但是，有一种东西梗在他的心中，像大毒蛇缠住了他，他只能纵身一跳，投入波心，让弥漫的湖水给自己带来解脱了。

两千多年以前，屈原自沉于汨罗江。他行吟泽畔，心里想的恐怕同老舍先生有类似之处吧。他想到："蝉翼为重，千钧为轻；黄钟毁弃，瓦釜雷鸣。"他又想到："世人皆浊我独清，众人皆醉我独醒。"难道老舍先生也这样想过吗？这样的问题，有谁能够答复我呢？恐怕到了地球末日，也没有人能答复了。我在泪眼模糊中，看到老舍先生戴着眼镜，在和蔼地对我笑着；我耳朵里仿佛听到了他那铿锵有节奏的北京话。我浑身颤抖，连灵魂也在剧烈地震动。

呜呼！我欲无言。

1987 年 10 月 1 日晨

悼念朱光潜先生

听到孟实先生逝世的消息，我的心情立刻沉重起来。这消息对我并不突然，因为他毕竟是快九十岁的人了，而且近几年来，身体一直不好。但是，如果他能再活上若干年，对我国的学术界，对我自己，不是更有好处吗？

现在，在北京大学内外，还颇有一些老先生可以算作我的师辈。因为，我当学生的时候，他们已经是教授了。但是，我真正听过课的老师，却只剩下孟实先生一人。按旧日的习惯，我应该称他为业师。在今天的新社会中，师生关系内容和意义都有了一些改变。但是，尊师重道仍然是我们要大力提倡的。我对于我这一位业师，一向怀有深深的敬意。而今而后，这敬意的接受者就少掉重要的一个了。

五十多年前，我在清华大学西洋文学系念书。我那时是二十岁上下。孟实先生是北京大学的教授，在清华大学兼课，年龄大概三十四五岁吧。他只教一门文艺心理学，实际上就是美学，这是一门选修课。我选了这一门课，认真地听了一年。当时我就感觉到，这一门课非同凡响，是我最满意的一门课，比那些英、美、法、德等国来的外籍教授所开的课好到不能比的程度。朱先生不是那种口若悬河的人，他的口才并不好，讲一口带安徽味的蓝青官话，听起来并不“美”。看来他不是一个演说家，讲课从来不看学生，两只眼向上翻，看的好像是天花板上或者窗户上的某一块地方。然而却没有废话，每一句话都清清楚楚。他介绍西方各国流行的文艺理论，有时候举一些中国旧诗词作例子，并不牵强附会，我们一听就懂。对那些古里古怪的理论，他确实能讲出一个道理来，我听起来津津有味。我觉得，他是一个有学问的人，一个在学术上诚实的人，他不哗众取宠，他不用连自己都不懂的“洋玩意儿”去欺骗、吓唬年轻的中国学生。因此，在开课以后不久，我就爱上了这一门课，每周上课，成为我的乐趣了。

孟实先生在课堂上介绍了许多欧洲心理学家和文艺理论家的新理论，比如李普斯的感情移入说，还有什么人的距离说等等。他们从心理学方面，甚至从生理学方面来解释关于美的问题。其中有不少理论我觉得是有道理的，一直到今天我仍然记忆不忘。要说里面没有唯心主义成分，那是不能想象的。但是资产阶级的科学家，只要是一个有良心、不存心骗人的人，他总是会在不同程度上正视客观实际的，他的学说总会有合理成分的。我们倒洗澡水不应该连婴儿一起倒掉。达尔文和爱因斯坦难道不是资产阶级的科学家吗？但是，你能说，他们的学说完全不正确吗？我们过去有一些人习惯于用贴标签的办法来处理学术问题，把极其复杂的学术问题过分地简单化了。这不利于学术的发展。孟实先生完全不属于这一类人。他老老实实，本本分分，自己认识到什么程度，就讲到什么程度，一步一个脚印，无形中影响了学生。

离开清华以后，我出国一住就是十一年。在这期间，国内正在奋起抗日，国际上则是第二次世界大战。“烽火连八年，家书抵亿金。”在一段相当长的时间内，我完全同祖国隔离，什么情况也不知道，1946 年回国，立即来北大工作。那时孟实先生也转来北大。他正编一个杂志，邀我写文章。我写了一篇介绍《五卷书》的文章，发表在那个杂志上。他住的地方离我的住处不远。他的办公室（他当时是西方语言文学系主任，我是东方语言文学系主任）和我的办公室相隔也不远。但是我无论如何也回忆不起来，我曾拜访过他。说起来似乎是件怪事，然而却是事实。现在恐怕有很多人认为我是什么“社会活动家”。其实我的性格毋宁说是属于孤僻一类，最怕见人。我的老师和老同学很多，我几乎是谁都不拜访。天性如此，无可奈何，而今就是想去拜访孟实先生，也完全不可能了。

我因为没有在重庆或者昆明待过，对于抗战时期那里的情况完全不了解。对于朱先生当时的情况也完全不清楚。到了北平以后，听了三言两语，我有时候也同几个清华的老同学窃窃私议过。到了1949年北平解放前夕，按朱先生的地位，他完全有资格乘南京派来的专机离开祖国大陆的。然而他没有这样做，他毅然留了下来，等待北平的解放。其中过程细节，我完全不清楚。然而这件事却给我留下了深刻的印象：朱先生毕竟是经受住了考验，选择了一条唯一正确的道路。

我常常想，在新中国成立前，中国的知识分子大概分为三类：先知先觉的、后知后觉的、不知不觉的。第一类是少数，第三类也是少数。孟实先生（还有我自己），在政治上不是先知先觉；但又绝非不知不觉。爱国无分少长，革命难免先后，这恐怕是一条规律。孟实先生同一大批旧社会来的知识分子一样，经过了几十年的观察与考验、前进和停滞，既走过阳关大道，也走过独木小桥，最终还是认识了真理，认为共产党指出的道路是唯一正确的，因而坚定不移地在这一条路上走下去。孟实先生有一些情况我原来并不清楚。只是到了前几年，我读到他在抗战期间从重庆给周扬同志写的一封信，我才知道，他对国民党并不满意，他也向往延安。我心中暗自谴责：我没有能全面了解孟实先生。总之，我认为，孟实先生一生是大节不亏的。他走的道路是一切正直的中国知识分子都应该走的道路。

这一条道路当然也绝不会是平坦的。三十多年来，风风雨雨，几乎所有的老知识分子都在风雨中经受磨炼。最突出的例子当然是“十年浩劫”。孟实先生被关进了牛棚。我是自己“跳”出来的，一跳也就跳进了牛棚。想不到几十年前的师生现在成了“同棚”。牛棚生活不是三言两语所能说清的。在这里暂且不谈。孟实先生在棚里的一件小事，我却始终忘记不了。他锻炼身体有一套方术，大概是东西均备，佛道沟通。在那种阴森森的生活环境中，他居然还在锻炼身体，我实在非常吃惊，而且替他捏一把汗。晚上睡下以后，我发现他在被窝里胡折腾，不知道搞一些什么名堂。早晨他还偷跑到一个角落里去打太极拳一类的东西。有一次被“监改人员”发现了，大大地挨了一通批。这是一件微不足道的小事，然而它的意义却不小。从中可以看出，孟实先生对自己的前途没有绝望，对我们的事业也没有绝望，他执着于生命，坚决要活下去。否则的话，他尽可以像一些别的难兄难弟一样，破罐子破摔算了。说老实话，我在当时的态度实在比不上他。这一件事，我从来没有同他谈起过，只是暗暗地记在心中。

“四人帮”垮台以后，天日重明，孟实先生以古稀之年，重又精神抖擞，从事科研、教学和社会活动。他的生活异常地有规律。每天早晨，人们总会看到一个瘦小的老头在大图书馆前漫步。在工作方面，他抓得非常紧，他确实达到了壮心不已的程度。他译完了黑格尔的美学，又翻译维柯的著作。这些著作内容深奥，号称难治，能承担这种翻译工作的，并世没有第二人，孟实先生以他渊博的学识和湛深的外语水平，兢兢业业，勤勤恳恳，争分夺秒，锲而不舍，“焚膏油以继晷，恒兀兀以穷年”，终于完成了这项艰巨的工作，给我们留下了宝贵的财富，得到了学术界普遍的赞扬。

孟实先生学风谨严，一丝不苟，谦虚礼让，不耻下问。他曾多次问到我关于古代印度宗教的问题。他对中外文学都有精湛的研究，这是学术界公认的。他的文笔又流利畅达，这也是学者中间少有的。思想改造运动时，有人告诉我说是喜欢读朱先生写的自我批评的文章。我当时觉得非常可笑:这是什么时候呀，你居然还有闲情逸致来欣赏文章！然而这却是事实，可见朱先生的文章感人之深。他研究中外文艺理论，态度同样严肃认真。他翻译外国名著，也是句斟字酌，不轻易下笔。严复说：“一名之立，旬月踟蹰。”我在朱先生身上也发现了这种认真负责的态度。新中国成立后，他努力学习辩证唯物主义和历史唯物主义，并以此指导自己的研究工作，给我们树立了榜样。

现在，孟实先生离开了我们。他一生执着追求，没有偷懒。将近九十年的漫长的道路，走过来并不容易。峰回路转，柳暗花明，他都碰到过。顺利与挫折，他都经受过。但是，他在千辛万苦之后，毕竟找到了真理，热爱祖国，热爱社会主义，找到了一个中国知识分子的最好的归宿。现在人们常谈生命的价值，我认为，孟实先生是实现了生命的价值的。

听到孟实先生逝世的消息时，我并没有流泪，但是在写这篇短文时，却几次泪如泉涌。生生死死，自然规律，任何人也改变不了。古人说：“大块劳我以生，息我以死。”孟实先生，安息吧！你的形象将永远留在你这一个年迈而不龙钟的学生的心中。

1986 年 3 月

追忆李长之

稍微了解我的交友情况的人，恐怕都会有一个疑问：季羡林是颇重感情的人，他对逝去的师友几乎都写了纪念文章，为什么对李长之独付阙如呢？

这疑问提得正确，正击中了要害。我自己也有这个疑问的。原因究竟何在呢？我只能说，原因不在长之本人，而在另一位清华同学。事情不能说是小事一端，但也无关世界大局和民族兴亡，我就不再说它了。

长之是我一生中最早的朋友。认识他时，我只有八九岁，地方是济南一师附小。我刚从私塾转入新式小学，终日嬉戏，并不念书，也不关心别人是否念书。因此对长之的成绩如何，也是始终不知道的，也根本没有想知道的念头。小学生在一起玩，是常见的现象，至于三好两歹成为朋友，则颇为少见。我同长之在一师附小的情况就是这样，我不记得同他有什么亲密的往来。

当时的一师校长是王视晨先生，是有名的新派人物，最先接受了“五四”

的影响，语文改文言为白话。课本中有一课是举世皆知的《阿拉伯的骆驼》。我的叔父平常是不大关心我的教科书的。无巧不成书，这个《阿拉伯的骆驼》竟偶然被他看到了。看了以后，他大为惊诧，高呼："骆驼怎么能说话呢？荒唐！荒唐！转学！转学！"

于是我立刻就转了学，从一师附小转到新育小学（后改称三合街小学）。报名口试时，老师出了一个"骡"字，我认识了，而与我同去的大我两岁的彭四哥不认识。我被分派插入高小一年级，彭四哥入初小三年级：区区一个"骡"字为我争取了一年。这也可以算是一个逸事吧。

我在新育小学，不是一个用功的学生，不爱念书，专好打架。后来有人讲我性格内向，我自己也认为是这样；但在当时，我大概很不内向，而是颇为外向的，打架就是一个证明。我是怎样转为内向的呢？这问题过去从未考虑过，大概同我所处的家庭环境有关吧。反正我当时是不大念书的。每天下午下课以后，就躲到附近工地堆砖的一个角落里，大看特看旧武侠小说，什么《彭公案》《施公案》《济公传》《东周列国志》《封神演义》《说岳》《说唐》等等。《彭公案》我看到四十几续，越续越荒唐，我却乐此不疲。不认识的字当然很多。秋妹和我常开玩笑，问不认识的字是用筷子夹呢，还是用笤帚扫；前者表示不多，后者则表示极多，我大概是用笤帚扫的时候居多吧。读旧小说，叔父称之为"看闲书"，是为他深恶而痛绝的。我看了几年闲书却觉得收获极大。我以后写文章，思路和文笔都似乎比较通畅，与看闲书不无关联。我痛感今天的青年闲书看得不够。是不是看闲书有百利而无一弊呢？也不能这样说，比如我想练"铁砂掌"之类的笑话，就与看闲书有关。但我认为，那究竟是些鸡毛蒜皮的事，用不着大张挞伐的。

看闲书当然会影响上正课。当时已经实行了每学年学期末考试张榜的制度。我的名次总盘旋在甲等三四名，乙等一二名之间，从来没有拿到过甲等第一名。我似乎也毫无追求这种状元的野心，对名次一笑置之，我行我素，闲书照看不误。

我一转学，就同长之分了手，一分就是六年。新育毕业后，按常理说，我应该投考当时大名鼎鼎的济南一中的。但我幼无大志，自知是一个上不得台盘的人，我连报名的勇气都没有，只是凑合着报考了与“烂育英”相提并论的“破正谊”。但我的水平，特别是英语水平，恐怕确实高于一般招考正谊中学的学生，因此，我入的不是一年级，而是一年半级，讨了半年的便宜。以后事实证明，这半年是“狗咬尿泡一场空”，一点用处也没有。至于长之，他入的当然是一中。一中毕业以后，他好像是没有入山大附中，而是考入齐鲁大学附中，从那里又考入北京大学预科。但在北大预科毕业后，却不入北大，而是考入清华大学。我自己呢，正谊毕业以后，念了半年正谊高中。山大附设高中成立后，我转到那里去念书。念了两年，日寇占领了济南，停学一年。1929 年，山东省立济南高中成立，我转到那里，1930 年毕业，考入清华大学。于是，在分别六年之后，我同长之又在清华园会面了。

长之最初入的是生物系，看来是走错了路。我有一次到他屋里去，看到墙上贴着一张图，是他自己画的细胞图之类的东西，上面有教员改正的许多地方，改得花里胡哨。长之认为，细胞不应该这样排列，这样不美。他根据自己的审美观加以改变，当然就与大自然有违。这样的人能学自然科学吗？于是他转入了哲学系。又有一次我走到他屋里，又看到墙上贴着一张法文试卷。上面法文教员华兰德老小姐用红笔改得满篇红色，熠熠闪着红光。这一次，长之没有说，法文不应该这样结构，只是苦笑不已，大概是觉得自己的错误已经打破了世界纪录了吧。从这两个小例子上，完全可以看出，长之是有天才的人，思想极为活跃，但不受任何方面的绳墨的约束。这样的人，做思想家可能有大成就，做语言学家或自然科学家则只能有大失败。长之的一生证明了这一点。

我同长之往来是很自然的。但是，不知道是怎样一来，我们同中文系的吴组缃和林庚也成了朋友，经常会面，原因大概是我们都喜欢文学，都喜欢舞笔弄墨。当时并没有什么“清华四剑客”之类的名称，可我们毫无意识地结成了一个团伙，则确是事实。我们会面，高谈阔论，说话则是尽量夸大，尽量偏激，挥斥方遒，粪土许多当时的文学家。有一天，茅盾的《子夜》刚出版不久，在中国文坛上引起了极大的震动。我们四人当然不会无动于衷，就聚集在工字厅后面的一间大厅里，屋内光线不好，有点阴暗。但窗外荷塘里却是红荷映日，翠盖蔽天，绿柳垂烟，鸣蝉噪夏，一片暑天风光。我们四人各抒己见，有的赞美，有的指责，前者以组缃为代表，后者的代表是我，一直争到室内渐渐地暗了下来，已经到了吃晚饭的时候了，我们方才鸣金收兵。遥想当年的鹅湖大会，盛况也不过如此吧。

由于我们都是“文学青年”，又都崇拜当时文坛上的明星，我们都不自觉地拜在郑振铎先生门下，并没有什么形式，只是旁听过他在清华讲中国文学史的课，又各出大洋三元订购了他的《插图本中国文学史》。郑先生是名作家兼学者，但是丝毫没有当时的教授架子，同我谈话随便，笑容满面，我们结成了忘年交，终生未变。我们曾到他燕京大学的住宅去拜访过他，对他那藏书插架之丰富，狠狠地羡慕了一番。他同巴金、靳以主编了《文学季刊》，一时洛阳纸贵。我们的名字赫然印在封面上，有的是编委，有的是特约撰稿人。虚荣心恐怕是人人有之的。我们这几个二十岁刚出头的毛头小伙子，心里有点飘飘然，不是很自然的吗？有一年暑假，我同长之同回济南，他在家中宴请老舍，邀我作陪，这是我认识老舍先生之始，以后也成为了好朋友。

我同长之还崇拜另一位教授——北京大学德文系主任、清华大学兼任教授杨丙辰先生。他也是冯至先生的老师，早年在德国留过学，没拿什么学位，翻译过德国一些古典名著，其他没有什么著作。他在北京许多大学兼课，每月收入大洋一千余元，当时是一个很大的数目。他有一位年轻貌美的夫人，以捧京剧男角为主要业务。他则以每天到中山公园闲坐喝茶为主要活动。夫妇感情极好，没有儿女。杨先生的思想极为复杂，中心信仰是“四大皆空”。因此教书比较随便，每个学生皆给高分。有一天，他拿给长之和我一本德文讲文艺理论的书，书名中有一个德文字：Literatur Wissenschaft，意思是文艺科学。长之和我都觉得此字极为奇妙，玄机无穷，我们简直想跪下膜拜。我们俩谁也没有弄明白，葫芦里究竟卖的是什么药。后来我到了德国，才知道这是一个非常一般的字，一点玄妙也没有。长之却写文章，大肆吹捧杨先生，称他为“我们的导师”。长之称他自己的文学批评理论为“感情的批评主义”。我对理论一向不感兴趣，他这“感情的批评主义”是不是指愿意怎么说就怎么说，完全以主观印象为根据，我不得而知。一直到今天，我也是一点都不明白。有一位姓张的中文系同学，同我们都不大来往，与长之来往极密。长之张皇“造名运动”，意思是尽快出名，这位张君也是一个自命天才的人，在这方面与长之极为投机。对这种事情，我不置一词，但是他从图书馆借书出来，挖掉书中的藏书票，又用书来垫床腿，我则极为不满，而长之漠然置之，这却引起了我的反感。我认为，这是损人利己的行为，是不道德的。再扩大了，就会形成曹操主义：“宁要我负天下人，不要天下人负我。”对一个文明社会来说，是完全要不得的。我是不是故意危言耸听呢？我决无此意。这位张君，我毕业后又见过一次面，以后就再没有听到过他的消息，不知所终了。

时间已经到了 1935 年。我在清华毕业后，在济南省立高中教过一年国文。这一年考取了清华与德国的交换研究生。我又回到北京办理出国手续，住在清华招待所里。此时长之大概是由于转系的原因还没有毕业。我们天天见面，曾共同到南院去拜见了闻一多先生。这是我第一次拜见一多先生。当然也就是最后一次了。长之还在他主编的天津《益世报》文艺副刊上写长文为我送行，又在北海为我饯行，邀集了不少的朋友。我们先在荷花丛中泛舟。虽然正在炎夏，但荷风吹来，身上尚微有凉意，似乎把酷暑已经驱除，而荷香入鼻，更令人心旷神怡。抬头见白塔，塔顶直入晴空，塔影则印在水面上，随波荡漾。祖国风光，实在迷人。我这个即将万里投荒的准游子，一时心潮腾涌，思绪万千，再看到这样的景色不知要等到何年何月了。

我同长之终于分了手。我到德国的前两年，我们还不断有书信往来。他给我寄去了日本学者高楠顺次郎等著的《印度古代哲学宗教史》，还在扉页上写了一封信。二战一起，邮路阻绝，我们彼此不相闻问者长达八九年之久。万里相思，婵娟难共。我在德国经历了战火和饥饿的炼狱，他在祖国饱尝了外寇炮火的残酷。朝不虑夕，生死难卜，各人有各人的一本难念的经。但是，有时候我还会想到长之的。忘记了是哪一年，我从当时在台湾教书的清华校友许振德的一封信中，得知长之的一些情况。他笔耕不辍，著述惊人，每年出几本著作，写多篇论文。著作中最引人瞩目的是《鲁迅批判》，鲁迅个人曾读到此书。当时所谓“批判”就是“评论 ”的意思，与后来“文革”中所习见者迥异其趣。但是，可惜“小将”（也许还有“老将”）不读书，这给长之招来了无穷无尽的麻烦与灾难，这是后话，在这里暂且不表了。

1946 年夏天，我在离开了祖国十一年之后，终于经过千辛万苦，绕道瑞士、法国、越南、中国香港等地，又回到祖国的怀抱。当时我热泪盈眶，激动万端，很想跪下来，吻一下祖国的土地。我先在上海见到了克家，在他的榻榻米上睡了若干天。然后又到南京，见到了长之。我们虽已分别十一年；但在当时，我们都还是三十多岁的小伙子，并显不出什么老相。长之在国立编译馆工作，我则是无业游民。我虽已接收了北大的聘约，但尚未上班，当然没有工资。我腰缠一贯也没有，在上海卖了一块从瑞士带回来的欧美茄金表，得到八两黄金，换成法币，一半寄济南家中，一半留着自己吃饭用。住旅馆是没有钱的，晚上就睡在长之的办公桌上。活像一个流浪汉。

就这样，我的生活可以说是不安定不舒服的。确实是这样。但是也有很舒服的一面。我乍回到祖国，觉得什么东西都可爱，都亲切，都温暖。

长之的办公桌，白天是要用的。因此，我一起“床”，就必须离开那里。但是，我又没有别的地方可去，只有出门到处漫游，这就给了我一个接近祖国事物和风光的机会。这就是温暖的来源。国立编译馆离开古台城不远，每天我一离开编译馆，就直奔台城。那里绿草如茵，古柳成行，是否还有十里长，我说不出。反正是绿叶蔽天，浓荫匝地，“依旧烟笼十里堤”的气势俨然犹在。这里当然是最能令人发思古之幽情的地方，然而我的幽情却发不出。它完全为感激之情所掩。我套用了那一首著名的唐诗，写了两句诗：“有情最是台城柳，伴我长昼度寂寥。”可见我心情之一斑。附近的诸名胜，比如鸡鸣寺、胭脂井之类，我是每天必到。也曾文思涌动过，想写点什么，但只写了一篇《胭脂井小品序》，有序无文，成了一只断线的风筝了。

长之在星期天当然也陪我出来走走。我们一向是无话不谈的。他向我介绍了国内的情况，特别是国民党的情况。抗战胜利后，国民党派出了很多大员，也有中员和小员，到各地去接收敌伪的财产。他们你争我夺，勾心斗角，闹得一塌糊涂，但每个人的私囊都塞得鼓鼓的。这当然会引起人民群众的愤怒，一时昏天昏地。长之对我绘声绘形地讲了这些情况，可见他对国民党是不满的。他还常带我到鼓楼附近的一条大街上新华社门外报栏那里去看中共的《新华日报》。这是危险的行动，会有人盯梢照相的。他还偷偷地告诉我，济南一中同学王某是军统特务，对他说话要小心。可见长之政治警惕性是很高的。他是我初入国门的政治指导员，让我了解了很多事情。他还介绍我认识了梁实秋先生。梁先生当时也在国立编译馆工作，他设盛宴，表示为我洗尘。从此我们成了忘年交。梁先生也是名人，却毫无名人架子。我们相处时间虽不长，但是终我们一生都维持着出自内心的友谊。

1946 年深秋，我离开了南京，回到上海，乘轮船到达秦皇岛，再转乘火车到了阔别十一年多的北京。再过三年，就迎来了新中国成立。此时长之也调来北京师范大学。中国老知识分子，最初都是豪情满怀，逸兴遄飞的，仿佛走的是铺满了鲜花的阳关大道。但是，不久运动就一个接一个铺天盖地而来，知识分子开始走上了坎坷不平的长满了荆棘的羊肠小道。可是，中国知识分子的爱国赤诚源远流长，根深蒂固。即使是处在这样的情况下，也几乎没有人心怀不满的。总是深挖自己的灵魂，搜寻自己的缺点。结果是一种中国牌的原罪感压倒了一切。据我看，这并没有产生多少消极的影响，对某一些自高自大的知识分子来说，反倒会有一些好处的：这一些人有意与无意地总觉得高人一等。从新中国成立到60年代中叶，中国的老知识分子的心态和情况大体上就是这样。

北大一向是政治运动的发源地，学生思想非常活跃。北师大稍有不同，但每次运动也从不迟到。我在上面已经说到，长之从南京调北师大工作，我的另一位从初中就成为朋友的同学张天麟，也调到北师大去工作。无巧不成书，每次运动，他们俩总是首先被冲击的对象，成了有名的“运动员”。张的事情在这里先不谈，只谈长之。我在上面已经说过，他并不赞成国民党。但我听说，不知道是在哪一年，他曾在文章中流露出吹捧法西斯的思想。确否不知。即使是真的，也不过只是书生狂言，也可能与他的个人英雄主义思想有关，当不得真的。最大的罪名恐怕还是他那部《鲁迅批判》。鲁迅几乎已经被尊为圣人，竟敢“批判”他，岂不是太岁头上动土！这有点咎由自取，但也不完全是这样。在莫须有的罪名满天飞的时候，谁碰上谁就倒霉。长之是不碰也得碰的。结果被加冕为“右派”。谁都知道，这一顶帽子无比沉重，无异于一条紧箍，而且谁都能念紧箍咒。他被剥夺了教书的权利，只在图书室搞资料，成了一个“不可接触者”。“文革”时期他受的是什么“待遇”，我不清楚。我自己则是自觉自愿地跳出来的，反对那一位北大的“老佛爷”，在牛棚中饱受痛打与折磨。我们俩都是泥菩萨过江自身难保了。

“四人帮”垮台以后，天日重明，普天同庆。长之终于摘掉了“右派”

帽子。虽然仍有一顶“摘帽右派”的帽子无声无影地戴在头上，但他已经感觉到轻松多了。有一天，他到燕园来看我，嘴里说着“我以前真不敢来呀！”这一句话刺痛了我的心，我感到惭愧内疚。我头上并没戴“右派”的帽子，为什么没有去看他呢？我决不是出于政治上的考虑才不去看他的。我生平最大的缺点，说不定还是优点哩，就是不喜欢串门子。我同吴组缃和林庚同居一园之内，也是十年九不遇地去看看他们。但是长之毕竟与他俩不同。我不能这样一解释就心安理得，我感到不安。长之伸出了他的右手，五个手指已经弯曲僵硬如鸡爪，不能伸直。这意味着什么呢？我说不清。但是，我的泪水却向肚子里直流，我们相对无言了。这好像是我同长之的最后一次会面。又隔了一段时间，我随对外友协代表团赴印度访问，在那里待的时间比较长。回国以后，听说长之已经去世，我既吃惊又痛苦。以长之的才华，本来还可以写一些比较好的文章共庆升平的。然而竟赍志以没。我们相交七十余年，生不能视其疾，死不能临其丧，我的心能得安宁吗？呜呼！长才未展，命途多舛；未臻耄耋，遽归道山。我还没有能达到“悲欢离合总无情”的水平。我年纪越老，长之入梦的次数越多。我已年届九旬，他还能入梦多少次啊！悲哉！

2001 年 8 月 29 日写毕

怀师友

花解语

什么叫『悲』？什么又叫『欢』？是我成为『不可接触者』时悲呢？还是成为『极可接触者』时欢？如果没有老祖和婉如的逝世，这问题本来是一清二白的，现在却是悲欢难以分辨了。我想得到答复。我走上了每天必登临几次的小山，我问苍松，苍松不语；我问翠柏，翠柏不答。我问三十多年来亲眼看见我这些悲欢离合的二月兰，它也沉默不语，兀自万朵怒放，笑对春风，紫气冲霄汉。

枸杞树

在不经意的时候，一转眼便会有一棵苍老的枸杞树的影子飘过。这使我困惑。最先是去追忆：什么地方我曾看见这样一棵苍老的枸杞树呢？是在某处的山里么？是在另一个地方的一个花园么？但是，都不像。最后，我想到才到北平时住的那个公寓；于是我想到这棵苍老的枸杞树。

我现在还能很清晰地温习一些事情：我记得初次到北平时，在前门下了火车以后，这古老都市的影子，更像一个秤砣，沉重地压在我的心上。我迷茫地上了一辆洋车，跟着木屋似的电车向北跑。远处是红的墙，黄的瓦。我是初次看到电车；我想，“电”不是很危险吗？后面的电车上的脚铃响了；我坐的洋车仍然在前面悠然地跑着。我感到焦急，同时，我的眼仍然“如入山阴道上，应接不暇”，我仍然看到，红的墙，黄的瓦。终于，在焦急，又因为初踏入一个新的境地而生的迷惘的心情下，折过了不知道多少满填着黑土的小胡同以后，我被拖到西城的某一个公寓里去了。我仍然非常迷惘而有点儿近于慌张，眼前的一切都仿佛给一层轻烟笼罩起来似的，我看不清院子里有什么东西，我甚至也没有看清我住的小屋，黑夜跟着来了，我便糊里糊涂地睡下去，做了许许多多离奇古怪的梦。

虽然做了梦，但是却没有能睡得很熟，刚看到窗上有点儿发白，我就起来了。因为心比较安定了一点，我才开始看得清楚：我住的是北屋，屋前的小院里，有不算小的一缸荷花，四周错落地摆了几盆杂花。我记得很清楚：这些花里面有一棵仙人头，几天后，还开了很大的一朵白花，但是最惹我注意的，却是靠墙长着的一棵枸杞树，已经长得高过了屋檐，枝干苍老钩曲像千年的古松，树皮皱着，色是黝黑的，有几处已经开了裂。幼年在故乡的时候，常听人说，枸杞树是长得非常慢的，很难成为一棵树，现在居然有这样一棵虬干的老枸杞树站在我面前，真像梦；梦又掣开了轻渺的网，我这是站在公寓里么？于是，我问公寓的主人，这枸杞有多大年龄了，他也渺茫：他初次来这里开公寓时，这树就是现在这样，三十年来，没有多少变动。这更使我惊奇，我用惊奇的叹息的眼光注视着这苍老的枝干，又注视着接连着树顶的蓝蓝的长天。

就这样，我每天看书乏了，就总到这棵树底下徘徊。在细弱的枝条上，蜘蛛结了网，间或有一片树叶儿或苍蝇蚊子之流的尸体粘在上面。在有太阳和灯火照上去的时候，这小小的网也会反射出细弱的清光来。倘若再走近一点，你又可以看到有许多叶上都爬着长长的绿色的虫子，在爬过的叶上留下了半圆缺口。就在这有着缺口的叶片上，你可以看到各样的斑驳陆离的彩痕。对着这彩痕，你可以随便想到什么东西，想到地图，想到水彩画，想到被雨水冲过的墙上的残痕，再玄妙一点儿，想到宇宙，想到有着各种彩色的迷离的梦影。这许许多多的东西，都在这小的叶片上呈现给你。当你想到地图的时候，你可以任意指定一个小的黑点，算作你的故乡。再大一点的黑点，算作你曾游过的湖或山，你不是也可以在你心的深处浮起点温热的感觉么？这苍老的枸杞树就是我的宇宙。不，这叶片就是我的全宇宙。我替它把长长的虫子拿下来，摔在地上，对着它，我给自己描画种种涂着彩色的幻想，我把我的童稚的幻想，拴在这苍老的枝干上。

在雨天，牛乳色的轻雾给每件东西涂上一层淡影。这苍黑的枝干更显得黑了。雨住了的时候，有一两个蜗牛在上面悠然地爬着，散步似的从容，蜘蛛网上残留的雨滴，静静地发着光。一条虹从北屋的脊上伸展出去，像拱桥不知伸到什么地方去了。这枸杞的顶尖就正顶着这桥的中心。不知从什么地方来的阴影，渐渐地爬过了西墙，墙隅的蜘蛛网，树叶浓密的地方仿佛把这阴影捉住了一把似的，渐渐地黑起来。只剩了夕阳的余晖返照在这苍老的枸杞树的圆圆的顶上，淡红的一片，熠耀着，俨然如来佛头顶上金色的圆光。

以后，黄昏来了，一切角隅皆为黄昏所占领了。我同几个朋友出去到西单一带散步。穿过了花市，晚香玉在薄暗里发着幽香。不知在什么时候，什么地方，我曾读过一句诗："黄昏里充满了木樨花的香。"我觉得很美丽。虽然我从来没有闻到过木樨花的香；虽然我明知道现在我闻到的是晚香玉的香。但是我总觉得我到了那种缥缈的诗意的境界似的。在淡黄色的灯光下，我们摸索着转进了幽黑的小胡同，走回了公寓。这苍老的枸杞树只剩下了一团凄迷的影子，靠了北墙站着。

跟着来的是个长长的夜。我坐在窗前读着预备考试的功课。大头尖尾的绿色小虫，在糊了白纸的玻璃窗外有所寻觅似的撞击着。不一会儿，一个从缝里挤进来了，接着又一个，又一个。成群的围着灯飞。当我听到卖"玉米面饽饽"戛长的永远带点儿寒冷的声音，从远处的小巷子里越过了墙飘过来的时候，我便捻熄了灯，睡下去。于是又开始了同蚊子和臭虫的争斗。在静静的长夜里，忽然醒了，残梦依然压在我心头，倘若我听到又有窸窣的声音在这棵苍老的枸杞树周围，我便知道外面又落了雨。我注视着这神秘的黑暗，我描画给自己：这枸杞树的苍黑的枝干该更黑了吧；那只蜗牛有所趋避该匆匆地在向隐蔽处爬去吧；小小的圆的蜘蛛网，该又捉住雨滴了吧，这雨滴在黑夜里能不能静静地发着光呢？我做着天真的童话般的梦。

我梦到了这棵苍老的枸杞树——这枸杞树也做梦么？第二天早晨起来，外面真的还在下着雨。空气里充满了清新的沁人心脾的清香。荷叶上顶着珠子似的雨滴，蜘蛛网上也顶着，静静地发着光。

在如火如荼的盛夏转入初秋的澹远里去的时候，我这种诗意的，又充满了稚气的生活，终于也不能继续下去。我离开这公寓，离开这苍老的枸杞树，移到清华园里来，到现在差不多四年了。这园子素来是以水木著名的。春天里，满园怒放着红的花，远处看，红红的一片火焰。夏天里，垂柳拂着地，浓翠扑上人的眉头。红霞般的爬山虎给冷清的深秋涂上一层凄艳的色彩。冬天里，白雪又把这园子安排成为一个银的世界。在这四季，又都有西山的一层轻渺的紫气，给这园子添了不少的光辉。这一切颜色：红的，翠的，白的，紫的，混合着涂上了我的心，在我心里幻成一幅绚烂的彩画。我做着红色的，翠色的，白色的，紫色的，各样颜色的梦。论理说起来，我在西城公寓做的童话般的梦，早该被挤到不知什么地方去了。但是，我自己也不了解，在不经意的时候，总有一棵苍老的枸杞树的影子飘过。飘过了春天的火焰似的红花，飘过了夏天的垂柳的浓翠，飘过了红霞似的爬山虎，一直到现在，是冬天，白雪正把这园子装成银的世界。混合了氤氲的西山的紫气，静定在我的心头。在一个浮动的幻影里，我仿佛看到：有夕阳的余晖返照在这棵苍老的枸杞树的圆圆的顶上，淡红的一片，熠耀着，像如来佛头顶上的金光。

1933 年 12 月 8 日雪之下午

马缨花

曾经有很长的一段时间，我孤零零一个人住在一个很深的大院子里。从外面走进去，越走越静，自己的脚步声越听越清楚，仿佛从闹市走向深山。等到脚步声成为空谷足音的时候，我住的地方就到了。

院子不小，都是方砖铺地，三面有走廊。天井里遮满了树枝，走到下面，浓荫匝地，清凉蔽体。从房子的气势来看，从梁柱的粗细来看，依稀还可以看出当年的富贵气象。

这富贵气象是有来源的。在几百年前，这里曾经是明朝的东厂。不知道有多少忧国忧民的志士曾在这里被囚禁过，也不知道有多少人在这里受过酷刑，甚至丧掉性命。据说当年的水牢现在还有迹可寻哩。

等到我住进去的时候，富贵气象早已成为陈迹，但是阴森凄苦的气氛却是原封未动。再加上走廊上陈列的那一些汉代的石棺石椁，古代的刻着篆字和隶字的石碑，我一走回这个院子里，就仿佛进入了古墓。这样的环境，这样的气氛，把我的记忆提到几千年前去；有时候我简直就像是生活在历史里，自己俨然成为古人了。

这样的气氛同我当时的心情是相适应的，我一向又不相信有什么鬼神，所以我住在这里，也还处之泰然。

但是也有紧张不泰然的时候。往往在半夜里，我突然听到推门的声音，声音很大，很强烈。我不得不起来看一看。那时候经常停电，我只能在黑暗中摸索着爬起来，摸索着找门，摸索着走出去。院子里一片浓黑，什么东西也看不见，连树影子也仿佛同黑暗粘在一起，一点都分辨不出来。我只听到大香椿树上有一阵窸窸窣窣的声音，然后"咪噢"的一声，有两只小电灯似的眼睛从树枝深处对着我闪闪发光。

这样一个地方，对我那些经常来往的朋友们来说，是不会引起什么好感的。有几位在白天还有兴致来找我谈谈，他们很怕在黄昏时分走进这个院子。万一有事，不得不来，也一定在大门口向工友再三打听，我是否真在家里，然后才有勇气，跋涉过那一个长长的胡同，走过深深的院子，来到我的屋里。有一次，我出门去了，看门的工友没有看见，一位朋友走到我住的那个院子里。在黄昏的微光中，只见一地树影，满院石棺，我那小窗上却没有灯光。他的腿立刻抖了起来，费了好大力量，才拖着它们走了出去。第二天我们见面时，谈到这点经历，两人相对大笑。

我是不是也有孤寂之感呢？应该说是有的。当时正是"万家墨面没蒿莱"的时代，北京城一片黑暗。白天在学校里的时候，同青年同学在一起，从他们那蓬蓬勃勃的斗争意志和生命活力里，还可以汲取一些力量和快乐，精神十分振奋。但是，一到晚上，当我孤零一个人走回这个所谓家的时候，我仿佛遗世而独立。没有人声，没有电灯，没有一点活气。在煤油灯的微光中，我只看到自己那高得、大得、黑得惊人的身影在四面的墙壁上晃动，仿佛是有个巨灵来到我的屋内。寂寞像毒蛇似的偷偷地袭来，折磨着我，使我无所逃于天地之间。

在这样无可奈何的时候，有一天，在傍晚的时候，我从外面一走进那个院子，蓦地闻到一股似浓似淡的香气。我抬头一看，原来是遮满院子的马缨花开花了。在这以前，我知道这些树都是马缨花树，但是我却没有十分注意它们。今天它们用自己的香气告诉了我它们的存在。这对我似乎是一件新事。我不由得就站在树下，仰头观望：细碎的叶子密密地搭成了一座天棚，天棚上面是一层粉红色的细丝般的花瓣，向远处望去，就像是绿云层上浮上了一团团的红雾。香气就是从这一片绿云里洒下来的，洒满了整个院子，洒满了我的全身，使我仿佛游泳在香海里。

花开也是常有的事，开花有香气更是司空见惯。但是，在这样一个时候，这样一个地方，有这样的花，有这样的香，我就觉得很不寻常；有花香慰我寂寥，我甚至有一些近乎感激的心情了。

从此，我就爱上了马缨花，把它当成了自己的知心朋友。

北京终于解放了。1949 年的 10 月 1 日给全中国带来了光明与希望，给全世界带来了光明与希望。这一个具有重大意义的日子在我的生命里划了一道鸿沟，我仿佛重新获得了生命。可惜不久我就搬出了那个院子，同那些可爱的马缨花告别了。

时间也过得真快，到现在，才一转眼的工夫，已经过去了十三年。这十三年是我生命史上最重要、最充实、最有意义的十三年。我看了许多新东西，学习了很多新东西，走了很多新地方。我当然也看了很多奇花异草。我曾在亚洲大陆最南端科摩林海角看到高凌霄汉的巨树上开着大朵的红花；我曾在缅甸的避暑胜地东枝看到开满了小花园的火红照眼的不知名的花朵；我也曾在塔什干看到长得像小树般的玫瑰花。这些花都是异常美妙动人的。

然而使我深深地怀念的却仍然是那些平凡的马缨花，我是多么想见到它们呀！

最近几年来，北京的马缨花似乎多起来了。在公园里，在马路旁边，在大旅馆的前面，在草坪里，都可以看到新栽种的马缨花。细碎的叶子密密地搭成了一座座的天棚，天棚上面是一层粉红色的细丝般的花瓣。远处望去，就像是绿云层上浮上了一团团的红雾。这绿云红雾飘满了北京，衬上红墙、黄瓦，给人民的首都增添了绚丽与芬芳。

我十分高兴，我仿佛是见了久别重逢的老友。但是，我却隐隐约约地感觉到，这些马缨花同我回忆中的那些很不相同。叶子仍然是那样的叶子，花也仍然是那样的花；在短短的十几年以内，它绝不会变了种。它们不同之处究竟何在呢？

我最初确实是有些困惑，左思右想，只是无法解释。后来，我扩大了我回忆的范围，不把回忆死死地拴在马缨花上面，而是把当时所有同我有关的事物都包括在里面。不管我是怎样喜欢院子里那些马缨花，不管我是怎样爱回忆它们，回忆的范围一扩大，同它们联系在一起的不是黄昏，就是夜雨，否则，就是迷离凄苦的梦境。我好像是在那些可爱的马缨花上面从来没有见到哪怕是一点点阳光。

然而，今天摆在我眼前的这些马缨花，却仿佛总是在光天化日之下。即使是在黄昏时候，在深夜里，我看到它们，它们也仿佛是生气勃勃，同浴在阳光里一样。它们仿佛想同灯光竞赛，同明月争辉。同我回忆里那些马缨花比起来，一个是照相的底片，一个是洗好的照片；一个是影，一个是光。影中的马缨花也许是值得留恋的，但是光中的马缨花不是更可爱吗？

我从此就爱上了这光中的马缨花，而且我也爱藏在我心中的这一个光与影的对比。它能告诉我很多事情，带给我无穷无尽的力量，送给我无限的温暖与幸福；它也能促使我前进。我愿意马缨花永远在这光中含笑怒放。

1962 年 10 月 1 日

夹竹桃

夹竹桃不是名贵的花，也不是最美丽的花；但是，对我说来，她却是最值得留恋最值得回忆的花。

不知道由于什么缘故，也不知道从什么时候起，在我故乡的那个城市里，几乎家家都种上几盆夹竹桃，而且都摆在大门内影壁墙下，正对着大门口。客人一走进大门，扑鼻的是一阵幽香，入目的是绿蜡似的叶子和红霞或白雪似的花朵，立刻就感觉到仿佛走进自己的家门口，大有宾至如归之感了。

我们家的大门内也有两盆，一盆红色的，一盆白色的。我小的时候，天天都要从这下面走出走进。红色的花朵让我想到火，白色的花朵让我想到雪。火与雪是不相容的；但是这两盆花却融洽地开在一起，宛如火上有雪，或雪上有火。我顾而乐之，小小的心灵里觉得十分奇妙，十分有趣。

只有一墙之隔，转过影壁，就是院子。我们家里一向是喜欢花的；虽然没有什么非常名贵的花，但是常见的花却是应有尽有。每年春天，迎春花首先开出黄色的小花，报告春的消息。以后接着来的是桃花、杏花、海棠、榆叶梅、丁香等等，院子里开得花团锦簇。到了夏天，更是满院葳蕤。凤仙花、石竹花、鸡冠花、五色梅、江西腊等等，五彩缤纷，美不胜收。夜来香的香气熏透了整个的夏夜的庭院，是我什么时候也不会忘记的。一到秋天，玉簪花带来凄清的寒意，菊花报告花事的结束。总之，一年三季，花开花落，没有间歇；情景虽美，变化亦多。

然而，在一墙之隔的大门内，夹竹桃却在那里悄悄地一声不响，一朵花败了，又开出一朵；一嘟噜花黄了，又长出一嘟噜；在和煦的春风里，在盛夏的暴雨里，在深秋的清冷里，看不出什么特别茂盛的时候，也看不出什么特别衰败的时候，无日不迎风弄姿，从春天一直到秋天，从迎春花一直到玉簪花和菊花，无不奉陪。这一点韧性，同院子里那些花比起来，不是形成一个强烈的对照吗？

但是夹竹桃的妙处还不止于此。我特别喜欢月光下的夹竹桃。你站在它下面，花朵是一团模糊；但是香气却毫不含糊，浓浓烈烈地从花枝上袭了下来。它把影子投到墙上，叶影参差，花影迷离，可以引起我许多幻想。我幻想它是地图，它居然就是地图了。这一堆影子是亚洲，那一堆影子是非洲，中间空白的地方是大海。碰巧有几只小虫子爬过，这就是远渡重洋的海轮。我幻想它是水中的荇藻，我眼前就真的展现出一个小池塘。夜蛾飞过映在墙上的影子就是游鱼。我幻想它是一幅墨竹，我就真看到一幅画。微风乍起，叶影吹动，这一幅画竟变成活画了。有这样的韧性，能这样引起我的幻想，我爱上了夹竹桃。

好多好多年，我就在这样的夹竹桃下面走出走进。最初我的个儿矮，必须仰头才能看到花朵。后来，我逐渐长高了，夹竹桃在我眼中也就逐渐矮了起来。等到我眼睛平视就可以看到花的时候，我离开了家。

我离开了家，过了许多年，走过许多地方。我曾在不同的地方看到过夹竹桃，但是都没有留下深刻的印象。

两年前，我访问了缅甸，在仰光开过几天会以后，缅甸的许多朋友们热情地陪我们到缅甸北部古都蒲甘去游览。这地方以佛塔著名，有“万塔之城”的称号。据说，当年确有万塔。到了今天，数目虽然没有那样多了，但是，纵目四望，嶙嶙峋峋，群塔簇天，一个个从地里涌出，宛如阳朔群山，又像是云南的石林，用“雨后春笋”这一句老话，差堪比拟。虽然花草树木都还是绿的，但是时令究竟是冬天了，一片萧瑟荒寒气象。

然而就在这地方，在我们住的大楼前，我却意外地发现了老朋友夹竹桃。一株株都跟一层楼差不多高，以至于我最初竟没有认出它们来。花色比国内的要多，除了红色的和白色的以外，记得还有黄色的。叶子比我以前看到的更绿得像绿蜡，花朵开在高高的枝头，更像片片的红霞、团团的白雪、朵朵的黄云。苍郁繁茂，浓翠逼人，同荒寒的古城形成了强烈的对比。

我每天就在这样的夹竹桃下走出走进。晚上同缅甸朋友们在楼上凭栏闲眺，畅谈各种各样的问题，谈蒲甘的历史，谈中缅文化交流，谈中缅两国人民的友谊。在这时候，远处的古塔逐渐隐入暮霭中，近处的几个古塔上却给电灯照得通明，望之如灵山幻境。我伸手到栏外，就可以抓到夹竹桃的顶枝。花香也一阵一阵地从下面飘上楼来，仿佛把中缅友谊熏得更加芬芳。

就这样，在对于夹竹桃的婉美动人的回忆里，又涂上了一层绚烂夺目的中缅人民友谊的色彩。我从此更爱夹竹桃。

1962 年 10 月 17 日

二月兰

转眼，不知怎样一来，整个燕园竟成了二月兰的天下。二月兰是一种常见的野花。花朵不大，紫白相间。花形和颜色都没有什么特异之处。如果只有一两棵，在百花丛中，绝不会引起任何人的注意。但是它却以多制胜，每到春天，和风一吹拂，便绽开了小花；最初只有一朵、两朵、几朵。但是一转眼，在一夜间，就能变成百朵、千朵、万朵。大有凌驾百花之上的势头了。

我在燕园里已经住了四十多年。最初我并没有特别注意到这种小花。直到前年，也许正是二月兰开花的大年，我蓦地发现，从我住的楼旁小土山开始，走遍了全园，眼光所到之处，无不有二月兰在。宅旁、篱下、林中、山头、土坡、湖边，只要有空隙的地方，都是一团紫气，间以白雾，小花开得淋漓尽致，气势非凡，紫气直冲云霄，连宇宙都仿佛变成紫色的了。

我在迷离恍惚中，忽然发现二月兰爬上了树，有的已经爬上了树顶，有的正在努力攀登，连喘气的声音似乎都能听到。我这一惊可真不小：莫非二月兰真成了精了吗？再定睛一看，原来是二月兰丛中一些藤萝，也正在开着花，花的颜色同二月兰一模一样，所差的就仅仅只缺少那一团白雾。我实在觉得我这个幻觉非常有趣。带着清醒的意识，我仔细观察起来：除了花形之外，颜色真是一般无二。反正我知道了这是两种植物，心里有了底，然而再一转眼，我仍然看到二月兰往枝头爬。这是真的呢？还是幻觉？——由它去吧。

自从意识到二月兰存在以后，一些同二月兰有联系的回忆立即涌上心头。原来很少想到的或根本没有想到的事情，现在想到了；原来认为十分平常的琐事，现在显得十分不平常了。我一下子清晰地意识到，原来这种十分平凡的野花竟在我的生命中占有这样重要的地位。我自己也有点儿吃惊了。

我回忆的丝缕是从楼旁的小土山开始的。这一座小土山，最初毫无惊人之处，只不过二三米高，上面长满了野草。当年歪风狂吹时，每次“打扫卫生”，全楼住的人都被召唤出来拔草，不是“绿化”，而是“黄化”。我每次都在心中暗恨这小山野草之多。后来不知由于什么原因，把山堆高了一两米。这样一来，山就颇有一点山势了。东头的苍松，西头的翠柏，都仿佛恢复了青春，一年四季，郁郁葱葱。中间一棵榆树，从树龄来看，只能算是松柏的曾孙，然而也枝干繁茂，高枝直刺入蔚蓝的晴空。

我不记得从什么时候起我注意到小山上的二月兰。这种野花开花大概也有大年小年之别的。碰到小年，只在小山前后稀疏地开上那么几片。遇到大年，则山前山后开成大片。二月兰仿佛发了狂。我们常讲什么什么花“怒放”，这个“怒”字用得真是无比的奇妙。二月兰一“怒”，仿佛从土地深处吸来一股原始力量，一定要把花开遍大千世界，紫气直冲云霄，连宇宙都仿佛变成紫色的了。

东坡的词说：“人有悲欢离合，月有阴晴圆缺，此事古难全。”但是花们好像是没有什么悲欢离合的。应该开时，它们就开；该消失时，它们就消失。它们是“纵浪大化中”，一切顺其自然，自己无所谓什么悲与喜。我的二月兰就是这个样子。

然而，人这个万物之灵却偏偏有了感情，有了感情就有了悲欢。这真是多此一举，然而没有法子。人自己多情，又把情移到花，“泪眼问花花不语”，花当然“不语”了。如果花真“语”起来，岂不吓坏了人！这些道理我十分明白。然而我仍然把自己的悲欢挂到了二月兰上。

当年老祖还活着的时候，每到春天二月兰开花的时候，她往往拿一把小铲，带一个黑书包，到成片的二月兰旁青草丛里去搜挖荠菜。只要看到她的身影在二月兰的紫雾里晃动，我就知道在午餐或晚餐的餐桌上必然弥漫着荠菜馄饨的清香。当婉如还活着的时候，她每次回家，只要二月兰正在开花，她离开时，她总穿过左手是二月兰的紫雾，右手是湖畔垂柳的绿烟，匆匆忙忙走去，把我的目光一直带到湖对岸的拐弯处。当小保姆杨莹还在我家时，她也同小山和二月兰结上了缘。我曾套宋词写过三句话：“午静携侣寻野菜，黄昏抱猫向夕阳，当时只道是寻常。”我的小猫虎子和咪咪还在世的时候，我也往往在二月兰丛里看到她们：一黑一白，在紫色中格外显眼。

所有这些琐事都是寻常到不能再寻常了。然而，曾几何时，到了今天，老祖和婉如已经永远永远地离开了我们。小莹也回了山东老家。至于虎子和咪咪也各自遵循猫的规律，不知钻到了燕园中哪一个幽暗的角落里，等待死亡的到来。老祖和婉如的走，把我的心都带走了。虎子和咪咪我也忆念难忘。如今，天地虽宽，阳光虽照样普照，我却感到无边的寂寥与凄凉。回忆这些往事，如云如烟，原来是近在眼前，如今却如蓬莱灵山，可望而不可即了。

对于我这样的心情和我的一切遭遇，我的二月兰无动于衷，照样自己开花。今年又是二月兰开花的大年。在校园里，眼光所到之处，无不有二月兰在。宅旁、篱下、林中、山头、土坡、湖边，只要有空隙的地方，都是一团紫气，间以白雾，小花开得淋漓尽致，气势非凡，紫气直冲霄汉，连宇宙都仿佛变成紫色的了。

这一切都告诉我，二月兰是不会变的，世事沧桑，于它如浮云。然而我却是在变的，月月变，年年变。我想以不变应万变，然而办不到。我想学习二月兰，然而办不到。不但如此，它还硬把我的记忆牵回到我一生最倒霉的时候。在十年浩劫中，我自己跳出来反对北大那一位“老佛爷”，被抄家，被打成了“反革命”。正是在二月兰开花的时候，我被管制劳动改造。有很长一段时间，我每天到一个地方去捡破砖碎瓦，还随时准备着被红卫兵押解到什么地方去“批斗”，坐喷气式，还要挨上一顿揍，打得鼻青脸肿。可是在砖瓦缝里二月兰依然开放，怡然自得，笑对春风，好像是在嘲笑我。

我当时日子实在非常难过。我知道正义是在自己手中，可是是非颠倒，人妖难分，我呼天天不应，叫地地不答，一腔义愤，满腹委屈，毫无人生之趣。在很长一段时间内，我成了“不可接触者”，几年没接到过一封信，很少有人敢同我打个招呼。我虽处人世，实为异类。

然而我一回到家里，老祖、德华她们，在每人每月只能得到恩赐十几元钱生活费的情况下，殚思竭虑，弄一点好吃的东西，希望能给我增加点营养；更重要的恐怕还是希望能给我增添点生趣。婉如和延宗也尽可能地多回家来。我的小猫憨态可掬，偎依在我的身旁。她们不懂哲学，分不清两类不同性质的矛盾。人视我为异类，她们视我为好友，从来没有表态，要同我划清界限。所有这一些极其平常的琐事，都给我带来了无量的安慰。窗外尽管千里冰封，室内却是暖气融融。我觉得，在世态炎凉中，还有不炎凉者在。这一点暖气支撑着我走过了人生最艰难的一段路，没有堕入深涧，一直到今天。

我感觉到悲，又感觉到欢。

到了今天，天运转动，否极泰来，不知怎么一来，我一下子成为“极可接触者”，到处听到的是美好的言辞，到处见到的是和悦的笑容。我从内心里感激我这些新老朋友，他们绝对是真诚的。他们鼓励了我，他们启发了我。然而，一回到家里，虽然德华还在，延宗还在，可我的老祖到哪里去了呢？我的婉如到哪里去了呢？还有我的虎子和咪咪一世到哪里去了呢？世界虽照样朗朗，阳光虽照样明媚，我却感觉异样的寂寞与凄凉。

我感觉到欢，不感觉到悲。

我年届耄耋，前面的路有限了。几年前，我写过一篇短文，叫《老猫》，意思很简明，我一生有个特点：不愿意麻烦人。了解我的人都承认。难道到了人生最后一段路上我就要改变这个特点吗？不，不，不想改变。我真想学一学老猫，到了大限来临时，钻到一个幽暗的角落里，一个人悄悄地离开人世。

这话又扯远了。我并不认为眼前就有制订行动计划的必要。我还有很多事情要做，而且我的健康情况也允许我去做。有一位青年朋友说我忘记了自己的年龄。这话极有道理。可我并没有全忘。有一个问题我还想弄弄清楚哩。按说我早已到了“悲欢离合总无情”的年龄，应该超脱一点了。然而在离开这个世界以前，我还有一件心事：我想弄清楚，什么叫“悲”？什么又叫“欢”？是我成为“不可接触者”时悲呢？还是成为“极可接触者”时欢？如果没有老祖和婉如的逝世，这问题本来是一清二白的，现在却是悲欢难以分辨了。我想得到答复。我走上了每天必登临几次的小山，我问苍松，苍松不语；我问翠柏，翠柏不答。我问三十多年来亲眼看见我这些悲欢离合的二月兰，它也沉默不语，兀自万朵怒放，笑对春风，紫气直冲霄汉。

1993 年 6 月 11 日写完

槐花

自从移家朗润园，每年在春夏之交的时候，我一出门向西走，总是清香飘拂，溢满鼻官。抬眼一看，在流满了绿水的荷塘岸边，在高高低低的土山上面，就能看到成片的洋槐，满树繁花，闪着银光；花朵缀满高树枝头，开上去，开上去，一直开到高空，让我立刻想到新疆天池上看到的白皑皑的万古雪峰。

这种槐树在北方是习见的树种。我虽然也陶醉于氤氲的香气中，但却从来没有认真注意过这种花树——惯了。

有一年，也是在这样春夏之交的时候，我陪一位印度朋友参观北大校园。走到槐花树下，他猛然用鼻子吸了吸气，抬头看了看，眼睛瞪得又大又圆。我从前曾看到一幅印度人画的人像，为了夸大印度人眼睛之大，他把眼睛画得扩张到脸庞的外面。这一回我真仿佛看到这一位印度朋友瞪大了的眼睛扩张到了面孔以外来了。

“真好看呀！这真是奇迹！”

“什么奇迹呀？”

“你们这样的花树。”

“这有什么了不起呢？我们这里多得很。”

“多得很就不了不起了吗？”

我无言以对，看来辩论下去已经毫无意义了。可是他的话却对我起了作用：我认真注意槐花了，我仿佛第一次见到它，非常陌生，又似曾相识。我在它身上发现了许多新的以前从来没有发现的东西。

在沉思之余，我忽然想到，自己在印度也曾有过类似的情景。我在海德拉巴看到耸入云天的木棉树时，也曾大为惊诧。碗口大的红花挂满枝头，殷红如朝阳，灿烂似晚霞，我不禁大为慨叹：

“真好看呀！简直神奇极了！”

“什么神奇？”

“这木棉花。”

“这有什么神奇呢？我们这里到处都有。”

陪伴我们的印度朋友满脸迷惑不解的神气。我的眼睛瞪得多大，我自己看不到。现在到了中国，在洋槐树下，轮到印度朋友（当然不是同一个人）瞪大眼睛了。

在我们的日常生活中，我们都有这样一个经验：越是看惯了的东西，便越是习焉不察，美丑都难看出。这种现象在心理学上是容易解释的：一定要同客观存在的东西保持一定的距离，才能客观地去观察。难道我们就不能有意识地去改变这种习惯吗？难道我们就不能永远用新的眼光去看待一切事物吗？

我想自己先试一试看，果然有了神奇的效果。我现在再走过荷塘看到槐花，努力在自己的心中制造出第一次见到的幻想，我不再熟视无睹，而是尽情地欣赏。槐花也仿佛是得到了知己，大大小小、高高低低的洋槐，似乎在喃喃自语，又对我讲话。周围的山石树木，仿佛一下子活了起来，一片生机，融融氤氲。荷塘里的绿水仿佛更绿了，槐树上的白花仿佛更白了，人家篱笆里开的红花仿佛更红了。风吹，鸟鸣，都洋溢着无限生气。一切眼前的东西联在一起，汇成了宇宙的大欢畅。

1986 年 6 月 3 日

石榴花

我喜爱石榴，但不是它的果，而是它的花。石榴花，红得锃亮，红得耀眼，同宇宙间任何红颜色都不一样。古人诗：“五月榴花照眼明。”著一“照”字，著一“明”字，而境界全出。谁读了这样的诗句，而不兴会淋漓的呢？

在中国，确有大片土地上栽种石榴的地方，比如陕西的秦始皇陵一带。从陵下一直到小山似的陵顶上，到处长满了一棵棵的石榴树，气势恢宏，绿意满天。可惜我到的时候，已经过了开花的季节。只见树上结满了个头极大的石榴，累累垂垂，盈树盈陵。可惜红花一朵也没有看到，实为莫大憾事。遥想旧历五月时节，花照眼明，满陵开成一片亮红，仿佛连天空都给染红了。那样的风光，现在只能意会神领了。

在我居住最久的两座城市里，在济南和北京，石榴却不是一种常见的植物。济南南关佛山街的老宅子，是一所典型的四合院。西屋是正房，房外南北两侧，各有一棵海棠花，早已高过了屋脊，恐怕已是百年旧树。春天满树繁花，引来了成群的蜜蜂，嗡嗡成一团。北屋门前左侧有一棵石榴树。石榴树本来就长不太高的，从来没有见过参天的石榴树。我们这一棵也不过丈八高，但树龄恐怕也有几十年了。每年夏初开花时，翠叶红花，把小院子照得一片亮红。

院子是个大杂院。我们家住北屋。南屋里住的是一家姓田的木匠。他有两个女儿，大的乳名叫小凤，小的叫小华。我决不迷信，但是我相信缘分，因为它确实存在，不相信是不行的。缘分的存在，小华和我的关系就能证明。她那时还不到两岁，路走不全，话也说不全。可是独独喜欢我。每次见到我，即使是正在母亲的怀抱里，也必挣扎出母亲的怀抱，张开小手，让我来抱。按流传的办法，她应该叫我“大爷”；但是两字相连，她发不出音来，于是缩减为一个“爷”字。抱在我怀里，她满嘴“爷”“爷”，乐不可支。

这时正是夏初季节，石榴花开得正欢。有一天，吃过午饭，我躺在石榴树下一张躺椅上睡午觉。大概是睡得十分香甜。“大梦谁先觉？平生我自知。”可惜，诸葛亮知道，我却不知道。不知道睡了多久，我蒙眬醒来。睁眼一看，一个不满三块豆腐干高的小玩意儿，正站在我的枕旁，一声不响，大气不出，静静地等我醒来。一见我睁开惺忪的眼睛，立即活跃起来，一头扎在我的怀中，要我抱她，嘴里“爷！爷！”喊个不停。不是别人，正是小华。我又惊又喜，连忙把她抱了起来。抬头看到透过层层绿叶正开得亮红的石榴花。

以后，我出了国。在欧洲待了十一年以后，又回到祖国来，住在北京大学中关园第一公寓的一个单元里。我床头壁上挂着著名画家溥心畬画的一个条幅，上面画的是疏疏朗朗的一枝石榴，有一个果和一枝花，那一枝花颇能流露出石榴花特有的照眼明的神采。旁边题着两句诗：“只为归来晚，开花不及春。”多么神妙的幻想！石榴原来不是中原的植物，大约是在汉代从中亚安国等国传进来的，所以又叫“安石榴”。这情况到了诗人笔下，就被诗意化了。因为来晚了，所以没有赶得上春天开花，而是在夏历五月。等到百花都凋谢以后，石榴才一枝独秀，散发出亮红的光芒。

我那时候很忙，难得有睡懒觉的时间。偶尔在星期天睡上一次。躺在床上，抬眼看到条幅上画的石榴花，思古之幽情，不禁油然而发。并没有古到汉代，只古到了二十几年前在佛山街住的时候。当时北屋前的那一棵石榴树是确确实实的存在物，而今却杳如黄鹤早已不存在了。而眼前画中的石榴，虽不是真东西，却实实在在地存在着。世事真如电光石火，倏忽变化万端。我尤其忆念不忘的是当年只会喊“爷”的小华子。隔了二十多年，恐怕她早已是绿叶成荫子满枝了。奈之何哉！奈之何哉！

整整四十年前，我移家燕园内的朗润园。门前有小片隙地，遂圈以篱笆，辟为小小的花园，栽种了一些花木。十几年前，一位同事送给我了一棵小石榴树。只有尺把高。我就把它栽在小花园里，绿叶滴翠，极惹人爱。我希望它第二年初夏能开出花来。但是，我失望了。又盼第三年，依然是失望。十几年下来，树已经长得很高，却仍然是只见绿叶，不见红花。我没有研究过植物学，但是听说，有的树木是有性别的。由树的性别，我忽然联想到了语言的性别。在现代语言中，法文名词有阴、阳二性；德文名词有阴、阳、中三性。古代梵文也有三性。在某些佛典中偶尔也有讲到语言的地方。一些译经的和尚把中性译为“黄的”，“黄的”者，太监也，非男非女之谓也。我惊叹这些和尚之幽默，却忽然想到，难道我们这一棵石榴树竟会是“黄的”吗？

然而，到了今年，奇迹却出现了。一天早晨，我站在阳台上看池塘中的新荷，我的眼前忽然一亮，“万绿丛中一点红”。我连忙擦了擦昏花的老眼，发现石榴树的绿叶丛中有一个亮红的小骨朵儿。我又惊又喜，我们的石榴树有喜了，它不是“黄的”了。我在大喜之余，遍告诸友。有人对我说：“你要走红运了！”我对张铁嘴、王半仙之流的讲运气的话，一向不信。但是，运气同缘分一样，却是不能不信的。说白了是运气，说文了就是机遇。你能不相信机遇吗？

说老实话，今年确是有一些连做梦都想不到的怪事出现在我的身边。

求全之毁，根本没有。不虞之誉却纷至沓来。难道我真交了好运了吗？我从来不认为自己有什么了不起。现在是收获得太多，而给予得太少，时有愧怍之感。我已经九十晋二，富贵于我真如浮云了。我只希望能壮壮实实地再活上一些年，再做一点对人有益的事情，以减少自己的愧怍之感。我尤其希望，在明年此时，石榴花能再照亮我的眼睛。

2002 年 6 月 10 日

神奇的丝瓜

今年春天，孩子们在房前空地上，斩草挖土，开辟出来了一个一丈见方的小花园。周围用竹竿扎了一个篱笆，移来了一棵玉兰花树，栽上了几株月季花，又在竹篱下面随意种上了几棵扁豆和两棵丝瓜。土壤并不肥沃，虽然也铺上了一层河泥，但估计不会起很大的作用，大家不过是玩玩而已。

过了不久，丝瓜竟然长了出来，而且日益茁壮、长大。这当然增加了我们的兴趣。但是我们也并没有过高的期望。我自己每天早晨工作疲倦了，常到屋旁的小土山上走一走，站一站，看看墙外马路上的车水马龙和亚运会招展的彩旗，顾而乐之，只不过顺便看一看丝瓜罢了。

丝瓜是普通的植物，我也并没有想到会有什么神奇之处。可是忽然有一天，我发现丝瓜秧爬出了篱笆，爬上了楼墙。以后，每天看丝瓜，总比前一天向楼上爬了一大段；最后竟从一楼爬上了二楼，又从二楼爬上了三楼。说它每天长出半尺，绝非夸大之词。丝瓜的秧不过像细绳一般粗，如不注意，连它的根在什么地方都找不到。这样细的一根秧竟能在一夜之间输送这样多的水分和养料供应前方，使得上面的叶子长得又肥又绿，爬在灰白色的墙上，一片浓绿，给土墙增添了无量活力与生机。

这当然让我感到很惊奇，我的兴趣随之大大地提高。每天早晨看丝瓜成了我的主要任务，爬小山反而成为次要的了。我往往注视着细细的瓜秧和浓绿的瓜叶，陷入沉思，想得很远，很远……

又过了几天，丝瓜开出了黄花。再过几天，有的黄花就变成了小小的绿色的瓜。瓜越长越长，越长越长，重量当然也越来越增加，最初长出的那一个小瓜竟把瓜秧坠下来了一点，直挺挺地悬垂在空中，随风摇摆。我真是替它担心，生怕它经不住这一份重量，会整个地从楼上坠了下来落到地上。

然而不久就证明了，我这种担心是多余的。最初长出来了的瓜不再长大，仿佛得到命令停止了生长。在上面，在三楼一位一百零二岁的老太太的窗外窗台上，却长出来两个瓜。这两个瓜后来居上，发疯似的猛长，不久就长成了小孩胳膊一般粗了。这两个瓜加起来恐怕有五六斤重，那一根细秧怎么能承担得住呢？我又担心起来。没过几天，事实又证明了我是杞人忧天。两个瓜不知从什么时候忽然弯了起来，把躯体放在老太太的窗台上，从下面看上去，活像两个粗大弯曲的绿色牛角。

不知道从哪一天起，我忽然又发现，在两个大瓜的下面，在二三楼之间，在一根细秧的顶端，又长出来了一个瓜，垂直地悬在那里。我又犯了担心病：这个瓜上面够不到窗台，下面也是空空的；总有一天，它越长越大，会把上面的两个大瓜也坠下来，一起坠到地上，落叶归根，同它的根部聚合在一起。

然而今天早晨，我却看到了奇迹。同往日一样，我习惯地抬头看瓜：下面最小的那一个早已停止生长，孤零零地悬在空中，似乎一点分量都没有；上面老太太窗台上那两个大的，似乎长得更大了，威武雄壮地压在窗台上；中间的那一个却不见了。我看看地上，没有看到掉下来的瓜。等我倒退几步抬头再看时，却看到那一个我认为失踪了的瓜，平着身子躺在抗震加固时筑上的紧靠楼墙凸出的一个台子上。这真让我大吃一惊。这样一个原来垂直悬在空中的瓜怎么忽然平身躺在那里了呢？这个凸出的台子无论是从上面还是从下面都是无法上去的，绝不会有人把丝瓜摆平的。

我百思不得其解，徘徊在丝瓜下面，像达摩老祖一样，面壁参禅。我仿佛觉得这棵丝瓜有了思想，它能考虑问题，而且还有行动，它能让无法承担重量的瓜停止生长；它能给处在有利地形的大瓜找到承担重量的地方，给这样的瓜特殊待遇，让它们疯狂地长；它能让悬垂的瓜平身躺下。如果不是这样的话，无论如何也无法解释我上面谈到的现象。但是，如果真是这样的话，又实在令人难以置信。丝瓜用什么来思想呢？丝瓜靠什么来指导自己的行动呢？上下数千年，纵横几万里，从来也没有人说过，丝瓜会有思想。我左考虑，右考虑，越考虑越糊涂。我无法同丝瓜对话，这是一个沉默的奇迹。瓜秧仿佛成了一根神秘的绳子，绿叶上照旧浓翠扑人眉宇。我站在丝瓜下面，陷入梦幻。而丝瓜则似乎心中有数，无言静观，它怡然泰然悠然坦然，仿佛含笑面对秋阳。

1990 年 10 月 9 日

山中逸趣

置身饥饿地狱中，上面又有建造地狱时还不可能有的飞机的轰炸，我的日子比地狱中的饿鬼还要苦上十倍。

然而，打一个比喻说，在英雄交响乐激昂慷慨的乐声中，也不缺少像莫扎特的小夜曲似的情景。

哥廷根的山林就是小夜曲。

哥廷根的山不是怪石嶙峋的高山，这里土多于石，但是却又有山的气势。山顶上的俾斯麦塔高踞群山之巅，在云雾升腾时，在乱云中露出的塔顶，望之也颇有蓬莱仙山之概。

最引人入胜的不是山，而是林。这一片丛林究竟有多大，我住了十年也没能弄清楚，反正走几个小时也走不到尽头。林中主要是白杨和橡树，在中国常见的柳树、榆树、槐树等，似乎没有见过。更引人入胜的是林中的草地。德国冬天不冷，草几乎是全年碧绿。冬天雪很多，在白雪覆盖下，青草也没有睡觉，只要把上面的雪一扒拉，青翠欲滴的草立即显露出来。

每到冬春之交时，有白色的小花，德国人管它叫“雪钟儿”，破雪而出，成为报春的象征。再过不久，春天就真的来到了大地上，林中到处开满了繁花，一片锦绣世界了。

到了夏天，雨季来临，哥廷根的雨非常多，从来没听说有什么旱情。本来已经碧绿的草和树木，现在被雨水一浇，更显得浓翠逼人。整个山林，连同其中的草地，都绿成一片，绿色仿佛塞满了寰中，涂满了天地，到处是绿、绿、绿，其他的颜色仿佛一下子都消失了。雨中的山林，更别有一番风味。连绵不断的雨丝，同浓绿织在一起，形成一张神奇、迷茫的大网。我就常常孤身一人，不带什么伞，也不穿什么雨衣，在这张覆盖天地的大网中，踽踽独行。除了周围的树木和脚底下的青草以外，仿佛什么东西都没有，我颇有佛祖释迦牟尼的感觉，“天上天下，唯我独尊”了。

一转入秋天，就到了哥廷根山林最美的季节。我曾在《忆章用》一文中描绘过哥城的秋色，受到了朋友的称赞。我索性抄在这里：

> 哥廷根的秋天是美的，美到神秘的境地，令人说不出，也根本想不到去说。有谁见过未来派的画没有？这小城东面的一片山林在秋天就是一幅未来派的画。你抬眼就看到一片耀眼的绚烂。只说黄色，就数不清有多少等级，从淡黄一直到接近棕色的深黄，参差地抹在一片秋林的梢上，里面杂了冬青树的浓绿，这里那里还点缀上一星星鲜红，给这惨淡的秋色涂上一片凄艳。

我想，看到上面这一段描绘，哥城的秋山景色就历历如在目前了。

一到冬天，山林经常为大雪所覆盖。由于温度不低，所以覆盖不会太久就融化了；又由于经常下雪，所以总是有雪覆盖着。上面的山林，一部分依然是绿的，雪下面的小草也仍旧碧绿。上下都有生命在运行着。哥廷根城的生命活力似乎从来没有停息过，即使是在冬天，情况也依然如此。

等到冬天一转入春天，生命活力没有什么覆盖了，于是就彰明昭著地腾跃于天地之间了。

哥廷根的四时的情景就是这个样子。

从我来到哥城的第一天起，我就爱上了这山林。等到我堕入饥饿地狱，等到天上的飞机时时刻刻在散布死亡时，只要我一进入这山林，立刻在心中涌起一种安全感。山林确实不能把我的肚皮填饱，但是在饥饿时安全感又特别可贵。山林本身不懂什么饥饿，更用不着什么安全感。当全城人民饥肠辘辘，在英国飞机下心里忐忑不安的时候，山林却依旧郁郁葱葱，“依旧烟笼十里堤”。我真爱这样的山林，这里真成了我的世外桃源了。

我不知道有多少次，一个人到山林里来；也不知道有多少次，同中国留学生或德国朋友一起到山林里来。在我记忆中最难忘记的一次畅游，是同张维和陆士嘉在一起的。这一天，我们的兴致都特别高。我们边走，边谈，边玩，真正是忘路之远近。我们走呀，走呀，已经走到了我们往常走到的最远的界限；但在不知不觉之间就越了过去，仍然一往直前。越走林越深，根本不见任何游人。路上的青苔越来越厚，是人迹少到的地方。周围一片寂静，只有我们的谈笑声在林中回荡，悠扬、遥远。远处的林深处听到柏叶上有窸窣的声音，抬眼一看，是几只受了惊的梅花鹿，瞪大了两只眼睛，看了我们一会儿，立即一溜烟似的逃到林子的更深处去了。我们最后走到了一个悬崖上，下临深谷，深谷的那一边仍然是无边无际的树林。我们无法走下去，也不想走下去，这里就是我们的天涯海角了。回头走的路上，遇到了雨。躲在大树下，避了一会儿雨。然而雨越下越大，我们只好再往前跑。出我们意料之外，竟然找到了一座木头凉亭，真是避雨的好地方。里面已经先坐着一个德国人。打了一声招呼，我们也就坐下，同是深林躲雨人，相逢何必曾相识。我们没有通名报姓，就上天下地胡谈一通，宛如故友相逢了。

这一次畅游始终留在我的记忆里，至今难忘。山中逸趣，当然不止这一桩。大大小小，琐琐碎碎的事情，还可以写出一大堆来。我现在一律免掉。我写这些东西的目的，是想说明，就是在那种极其困难的环境中，人生乐趣仍然是有的。在任何情况下，人生也绝不会只有痛苦，这就是我悟出的禅机。

花解语

长歌行

我曾羡慕过漂泊的生活，也曾有过到外国去的渴望。然而当希望成为事实的现在，我又渴慕平静的生活了。我看了在豆棚瓜架下闲话的野老，看了一天工作疲劳之余在门前悠然吸烟的农人，都引起我极大的向往。我真不愿意离开这故国，这故国每一方土地，每一棵草木，都能给我温热的感觉。但我终究要走的，沿了自己在心里画下的一条路走。

去故国

不知从什么时候起，就有一个到外国去，尤其是到德国去的希望埋在我的心里了。同朋友谈话的时候也时时流露出来。在外表看来似乎是很具体、很坚决的，其实却渺茫得很。我没有伟大的动机，冠冕堂皇的理由自然也没有。但仔细追究起来，却只有一个极单纯的要求：我总觉得，在无量的——无论在空间上或时间上——宇宙进程中，我们有这次生命，不是容易事；比电火还要快，一闪便会消逝到永恒的沉默里去。我们不要放过这短短的时间，我们要多看一些东西。就因了这点小小的愿望，我想到外国去。

但是，究竟怎样去呢？似乎从来不大想到。自己学的是文科，早就被一般人公认为无补于国计民生的落伍学科；想得到官费自然不可能。至于自费呢，家里虽然不能说是贫无立锥之地；但若把所有的财产减去欠别人的一部分，剩下的也就只够一趟的路费。想自己出钱到外国去自然又是一个过大的妄想了。这些都是实际上不能解决的问题，但这从来没有给我苦恼，因为我根本不去想。我固执地相信，我终会有到外国去的一天。我把自己沉在美丽的涂有彩色的梦里。这梦有多么渺茫，恐怕只有我一个人知道了。

一直到去年夏天，当我的大学学程告一段落的时候，我才第一次想到究竟怎样到外国去。恐怕从我这个不切实际的只会做梦的脑筋里再也不会想出切合实际的办法：我想用自己的劳力去换得金钱，再把金钱储存起来到外国去。我没有详细计算每月存钱若干，若干年后才能如愿，便贸贸然回到故乡的一个城里去教书。第一个月过去了，钱没能剩下一个。第二个月又过去了，除了剩下许多账等第三个月来还之外，还剩下一颗疲劳的心。我立刻清醒了，头上仿佛浇上了一瓢冷水：照这样下去，等到头发全白了的时候，岂不也还是不能在柏林市逍遥一下吗？然而书却终于继续教下去，只有把疲劳的心更增加了疲劳。

就在这时候，却有一个从天而降的机会落在我的头上。我只要出很少的一点钱就可以到德国去住上两年。亲眼看着自己用手去捉住一个梦，这种狂欢的心情是不能用任何语言文字描写得出的。我匆匆地从家里来到故都，又匆匆地回去。从虚无缥缈的幻想里一步跨到事实里，使我有点糊涂。我有时就会问起自己来：我居然也能到德国去了吗？然而，跟着来的却是在精神上极端痛苦的一段。平常我对事情，总有过多的顾虑，这我知道得比谁都清楚。但这次却不能不顾虑：我顾虑到到德国以后的生活，我顾虑到自己的家境。许多琐碎到不能再琐碎的小事纠缠着我，给我以大痛苦。随处都可以遇到的不如意与不满足像淡烟似的散布在我的眼前。同时还有许多实际问题要我解决：我还要筹钱。平常从自己手里水似的流去的钱，我现在才知道它的可贵。从这里面也可以看出真正的人情和世态。经了许多次的碰壁，终于还是大千和洁民替我解了这个围。同时又接到故都里梅生的信，他也要替我张罗。在这个期间，我有几次都想放弃这个机会，因为这个机会带给我的快乐远不如带给我的痛苦多，但长之却从辽远的故都写信来劝我，带给我勇气和力量。我现在才知道友情的可贵；没有他们几位，说不定我现在又带了一颗疲劳的心开始吃粉笔末的生活了。这友情像一滴仙露，滴到我的焦灼的心上，使我又在心里开放了希望的花，使我又重新收拾起破碎的幻想，回到故都来。

在生命之路上，我现在总算走上一段新程了。几天来，从早晨到晚上，我时常一个人坐在一间低矮然而却明朗的屋里，注视着支离的树影在窗纱上慢慢地移动着，听树丛里曳长了的含有无量倦意的蝉声。我心里有时澄澈沉静得像古潭，有时却又搅乱得像暴风雨下的海面。我默默地筹划着应当做的事情。时时有幻影，柏林的幻影浮动在我眼前：我仿佛看到宏伟古老的大教堂，圆圆的顶子在夕阳中闪着微光；宽广的街道，有车马在上面走着。我又仿佛看到大学堂的教室，头发皤白的老教授颤声讲着书。我仿佛连他的声音都能听得到，他那从眼镜边上射出来的眼光正落在我的头上。但当我发现自己仍然在这一间低矮而明朗的屋子里的时候，我的心飞到不知什么地方去了。

我虽然在过去走过许多路，但从降生一直到现在，自己足迹叠成的一条路，回望过去，是连绵不断的一线，除了在每一年的末尾，在心里印上一个浅痕，知道又走过一段路以外，自己很少画过明显的鸿沟，说以前走的是一段，以后是另一段的开端。然而现在，自己却真的在心里画了一个鸿沟，把以前二十四年走的路就截在鸿沟的那一岸；在这一岸又开始了一条新路，这条会把我带到渺茫的未来去。这样我便不能不回头去看一看，正如当一个人走路走到一个阶段的时候往往回头看一样。于是我想到几个月来不曾想到的几个人。我先想到母亲。母亲死去到现在整两年了。前年这时候，我回故乡去埋葬母亲。现在恐怕坟头秋草已萋萋了。我本来预备每年秋天，当树丛乍显出点微黄的时候，回到故乡母亲的坟上去看看。无论是在白雾笼罩墓头的清晨，还是归鸦驮了暮色进入簌簌响着的白杨树林的黄昏，我都到母亲墓前绕两周，低低地唤一声："母亲！"来补偿生前八年的长时间没见面的遗恨。然而去年的秋天，我刚从大学走入了社会，心情方面感到很大的压迫，更没有余闲回到故乡去。今年的秋天，又有这样一个机会落到我的头上。我不但不能回到故乡去，而且带了一颗饱受压迫的心，不能得到家庭的谅解，跑到几万里外的异邦去漂泊，一年，两年，谁又知道几年才能再回到这故国来呢？让母亲一个人凄清地躺在故乡的地下，忍受着寂寞的袭击，上面是萋萋的秋草。在白杨簌簌中，淡月朦胧里，我知道母亲会借星星的微光到各处去找她的儿子，借西风听取她儿子的消息。然而所找到的只是更深的凄清与寂寞，西风也只带给她迷离的梦。

我又想到母亲生前最关心的外祖母。当我七八岁还没有离开故乡的时候，整天住在她家里，她慈祥的面貌永远印在我的记忆里。今年夏天见她的时候，她已龙钟得不像样子了。她又正同别人闹着田地的纠纷，现在背恐怕更驼了吧？临分别的时候，她再三叮嘱我要常写信给她。然而现在当我要到那样远的地方去的时候，我却不能写信给她，我不忍使她流着老泪看自己晚年唯一的安慰者离开自己跑了。我只希望她能好好地活下去，当我漂泊归来的时候，跑到她怀里，把受到的委屈，都哭出来。我为她祝福。

我终于要走了，沿了我自己在心里画下的一条鸿沟的这一岸的路走去。天知道我会走到什么地方去；这条路真的太渺茫，渺茫到使我吃惊。以前我曾羡慕过漂泊的生活，也曾有过到外国去的渴望。然而当希望成为事实的现在，我又渴慕平静的生活了。我看了在豆棚瓜架下闲话的野老，看了在一天工作疲劳之余在门前悠然吸烟的农人，都引起我极大的向往。我真不愿意离开这故国，这故国每一方土地，每一棵草木，都能给我温热的感觉。但我终究是要走的，沿了自己在心里画下的一条路走。我只希望，当我从异邦转回来的时候，我能看到一个一切都不变的故国，一切都不变的故乡，使我感觉不到我曾这样长的时间离开过它，正如从一个短短的午梦转来一样。

1935 年 8 月 13 日

表的喜剧

自己是乡下人，没有见过多大的世面；乡下人的固执与畏怯还保留了一部分。初到柏林的时候，刚走出了车站，头里面便有点朦胧。脚下踏着的虽然是光滑的柏油路，但我却仿佛踏上了棉花。眼前飞动着汽车电车的影子，天空里交织着电线，大街小街错综交叉着：这一切织成了一幅有魔力的网，我便深深地陷在这网里。我惘然地跟着别人走，我简直像在一片茫无涯际的大海里摸索了。

在这样一片茫无涯际的大海里，我第一次感觉到表的需要，因为它能告诉我，什么时候应当去吃饭，什么时候应当去访人。说到表，我是一个十足的门外汉。在国内的时候，朋友中最少也是第三个表或是第四个表的主人。然而对我，表却仍然是一个神秘的东西。虽然有时在等汽车的时候，因为等得不耐烦了，便沿着街向街旁的店铺里张望，希望能发现一只挂在墙上的钟，看看时间究竟到了没有。但张望的结果却往往是，走了极远的路而碰不到一只钟。即便侥幸能碰到几只，然而每只所指的时间，最少也要相差半点钟。而且因为张望的态度太有点近于滑稽，往往引起铺子里伙计的注意，用怀疑的眼光看我几眼。当我从这怀疑的眼光的扫射下怀了一肚皮的疑虑逃回汽车站的时候，汽车已经开走了。一直到去年秋天，自己要按钟点挣面包的时候，才买了一只表。然而只走了三天，就停下来。到表铺一问，说是发条松，修理好了不久又停下来。又去问，说是针有毛病。修理到五六次的时候，计算起来，修理费已经超过了原价，但它却仍然僵卧在桌子上。我便下决心，花了相当大的一个数目另买了一只。果然能使我满意了。这表就每天随着我，一直随我坐上西伯利亚的火车。然而在斯托扑塞换车的时候，因为急着搬行李，竟把玻璃罩碰碎了。在当时惶遽仓促的心情下，并不觉得是一个多大的损失，就把它放在一个茶叶瓶里，又坐了火车。当我到了这茫无涯际的海似的柏林的时候，我才又觉到它的需要了。

于是在到了的第三天，就由一位在柏林住过两年的朋友陪我出去修理。仍然有一幅充满了魔力的网笼罩着我的全身。我迷惘地随了他走。终于在康德街找到了一家表铺。说明了要换一个玻璃罩，表匠给了我一张纸条。我只看到上面有黑黑的几行字的影子，并没看清是什么字。因为我相信，上面最少也会有这表铺的名字和地址；只要有名字和地址，表就可以拿回去的。他答应我们第二天去拿。我们就跨出了铺门。

第二天的下午，我不愿意再让别人陪我走无意义的路，我便自己出发去取表。但是一想到究竟要到什么地方去取呢，立刻有一团迷离错杂的交织着电线的长长的街的影子浮动在我的眼前。我拿出那张纸条来看，我才发现，上面只印着收到一只修理的表，铺子名字却没有，当然更没有地址。我迷惑了。但我却不能不找找看。我本能地沿着康德街的左面走去，因为我虽然忘记了地址，但我却模模糊糊地记得是在街的左面。我走上去，我把我的注意力集中到每个铺子的招牌上，每个铺子的窗子里。我看过各种各样的招牌和窗子。我时时刻刻预备着接受这样一个奇迹：蓦地会有一个表字或一只表呈现到我的眼前。然而得到的却是失望，我仍然走上去，康德街为什么竟这样长呢？我一直走到街的尽端，只好折回来再看一遍。终于在一大堆招牌里我发现了一个表铺的招牌。因为铺面太小了，刚才竟漏了过去。我仿佛到了圣地似的快活，一步跨进去，但立刻觉得有点不对。昨天我们跨进那个表铺的时候，那位修理表的老头正伏在窗子前面工作。我们一进去，他仿佛吃惊似的把一把刀子掉在地上。他伏下身去拾刀子的时候，我发现他背后有一架放满了表的小玻璃橱。但今天那架橱子移到哪儿去了呢？还没等我把这疑虑扩散开来，主人出来了，也是一位老头。我只好把纸条交给他，他立刻就去找表。看了他的神气，想到刚才自己的怀疑，我笑了。但找了半天，表终于没找到。他用手搔着发亮的头皮，显出很焦急的样子。他告诉我，他的太太或许知道表放在什么地方。但她现在却不在家，让我第二天再去。他仿佛很抱歉的样子，拿过一支铅笔来，把他的地址写在那张纸条的后面。我只好跨出来，心里充满了疑惑和不安定，当我踏着暮色走回去的时候，对着这海似的柏林，我叹了一口气。

过了一个杂念缭绕的夜，我又在约定的时间走了去。因为昨天究竟有过那样的怀疑，所以走在路上的时候，我仍然注意每一个铺子的招牌和窗子里陈列的东西，希望能再发现一个表铺。不久，我的希望就实现了，是一个更要小的表铺。主人有点驼背。我把纸条递给他；问他，是不是他的。他说不是。我只好走出来，终于又走到昨天去过的那铺子。

这次老头不在家，出来的是他的太太。我递给她纸条。她看到上面的字是她丈夫写的，立刻就去找表。她比老头还要焦急。她拉开每一个抽屉，每一个橱子；她把每一个纸包全打开了；她又开亮了电灯，把暗黑的角隅都照了一遍。然而表终于没找到。这时我的怀疑一点都没有了，我的心有点跳，我仿佛觉得我的表的的确确是送到这儿来的。我注视着老太婆，然而不说话。看了我的神气，老太婆似乎更焦急了。她的白发在电灯下闪着光，有点颤动。然而表却还是找不到，她又会有什么办法呢？最后，她只好对我说，她丈夫回来的时候问问看；她让我过午再去。我怀了更大的疑惑和不安定走了出来。

当天的过午，看看要近黄昏的时候，我又一个人走了去，一开门，里面黑沉沉的；我觉得四周立刻古庙似的静了起来；我能听到自己的心跳动的声音。等了好一会儿，才见两个影子从里面移动出来。开了灯，看到是我，老头有点显得惊惶，老太婆也显然露出不安定的神气。两个人又互相商议着找起来；把每一个可能的地方全找到了，但表却终于没找到。老头更用力地用手搔着发亮的头皮；老太婆的头发在灯影里也更颤动得厉害。最后老头终于忍不住问我了，是不是我自己送来的。这问题真使我没法回答。我的确是自己送来的，但送的地方不一定是这里。我昨天的怀疑立刻又活跃起来。我看不到那个放满了表的小玻璃橱，我总觉得这地方不大像我送表去的地方。我于是对他解释说，我到柏林还不到四天，街道弄不熟悉。我问他，那纸条是不是他发给我的。他听了，立刻恍然大悟似的噢了一声，没有说什么，很匆忙地从抽屉里拿出一叠纸条，同我给他的纸条比着给我看。两者显然有极大的区别：我给他的那张是白色的，然而他拿出的那一叠却是绿色的，而且还要大一倍。他说，这才是他的收条。我现在完全明白了我走错了铺子。因为自己一时的疏忽，竟让这诚挚的老人陪我演了两天的滑稽剧，我心里实在有点不过意。我向他道歉，我把我脑筋里所有的在这情形下用得着的德文单字全搜寻出来，老人脸上浮起一片诚挚而会意的微笑，没说什么。然而老太婆却有点生气了，嘴里嘟噜着，拿了一块橡皮用力在我给她的那张纸条上擦，想把她丈夫写上的地址擦了去。我却不敢怨她，她是对的，白白替我担了两天心，现在出出气，也是极应当的事。临走的时候，老头又向我说，要我到西面不远的一家表铺去问问，并且把门牌写给我。按着号数找到了，我才知道，就是我昨天去过的主人有点驼背的那个铺子。除了感激老头的热诚以外，我还能说什么呢？

我沿着康德街走上去，心里仿佛坠上了一块石头。天空里交织着电线，眼前是一条条错综交叉的大街小街，街旁的电灯都亮起来了，一盏盏沿着街引上去，极目处是半面让电灯照得晕红了起来的天空。我不知道柏林究竟有多大；我也不知道我现在在柏林的哪一部分。柏林是大海，我正在这大海里漂浮着，找一个比我自己还要渺小的表。我终于下意识地走到我那位在柏林住过两年的朋友的家里去，把两天来找表的经过说给他听；他显出很怀疑的神气，立刻领我出来，到康德街西半的一个表铺里去。离我刚才去过的那个铺子最少有二里路。拿出了收条，立刻把表领出来。一拿到表，我心里有说不出的感觉，我仿佛亲手捉到一个奇迹。我又沿了康德街走回家去。当我想到两天来演的这一幕小小的喜剧，想到那位诚挚的老头用手搔着发亮的头皮的神气的时候，对着这大海似的柏林，我自己笑起来了。

1935 年 12 月 2 日于德国哥廷根

听诗

自己也不知道为什么，从很早的时候，就常有一幅影像在我眼前晃动：我仿佛看到一个垂老的诗人，在暗黄的灯影里，用颤动幽抑的声音，低低地念出自己心血凝成的诗篇。这颤声流到每个听者的耳朵里，心里，一直到灵魂的深深处，使他们着了魔似的静默着。这是一幅怎样动人的影像呢？然而，在国内，我却始终没有能把这幅影像真真地带到眼前来，转变成一幅更具体的情景。这影像也就一直是影像，陪我走过西伯利亚，来到哥廷根。谁又料到在这沙漠似的哥廷根，这影像竟连着两次转成具体的情景，我连着两次用自己的耳朵听到老诗人念诗。连我自己现在想起来，也像回忆一个充满了神奇的梦了。

当我最初看到有诗人来这里念诗的广告贴出来的时候，我的心喜欢得直跳。念诗的是老诗人宾丁 (Rudolf G. Binding)，又是一个能引起人们的幻想的名字。我立刻去买了票。我真想不到这古老的小城还会有这样的奇迹。离念诗还有十来天，我每天计算着日子的逝去。在这十来天中，一向平静又寂寞的生活竟也仿佛有了点活气，竟也渲染上了点色彩。虽然照旧每天一个人拖了一条影子，走过一段两旁有粗得惊人的老树的古城墙，到大学去；再拖了影子，经过这段城墙走回家来；然而心情却意外地觉得多了点什么了。

终于盼到念诗的日子。从早晨就下起雨来。在哥廷根，下雨并不是什么奇事。而且这里的雨还特别腻人。有时会连着下七八天。仿佛有谁把天钻了无数的小孔似的，就这样不急不慢永远是一股劲向下滴。抬头看灰暗的天空，心里便仿佛塞满了棉花似的窒息。今天的雨仍然同以前一样，然而我的心情却似乎有点不同了。我的心里充满了喜悦，仿佛正有一个幸福就在不远的前面等我亲手去捉。在灰暗的不断漏着雨丝的天空里也仿佛亮着幸福的星。

念诗的时间是在晚上。黄昏的时候，就有一位在这里已经住过七年以上的朋友来邀我。我们一同走出去。雨点滴在脸上，透心的凉，使我有深秋的感觉。在昏暗的灯光中，我们摸进女子中学的大礼堂。里面已经挤了上千的人，电灯照得明耀如白昼。这使我多少有点惊奇，又有点失望。我总以为念诗应该在一间小屋中，暗黄的灯影里，只有几个素心人散落地围坐着；应该是梦似的情景。然而眼前的情景却竟是这样子。但这并不能使我灰心，不久我就又恢复了以前的兴头。在散乱噪杂的声影里期待着。

声音蓦地静下去，诗人已经走了进来。他已经似乎很老了，走路都有点摇晃。人们把他扶上讲台去，慢慢地坐在预备好的椅子上，两手交叉起来，然而不说话。在短短的神秘的寂静中，我的心有点儿颤抖。接着说了几句引言，论到自由，论到创作。于是就开始念诗。最初的声音很低，微微有点颤动，然而却柔婉得像秋空的流云，像春水的细波，像一切说都说不出的东西。转了几转以后，渐渐地高起来了。每一行不平常的诗句里都仿佛加入了许多新东西，加入了无量更不平常的神秘的力量。仿佛有一颗充满了生命力的灵魂跳动在里面，连我自己的渺小的灵魂也仿佛随了那大灵魂的节律在跳动着。我眼前诗人的影子渐渐地大起来，大起来，一直大到任什么都看不到。于是只剩了诗人的微颤又高亢的声音不知从什么地方飘了来，宛如从天上飞下来的一道电光，从万丈悬崖上注下来的一线寒流，在我的四周舞动。我的眼前只是一片空濛，我什么东西都看不到了。四周的一切都仿佛化成了灰，化成了烟；连自己也仿佛化成了灰，化成了烟，随了那一股神秘的力量飞到不知什么地方去了。

不知多久以后，我的四周蓦地一静。我的心一动，才仿佛从一阵失神里转来一样，发现自己仍然坐在这里听诗。定了定神，向台上看了看，灯光照了诗人脸的一半，黑大的影投在后面的墙上。他的诗已经念完，正预备念小说。现在我眼前的幻影一点也不剩了。我抬头看了看全堂的听者，人人都瞪大了眼睛静默着。又看了看诗人，满脸的皱纹在一伸一缩地跳动着：我们很容易看出这位老人是怎样吃力地读着自己的作品。

小说终于读完了。人们又把这位老诗人扶下讲台。热烈的掌声把他送出去，但仍然不停，又把他拖回来，走到讲台的前面，向人们慢慢地鞠了一个躬，才又慢慢地踱出去。

礼堂里立刻起了一阵骚动：人们都想跟了诗人去请他在书上签字。我同朋友也挤了出去，挤到楼下来。屋里已经填满了人。我们于是就等，用最大的耐心等。终于轮到了自己。他签字很费力，手有点颤抖，签完了，抬眼看了看我，我才发现他的眼睛是异常的大的，而且充满了光辉。也许因为看到我是个外国人的缘故，嘴里喃喃地说了一句什么；但没等我说话，后面的人就挤上来把我挤出屋去，又一直把我挤出了大门。

外面雨还没停。一条条的雨丝在昏暗的路灯下闪着光。地上的积水也凌乱地闪着淡光。那一双大的充满了光辉的眼睛只是随了我的眼光转，无论我的眼光投到哪里去，那双眼睛便冉冉地浮现出来。在寂静的紧闭的窗子上，我会看到那一双眼睛；在远处的暗黑的天空里，我也会看到那双眼睛。就这样陪着我，一直陪我到家，又一直把我陪到梦里去。

这以后不久，又有了第二次听诗的机会。这次念诗的是卜龙克（Hans Friedrich Blunck）。他是学士院的主席，相当于英国的桂冠诗人。论理应当引起更大的幻想，但其实却不然。上次自己可以制造种种影像，再用幻想涂上颜色，因而给自己一点期望的快乐。但这次，既然有了上次的经验，又哪能再凭空去制造影像呢？但也就因了有上次的经验，知道了诗人的诗篇从诗人自己嘴里流出来的时候是有着怎样大的魔力，所以对日子的来临渴望得比上次又不知厉害多少倍了。

在渴望中，终于到了念诗的那天。又是阴沉的天色，随时都有落下雨来的可能。黄昏的时候，我去找那位朋友，走过那一段古老的城墙，一同到大学的大讲堂去。

人不像上次多。讲台的布置也同上次不一样。上次只是极单纯的一张桌子，一把椅子。这次桌子前却挂了国社党的红地黑字的旗子，而且桌子上还摆了两瓶乱七八糟的花。我感到深深的失望的悲哀。我早没有了那在一间小屋中暗黄的灯影里只有几个人听诗的幻影。连上次那样单纯朴质的意味也寻不到踪影了。

最先是一个毛手毛脚的年轻小伙子飞步上台，把右手一扬，开口便说话。嘴鼻子乱动，眼也骨碌骨碌地直转。看样子是想把眼光找一个地方放下，但看到台下有这样许多人看自己，急切又找不到地方放；于是嘴鼻子眼也动得更厉害。我忍不住直想笑出声来。但没等我笑出来，这小伙子说过几句介绍词之后，早又毛手毛脚地跳下台来了。

接着上去的是卜龙克。他不知道什么时候已经来到这屋里，只从前排的一个位子上站起来就走上台去。他的貌像颇有点滑稽。头顶全秃光了，在灯下直闪光。嘴向右边歪，左嘴角上一个大疤。说话的时候，只有上唇的右半颤动，衬了因说话而引起的皱纹，形成一个奇异的景象。同宾丁一样，说了几句话之后，就开始念自己的诗。但立刻就给了我一个不好的印象。音调不但不柔婉，而且生涩得令人想也想不到，仿佛有谁勉强他来念似的，抱了一肚皮委屈，只好一顿一挫地念下去。我想到宾丁，在那老人的颤声里是有着多样大的魔力呢？但我终于忍耐着。念过几首之后，又念到他采了民间故事仿民歌作的歌。不知为什么诗人忽然兴奋起来，声音也高起来了。在单纯质朴的歌调中，仿佛有一股原始的力量在贯注着。我的心又不知不觉飞了出去，我又到了一个忘我的境界。当他念完了诗再念小说的时候，他似乎异常高兴，微笑从不曾离开过他的脸。听众不时发出哄堂的笑声，表示他们也都很兴奋。这笑声延长下去，一直到诗人念完了小说带了一脸的微笑走下讲台。

我们又随着人们挤出了大讲堂。外面是阴暗的夜。我们仍然走过那段古城墙。抬头看到那座中世纪留下来的古老的教堂的尖顶，高高地刺向灰暗的天空里去，像一个巨人的影子。同上次一样，诗人的面影又追了我来，就在我眼前不远的地方浮动。同时那位老诗人的有着那一双大而有光辉的眼睛的面影，也浮到眼前来。无论眼前看到的是一棵老树，是树后面一团模糊的山林，但这两个面影就会浮在前面。就这样，又一直把我送到家，又一直把我送到梦里去。

到现在已经一个多月了，每在不经心的时候，一转眼，便有这样两个面影，一前一后地飘过去；这两位诗人的声音也便随着缭绕在耳旁；我的心立刻起一阵轻微的颤动。有人会以为这些纠缠不清的影子对我是一个大的累赘。然而正相反，我自己心里暗暗地庆幸着：从很早的时候就在眼前晃动的那幅影像终于在眼前证实了。自己就成了那影像里的一个听者，诗人的颤声就流到自己的耳朵里，心里，灵魂的深处，而且还永远永远地埋起来。倘若真是一个梦的话，又有谁否认这不是一个充满了神奇的梦呢？

1936 年 2 月 26 日于德国哥廷根

WALA

总有一个女孩子的面影飘动在我的眼前：淡红的双腮，圆圆的大眼睛。这面影对我这样熟悉，却又这样生疏。每次当它浮起来的时候，我一点也不去理会，它只是这么摇摇曳曳地在我眼前浮动一会儿，蓦地又暗淡下去，终于消逝到不知什么地方去了。我的记忆也自然会随了这消逝去的影子追上去，一直追到六年前的波兰车上。

也是同现在一样的夏末秋初的天气，我在赤都游了一整天以后，脑海里装满了红红绿绿的花坛的影像，走上波德通车。我们七个中国同学占据了一个车厢，谈笑得颇为热闹。大概快到华沙了吧，车里渐渐暗了下来，这时忽然走进一个年轻的女孩子来。我只觉得有一个秀挺的身影在我眼前一闪，还没等我细看的时候，她已经坐在我的对面。我的地理知识本来不高明。在国内的时候，对波兰我就不大清楚，对波兰的女孩子更模糊成一团。后来读到一位先生游波兰描写波兰女孩子的诗，当时的印象似乎很深，但不久就渐渐淡了下来，终于连一点痕迹都没有了。然而现在自己竟到了波兰，而且对面就坐了一个美丽的波兰女孩子：淡红的双腮，圆圆的大眼睛。

倘若在国内的话，七个男人同一个孤身的女孩子坐在一起，我们即使再道学，恐怕也会说一两句带着暗示的话，让女孩子红上一阵脸，我们好来欣赏娇羞含怒然而却又带笑的态度。然而现在却轮到我们红脸了。女孩子坦然地坐在那里，脸上挂着一丝微笑，把我们七个异邦的青年男子轮流看了一遍，似乎想要说话的样子。但我们都仿佛变成在老师跟前背不出书来的小学生，低了头，没有一个人敢说些什么。终于还是女孩子先开了口。她大概知道我们不能说波兰话，只用德文问我们会说哪一国的话。我们七个中有一半没学过德文。我自己虽然学过，但也只是书本子里的东西。现在既然有人问到了，也只好勉强回答说自己会说德文。谈话也就开始了，而且还是愈来愈热闹。我们真觉得语言的功用有时候并不怎样大，静默或其他别的动作还能表达更多更复杂更深刻的思想。当时我们当然不能长篇大论地叙述什么，有的时候竟连意思都表达不出来，这时我们便相对一笑，在这一笑里，我们似乎互相了解了更多更深的东西。刚才她走进来的时候，先很小心地把一个坐垫放在座位上，然后坐下去。经过了也不知道多少时候，我蓦地发现这坐垫已经移到一位中国同学的身子下面去；然而他们两个人都没注意到，当时热闹的情形也可以想见了。

在满洲里的时候，我们曾经买了几瓶啤酒似的东西。一路上，每到一个大车站，我们就下去用铁壶提开水来喝，这几瓶东西却始终珍惜着没有打开。现在却仿佛蓦地有一个默契流过我们每个人的心中，一位同学匆匆忙忙地找出来了一瓶打开，没有问别人，其余的人也都兴高采烈地帮忙找杯子，没有一个人有半点反对的意思。不用说，我们第一杯是捧给这位美丽的女孩子的。她用手接了，先不喝，问我这是什么。我本来不很知道这究竟是什么，反正不过是酒一类的东西，而且我脑子里关于这方面的德文字也就只有一个酒字，就顺口回答说："是酒。"她于是喝了一口，立刻抬起眼含着笑仿佛谴责似的问着我说："你说是酒？"这双眼睛这样大，这样亮，又这样圆，再加上玫瑰花似的微笑，这一切深深地压住了我的心，我本来没有意思辩解，现在更没话可说，其实也不能说什么话了。她没有再说什么，拿出她自己带来的饼干分给我们吃。我们又吃又喝，忘记了现在是在火车上，是在异域；忘记了我们是初相识的异国的青年男女，根本忘记了我们自己，忘记了一切。她皮包里带着许多相片，她一张一张地拿给我们看。我们也把我们身边带的书籍画片，甚至连我们的毕业证书都找出来给她看。小小的车厢里充满了融融的欣悦。一位同学忽然问她叫什么名字，她立刻毫不忸怩地把自己的名字写在我们的簿子上：Wala，一个多么美妙令人一听就神往的名字！

大概将近半夜了吧，我走到另外一个车厢里想去找一个地方睡一会儿。终于在一个角落里找到一个位子。对面坐了一位大鼻子的中年人。才一出国，看到满车外国人，已经有点儿觉得生疏；再看了他这大鼻子，仿佛自己已经走进了一个童话的国土里来，有说不出的感觉。这大鼻子仿佛有魔力，把我的眼睛吸住，我非看不行。我敢发誓，我一生还没有看到这样大的鼻子。他耳朵上又罩上了无线电收音机，衬上这生在脸正中的一块大肉，这一切合起来凑成一幅奇异的图案画，看了我再也忍不住笑起来。但他偏又高兴同我说话，说着破碎的英语，一手指着自己的头，一手指着远处坐着的 Wala，头摇了两摇，奇异的图案画上浮起一丝鄙夷微笑。我抬起头来看了看 Wala，才发现她头上戴了一顶红红绿绿的小帽子。刚才我竟没有注意到，我的全部精神都让她的淡红的双腮同圆圆的大眼睛吸住了。现在忽然发现她头上的小帽子，只觉得更增加了她的妩媚。一直到现在我还不明白，这位中年人为何讨厌这一顶同她的秀美的面孔相得益彰的小帽子。

我现在已经忆不起来，我们是怎样分的手。大概是我们，至少是我，坐着蒙蒙眬眬地睡了会儿，其间 Wala 就下了车。我当时醒了后确曾觉得非常值得惋惜，我们竟连一声再会都没能说，这美丽的女孩子就像神龙似的去了。我仿佛看了一个夏夜的流星。但后来自己到了德国，蓦地投到一个新的环境里去，整天让工作压得不能喘一口气。以前在国内的时候，无论是做学生，是教书，尽有余裕的时间让自己的幻想出去飞一飞，上至青天，下至黄泉，到种种奇幻的世界里去翱翔，想到许多荒唐的事情，摹绘给自己种种金色的幻影，然后再回到这个世界里来。现在每天对着自己的全是死板板的现实，自己再没有余裕把幻想放出去，Wala 的影子似乎已经从我的记忆里消逝了去，我再也想不到她了。这样就过去了六个年头。

前两天，一个细雨萧索的初秋的晚上，一位中国同学到我家里来闲谈。谈到附近一个菜园子里新近来了一个波兰女孩子在工作。这女孩子很年轻，长得又非常美丽，父母都很有钱。在波兰刚中学毕业，正要准备进大学的时候，德国军队冲进波兰。在听过几天飞机大炮以后，于是就来了大恐怖，到处是残暴与血光。在风声鹤唳的情况里过了一年，正在庆幸着自己还能活下去的时候，又被希特勒手下的穿黑衣服的两足走兽强迫装进一辆火车里运到德国来，终于被派到哥廷根来，在这个菜园子里做下女。她天天做着牛马的工作，受着牛马的待遇，一生还没有做过这样的苦工。出门的时候，衣襟上还要挂上一个绣着 P 字的黄布，表示她是波兰人，让德国人随时都能注意她的行动；而且也只能白天出门，晚上出去捉起来立刻入监狱。电影院戏院一类娱乐的地方是不许她去的。衣服票鞋票当然领不到，衣服鞋破了也只好将就着穿，所以她这样一个年轻又美丽的女孩子，衣服是破烂不堪的，脚下穿的又是木头鞋。工资少到令人吃惊。回家的希望简直更渺茫，只有天知道，她什么时候能再见到她的故乡，她的父母！我的朋友也不由得叹了一口气。

我的眼前电火似的一闪，立刻浮起 Wala 的面影，难道这个女孩子就是 Wala 吗？但立刻我又自己否认，这不会是她的，天下不会有这样凑巧的事情。然而立刻又想到，这女孩子说不定就是 Wala，而且非是她不行；命运是非常古怪的，它有时候会安排下出人意料的事情。就这样，我的脑海里纷乱成一团，躺下无论如何也睡不着，伏在枕上听窗外雨声滴着落叶，一直到不知什么时候。

第二天早晨起来，到研究所去的时候，我就绕路到那菜园子去。这里我以前本来是常走的，一切我都很熟悉。但今天我看到这绿绿的菜畦，黄了叶子的苹果树，中间一座两层的小楼，我的眼前发亮，一切都蓦地对我生疏起来，我仿佛第一次看到这许多东西，我简直失了神似的，觉得以前菜畦没有这样绿，苹果树的叶子也没有黄过，中间并没有这样一座小楼。但现在却清清楚楚地看到眼前有这样一座楼，小小的红窗子就对着黄了叶子的苹果林，小巧得古怪又可爱。我注视这窗口，每一刹那我都盼望着，蓦地会有一个女孩子的头探出来，而且这就是 Wala。在黄了叶子的苹果树下面，我也每一刹那都在盼望着，蓦地会有一个秀挺的少女的身影出现，而且这也就是 Wala。但我什么也没看到。我带了一颗失望的心走到研究所，工作当然做不下去。黄昏回家的时候，我又绕路从这菜园子旁边走过，我直觉地觉得反正在离我住的地方不远的小楼里有一个 Wala 在；但我却没有一点愿望再看这小楼，再注视这窗口，只匆匆走过去，仿佛是一个被检阅的兵士。

以后，我每天要绕路到那菜园子附近去走上两趟。我什么也没看到，而且我也不希望看到什么，因为我现在已经知道，这女孩子不会是 Wala 了。不看到，自己心里终究有一个极渺茫极不成希望的希望：说不定她就真是 Wala。怀了这渺茫的希望，回到家来，每当夜深人静的时候，就把幻想放出去，到种种奇幻的世界里去翱翔，想到许多荒唐的事情，给自己摹描种种金色的幻影。这幻想会自然而然地把我带到六年前的波兰车上。我瞪大了眼睛向眼前的空虚处看去，也自然而然地有一个这样熟悉而又这样生疏的女孩子的面影摇摇曳曳地浮现起来：淡红的双腮，圆圆的大眼睛。

我每次想到的就是这似乎平淡然而却又很深刻的诗句：“同是天涯沦落人。”因为，我已经再不怀疑，即使这女孩子不是 Wala，但 Wala 的命运也不会同这女孩子的有什么区别，或者还更坏。她也一定是在看过残暴与血光以后，被另外一个希特勒手下的穿黑衣服的两足走兽强迫装进一辆火车里拖到德国来，在另一块德国土地上，做着牛马的工作，受着牛马的待遇，出门的时候也同样要挂上一个P字黄牌，同样不能看到她的父母，她的故乡。但我自己的命运又有什么两样呢？不正有另一群兽类在千山万山外自己的故乡里散布残暴与火光吗？故乡的人们也同样做着牛马的工作，受着牛马的待遇，自己也同样不能见到自己的家属，自己的故乡。“同是天涯沦落人”，但是我们连“相逢”的机会都没有，我真希望我们这曾经一度“相识”者能够相对流一点泪，互相给一点安慰。但是，即使她现在有泪，也只好一个人独洒了，她又到什么地方能找到我呢？有时候，我曾经觉得世界小过，小到令人连呼吸都不自由；但现在我却觉得世界真正太大了。在茫茫的人海里，找寻她，不正像在大海里找寻一粒芥子么？我们大概终不能再会面了。

1941 年于德国哥廷根

追忆哈隆教授

1935 年深秋，我来到了德国的哥廷根。

我曾有过一个公式：

天才 + 勤奋 + 机遇 = 成功

我十分强调机遇。我是从机遇缝里钻出来的，从山东穷乡僻壤钻到今天的我。

到了德国以后，我被德国学术交换处分配到哥廷根，而乔冠华则被分配到吐平根(Tübingen)。如果颠倒一下的话，则吐平根既无梵学，也无汉学。我在那里混上两年，一无所获，连回国的路费都无从筹措。我在这里真不能不感谢机遇对我的又一次垂青。

我到了哥廷根，真是如鱼得水。到了 1936 年春，我后来的导师 E. Waldschmidt 调来哥廷根担任梵学正教授。这就奠定了我一生研究的基础。梵文研究所设在东方研究所 (都不是正式的名称) 内，这个研究所坐落在大图书馆对面 Gauss Weber Haus 内。这是几百年前大数学家 Gauss 和他的同伴 Weber 鼓捣电话的地方。房子极老，一层是阿拉伯研究所、巴比伦亚述研究所、古代埃及文研究所。二层是梵文研究所、斯拉夫语研究所、伊朗研究所。三层最高层则住着俄文讲师 V. Grimm 夫妇。

大学另外有一个汉学研究所，不在 Gauss Weber Haus 内，而在离此地颇远的一个大院子中大楼里。院子极大，有几株高大的古橡树矗立其间，上摩青天，气象万千。大楼极大，我不知道是做什么用的，楼中也很少碰到人。在二楼，有六七间大房子，四五间小房子，拨归汉学研究所使用。同 Gauss Weber Haus 比较起来宽敞多了。

汉学研究所没有正教授，有一位副教授兼主任，他就是 G. 哈隆（G. Haroun）教授，这个研究所和哈隆本人都不被大学所重视。他告诉我：他是苏台德人，不为正统的德国人所尊重。事实上也确实是这样的，我从来没有见过他同德国人有什么来往。哥廷根是德国的科学重镇，有一个科学院，院士们都是正教授中之佼佼者。这同他是不沾边的。在这里，他是孤独的，寂寞的。陪伴他出出进进汉学研究所，我只看到他夫人一个人。在汉学研究所他的办公室里，他夫人总是陪他坐在那里，手里摆弄着什么针线活，教授则埋首搞自己的研究工作。好像这里就是他们的家庭。他们好像是处在一个孤岛上，形影不离，相依为命。

哈隆教授对中国古籍是下过一番苦功的。尤其是对中国古代音韵学有湛深的研究。用拉丁字母来表示汉字的发音，西方有许多不同的方法。但是，他认为，这些方法都不能真正准确地表示出汉字独特的发音，因此，他自己重新制造了一个崭新的体系，他自己写文章时就使用这一套体系。

在我到达哥廷根以前若干年中，哈隆教授研究中心问题，似与当时欧洲汉学新潮流相符合，重点研究古代中亚文明。他费了许多年的时间，写了一篇相当长的论文《论月支（化）问题》，发表在有名的《德国东方学会会刊》上，受到了国际汉学家广泛的关注。

哈隆教授能读中文书，但不会说中国话。看这个问题应该有一个历史的观点。几百年前，在欧洲传播一点汉语知识的多半是在中国从事传教活动的神甫和牧师。但是，他们虽然能说中国话，却不是汉学家。再晚一些时候，新一代汉学家成长起来了。他们精通汉语和一些少数民族的语文，但是能讲汉语者极少。比如鼎鼎大名的法国的伯希和 (Paul Pelliot)，我在清华念书时曾听过他一次报告，是用英语讲的。可见他汉话是不灵的。

二十世纪三十年代，我到了德国，汉学家不说汉语的情况并没有改变。哈隆教授绝非例外。一直到比他再晚一代的年轻的汉学家，情况才开始改变。二战结束，到中国来去方便，年轻的汉学家便成群结队地来到了中国，从此欧洲汉学家不会讲汉语的情况便永远成为历史了。

我初到哥廷根时，中国留学生只有几个人，都是学理工的，对汉学不感兴趣。此时章士钊的妻子吴弱男（曾担任过孙中山的英文秘书）正带着三个儿子游学欧洲，只有次子章用留在哥廷根学习数学。他从幼年起就饱读诗书，能作诗。我们一见面，谈得非常痛快，他认为我是空谷足音。他母亲说，他平常不同中国留学生来往，认识我了以后仿佛变了一个人，经常找我来闲聊，彼此如坐春风。章用同哈隆关系不太好。章曾帮助哈隆写过几封致北京一些旧书店买书的信。1935 年深秋，我到了哥廷根，领我去见哈隆的记得就是章用。我同哈隆一见如故。对于哈隆教授这一代的欧洲汉学家，我有自己的实事求是的看法，他们的优缺点，我虽然不敢说是了如指掌，但是八九不离十。我们中国人首先应当尊敬他们，是他们把我国的文化传入欧美的，是他们在努力加强西方人对中国文化的了解。他们有了困难，帮助他们是我们的天职。我们没有任何理由小看他们，不尊重他们。

哈隆教授除了自己进行研究工作以外，他最大的成绩就是努力创造了一个规模不小的汉学图书馆。他多方筹措资金，到中国北京去买书。我曾给他写过一些信给北京琉璃厂的某书店，还有东四脩绠堂等书店，按照他提出的书单，把书运往德国。哥廷根大学图书馆并不收藏汉文书籍，对此也毫无兴趣。哈隆的汉学图书馆占有五六间大房子和几间小房子。大房子中，书架上至天花板，估计有几万册。线装书最多，也有不少的日文书籍。记得还有几册明版的通俗小说，在中国也应该属于善本了。对我来讲，最有用的书极多，首先是《大正新修大藏经》一百册。这一部书是我做研究工作必不可少的。可惜在哥廷根只有 Prof Waldschmidt 有一套，我无法使用。现在，汉学研究所竟然有一套，只供我一个人使用，真如天降洪福，绝处逢生。此外这里还有一套长达百本的笔记丛刊。我没事时也常读一读，增加了些乱七八糟的知识。在这样的情况下，我在哥廷根十年，绝大部分时间是在梵学研究所度过的，其余的时间则多半是在汉学研究所。

我对哈隆的汉学图书馆也可以说是做过一些贡献的。中国木版的旧书往往用蓝色的包皮装裹起来，外面看不到书的名字，这对读者非常不方便。我让国内朋友把虎皮宣纸寄到德国，附上笔和墨。我对每一部这样的书都用宣纸写好书名，贴到书上，让读者一看就知道是什么书，非常方便，而且也美观。几个大书架上，仿佛飞满了黄色的蝴蝶，顿使不太明亮的大书库里也充满了盎然的生气。不但我自己觉得很满意，哈隆更是赞不绝口，有外宾来参观，他也怀着骄傲的神色向他们介绍，这种现象在别的汉学图书馆中也许是见不到的。

时间已经到了 1937 年，清华同德国的交换期满了，我再也拿不到每月 120 马克了。但这也并非绝路，既到了德国，总会有办法的，比如申请洪堡基金等。但是，哈隆教授早已给我安排好了，我被聘为哥廷根大学汉语讲师，工资每月 150 马克。我的开课通知书赫然贴在大学教务处开课通知栏中，供全校上万名学生选择。在几年中确实有人报名学习汉语普通话，但过不了多久，一一都走光。在当时，汉语对德国用处不大。不管怎样，我反正已经是大学的成员之一。对我来说，在当时的政治环境下，这是非常有利的。

这时陆续有几个中国留学生来到哥廷根。他们中有的是考上了官费留学的，这在当时的中国，没有极强硬的后台是根本不可能的。据说，在两年内，他们每月可以拿到 800 马克。其余的留学生中有安徽大地主的子弟，有上海财阀的子女。平时财大气粗；但是，1939 年二战一爆发，邮路梗阻，家里的钱寄不出来，立即显露出一副狼狈相。反观我这区区 150 马克，固若金汤，我毫无后顾之忧，每月到大学财务处去领我的工资。所有这一切，我当然必须感谢哈隆教授。

哈隆教授的汉学图书馆在德国在欧洲是名声昭著的。我到图书馆去的时候，时不时地会遇到一些德国汉学家或欧洲其他国家的汉学家来这里查阅书籍，准备写博士论文或其他著作。英国的翻译家 Arthur Waley，就是我在这里认识的。

时间大概是到了 1938 年，距二战爆发还有一年的时间。有一天，哈隆教授告诉我，他已接受英国剑桥大学的邀请去担任汉语讲座教授，对他对我这都是天大的喜事。我向他表示诚挚的祝贺。他说，他真舍不得离开他的汉学图书馆。但是，现在是不离开不行的时候了。他要我同他一起到剑桥去，在那里他为我谋得了一个汉学讲师的位置。我感谢他的美意；但是，我的博士论文还没有完成。此事只好以后再提。

他去国的前几天，我同当时在哥廷根的中国留学生田德望在市政府地下餐厅设宴为他饯行。我们都准时到达。那一天晚上，我看哈隆教授是真动了感情。他坐在那里，半天不说话，最后说：“我在哥廷根十几年，没有交一个德国朋友，在去国之前，还是两个中国朋友来给我饯行。”说罢，真正流出了眼泪。从此以后，他携家走英伦。1939 年二战爆发，我的剑桥梦也随之破灭。我再也没有见到过他。

在《站在胡适之先生墓前》那一篇文章里，我曾列举了平生有恩于我的师友，在德国，我只列了两位：Sieg 和 Waldschmidt。现在看来，不够了，应该加上哈隆教授，没有他的帮助，我在哥廷根是完成不了那样多的工作的。

2003 年 6 月 30 日于 301 医院

北京忆旧

我不是北京人，但是先后在北京住了四十六年之久，算得上一个老北京了。讲到回忆北京旧事，我自觉是颇有一些资格的。

可是，回忆并不总是愉快的。俗话说："一部二十四史，不知从何处说起。"我遇到的也是这个困难，不是无可回忆，而是要回忆的东西实在太多了。一想到四十六年的北京生活，脑海里就像开了幻灯铺，一幕一幕，倏忽而过。论建筑则有楼台殿阁，佛寺尼庵，阳关大道，独木小桥，无穷无尽的影像。论人物则有男女老幼，国内国外，黑眼黑发，碧眼黄发，无穷无尽的面影。再加上自然风光，春花秋月，夏雨冬雪，延庆密林，西山红叶，混搅成一团，简直像是七宝楼台，海市蜃楼，五光十色，迷离模糊。到了此时，我自己几乎不知置身何地了。

现在先从小事回忆起吧。

我想回忆一下中关村电子一条街。

在我居京的四十六年中，有四十年我住在清华园和燕园，都同今天的电子一条街是近邻。自从我国政府决定在海淀区成立一种经济特区以来，电子一条街就名扬四海。今天，在这里，几乎日夜车水马龙，熙熙攘攘，街两旁店铺鳞次栉比，如雨后春笋，经营的几乎都是先进技术。敏感之士已经感到，将来仅有的几家不是经营先进技术的铺子，比如说饭馆、服装店之类，将会逐渐被挤走，而代之以有能力付特高租金的店铺，将来在海淀区吃饭穿衣都要遇到困难了。我佩服这些人的先见之明。我这个人虽然也还算敏感，但还没有达到这样高的水平，我还没有这样的杞忧。我只是有时候回忆起几十年前的这个地方，心中憬然若有所悟。可惜今天有我这种感觉的人恐怕很少很少了。今天的青年，甚至中年，看到的只是眼前的繁华景象，他们想的是跃跃欲试，逐鹿于电子战场，成为胜利者，手挥微机，头戴桂冠。至于此地过去如何，确定与他们无关，何必去伤这一份脑筋呢？

我生也早，现在已近耄耋之年。早生有早生的好处，但也有早生的包袱。我现在背的就是这样的包袱。我看电子一条街，同中青年们不完全一样。我既看到现在热闹的一面，又看到过去与热闹截然相反的一面。有时候这两面在我眼前重叠起来，我很自然地就起流光如驶之感，不禁大为慨叹。这种慨叹有什么用处吗？我说不出，看来恐怕不会有多大用处。明知没有多大用处，又何苦去回忆呢？我是身不由己，无能为力。既然生早了，亲眼看到这个地方原先的情况，就无法抑制自己不去回忆。这就是我现在的包袱。

将近六十年前，当我住在清华园读书的时候，晚饭之后，有时候偕一两好友漫步出校南门，边走边谈，忘路之远近，间或走得颇远。留给我印象最深的是在深秋时分，我们往往走到一处人迹罕至的地方，衰草荒烟，景象萧森，举目四望，不见人家。但见野坟数堆，暮鸦几点，上下相映，益增荒寒，回望西天，残阳如血，余晖闪熠在枯草叶上。此时我感到鬼气森森，赶快收住脚步，转身回到清华园，仿佛又回到了人间。

计算地望，我当年到的那个地方，应该就是今天的中关村、电子一条街一带。这一点我认为是可以肯定的。我离开清华以后，再也没有到这里来过。一九四六年回到北平，也没有来过。一九五二年从城里搬到燕园，时过境迁，我对这个地方，早已忘得干干净净了。我在蓝旗营一公寓住了十年。初来时，门前的马路还没有。现在电子一条街修马路更在以后。这里修马路时，我当时的想法是，修这样宽的马路干吗呀！到了今天，马路扩展了一倍，仍然时有堵塞。仅仅三十几年，这里的变化竟如此巨大，我们的脑筋跟上时代的步伐竟如此困难。古人说沧海桑田，确有其事；论到速度，又是今非昔比了。

我从前读杨衒之《洛阳伽蓝记》、唐段成式《寺塔记》、刘肃《大唐新语》等等书籍，常作遐想。书中描绘洛阳、长安等城市升沉衍变的情况，作者一腔思古之幽情，流露于楮墨之间，读来异常亲切感人。我原以为这是古人的事，于今渺矣茫矣。但是，现在看来，我自己亲身经历的类似电子一条街这样的变迁，岂非同古人一模一样吗？唯一的区别只在于，我只经历了六七十年，而古人经历的比较长而已。六七十年在人类历史上不能算太长，但也不能说太短，中国历史上有一些朝代也不过如此。我个人的经历应该算得上一部短短的历史了。

人是非常容易怀旧的，怀旧往往能带来某一种愉快。但是，到了我这样的年龄，我看到的经历过的已经太多太多了，“悲欢离合总无情”，有时候我连怀旧都有点懒怠了。今天写这一篇短文，一非想怀旧，二非想思古。不过偶尔想到，觉得别人未必知道，所以就写了下来。这绝不会影响电子一条街的人士发财致富，也不会帮助他们财运亨通。当他们饱饮可口可乐之余，对他们来说，这样琐细的回忆足资谈助而已。

1988 年 6 月 11 日

我爱北京的小胡同

我爱北京的小胡同，北京的小胡同也爱我，我们已经结下了永恒的缘分。

六十多年前，我到北京来考大学，就下榻于西单大木仓里面的一条小胡同中的一个小公寓里。白天忙于到沙滩北大三院去应试。北大与清华各考三天，考得我焦头烂额，精疲力尽。夜里回到公寓小屋里，还要忍受臭虫的围攻，特别可怕的是那些臭虫的空降部队，防不胜防。

但是，我们这一帮山东来的学生仍然能够苦中作乐。在黄昏时分，总要到西单一带去逛街。街灯并不辉煌，“无风三尺土，有雨一街泥”，也会令人不快。我们却甘之如饴。耳听铿锵清脆、悠扬有致的京腔，如闻仙乐。此时鼻管里会蓦然涌入一股幽香，是从路旁小花摊上的栀子花和茉莉花那里散发出来的。回到公寓，又能听到胡同里的叫卖声：“驴肉！驴肉！”“王致和的臭豆腐！”其声悠扬、深邃，还含有一点凄清之意。这声音把我送入梦中，送到与臭虫搏斗的战场上。

将近五十年前，我在欧洲待了十多年以后，又回到了故都。这次是住在东城的一条小胡同里：翠花胡同，与南面的东厂胡同为邻。我住的地方后门在翠花胡同，前门则在东厂胡同，据说就是明朝的特务机关东厂所在地，是折磨、囚禁、拷打、杀害所谓“犯人”的地方。冤死之人极多，他们的鬼魂据说常出来显灵，我是不相信什么鬼怪的。我感兴趣的不是什么鬼怪显灵，而是这一所大房子本身。它地跨两个胡同，其大可知。里面重楼复阁，四廊盘曲，院落错落，花园重叠，一个陌生人走进去，必然是如入迷宫，不辨东西。

然而，这样复杂的内容，无论是从前面的东厂胡同，还是从后面的翠花胡同，都是看不出来的。外面十分简单，里面十分复杂；外面十分平凡，里面十分神奇。这是北京许多小胡同共有的特点。

据说当年黎元洪大总统在这里住过。我住在这里的时候，北大校长胡适住在黎住过的房子中。我住的这个地方仅仅是这个院子的一个旮旯，在西北角上。但是这个旮旯并不小，是一个三进的院子，我第一次体会到“庭院深深深几许”的意境。我住在最深一层院子的东房中，院子里摆满了汉代的砖棺。这里本来就是北京的一所“凶宅”，再加上这些棺材，黄昏时分，总会让人感觉到鬼影幢幢，毛骨悚然，所以很少有人敢在晚上来拜访我。我每日“与鬼为邻”，倒也过得很安静。

第二进院子里有很多树木，我最初没有注意是什么树。有一个夏日的晚上，刚下过一阵雨，我走到树下，忽然闻到一股幽香。原来这些是马缨花树，现在树上正开着繁花，幽香就是从这里散发出来的。

这一下子让我回忆起十几年前西单的栀子花和茉莉花的香气。当时我是一个十九岁的大孩子，现在成了中年人。相距近二十年的两个我，忽然融合到一起来了。

不管是六十多年，还是五十年，都成为过去了。现在北京的面貌天天在改变，层楼摩天，国道宽敞。然而那些可爱的小胡同，却日渐消逝，被摩天大楼吞噬掉了。看来在现实中小胡同的命运和地位都要日趋消沉，这是不可抵御的，也不一定就算是坏事。可是我仍然执着地关心我的小胡同。就让它们在我的心中占一个地位吧，永远，永远。

我爱北京的小胡同，北京的小胡同也爱我。

黎明前的北京

前后加起来，我在北京已经住了四十多年，算是一个老北京了。北京的名胜古迹，北京的妙处，我应该说是了解的；其他老北京当然也了解。但是有一点，我相信绝大多数的老北京并不了解，这就是黎明时分以前的北京。

多少年来，我养成了一个习惯：每天早晨四点在黎明以前起床工作。我不出去跑步或散步，而是一下床就干活儿。因此我对黎明前的北京的了解是在屋子里感觉到的。我从前在什么报上读过一篇文章，讲黎明时分天安门广场上的清洁工人。那情景必然是非常动人的，可惜我从未能见到，只是心向往之而已。

四十年前，我住在城里在明朝曾经是特务机关的东厂里面。几座深深的大院子，在最里面三个院子里只住着我一个人。朋友们都说这地方阴森可怕，晚上很少有人敢来找我，我则怡然自得。每当夏夜，我起床以后，立刻就闻到院子里那些高大的马缨花树散发出来的阵阵幽香，这些香气破窗而入，我于此时神清气爽，乐不可支，连手中那一支笨拙的笔也仿佛生了花。

几年以后，我搬到西郊来住，照例四点起床，坐在窗前工作。白天透过窗子能够看到北京展览馆那金光闪闪的高塔的尖顶，此时当然看不到了。但是，我知道，即使我看不见它，它仍然在那里挺然耸入天空，仿佛想带给人以希望，以上进的劲头。我仍然是乐不可支，心也仿佛飞上了高空。

过了十年，我又搬了家。这新居既没有马缨花，也看不到金色的塔顶。但是门前却有一片清碧的荷塘。刚搬来的几年，池塘里还有荷花。夏天早晨四点已经算是黎明时分，在薄暗中透过窗子可以看到接天莲叶，而荷花的香气也幽然袭来，我顾而乐之，大有超出马缨花和金色塔顶之上的意味了。

难道我欣赏黎明前的北京仅仅由于上述的原因吗？不是的。三十几年以来，我成了一个“开会迷”。说老实话，积三十年之经验，我真有点儿怕开会了。在白天，一整天说不定什么时候就会接到开会的通知。说一句过火的话，我简直是提心吊胆，心里不得安宁。即使不开会，这种惴惴不安的心情总摆脱不掉。只有在黎明以前，根据我的经验，没有哪里会来找你开会的。因此，我起床往桌子旁边一坐，仿佛有什么近似条件反射的东西立刻就起了作用，我心里安安静静，一下子进入角色，拿起笔来，“文思”（如果也算是文思的话）如泉水喷涌，记忆力也像刚磨过的刀子，锐不可当。此时，我真是乐不可支，如果给我机会的话，我简直想手舞足蹈了。

因此，我爱北京，特别爱黎明前的北京。

三个小女孩

我生平有一桩往事：一些孩子无缘无故地喜欢我，爱我；我也无缘无故地喜欢这些孩子，爱这些孩子。如果我以糖果饼饵相诱，引得小孩子喜欢我，那是司空见惯，平平常常，根本算不上什么“怪事”。但是，对我来说，情况却绝对不是这样。我同这些孩子都是邂逅，都是第一次见面，我语不惊人，貌不压众，不过是普普通通，不修边幅，常常被人误认为是学校的老工人。这样一个人而能引起天真无邪、毫无功利目的、二三岁以至十一二岁的孩子的欢心，其中道理，我解释不通，我相信，也没有别人能解释通，包括赞天地之化育的哲学家们在内。

我说这是一桩“怪事”，不是恰如其分吗？不说它是“怪事”，又能说它是什么呢？

大约在二十世纪五十年代，当时老祖和德华还没有搬到北京来。我暑假回济南探亲。我的家在南关佛山街。我们家住西屋和北屋，南屋住的是一家姓田的木匠。他有一儿二女，小女儿名叫华子，我们把这个小名又进一步变为爱称——“华华儿”。她大概只有两岁，路走不稳，走起来晃晃荡荡，两条小腿十分吃力，话也说不全。按辈分，她应该叫我“大爷”；但是华华还发不出两个字的音，她把“大爷”简化为“爷”。一见了我，就摇摇晃晃，跑了过来，满嘴“爷”“爷”不停地喊着。走到我跟前，一下子抱住了我的腿，仿佛有无限的乐趣。她妈喊她，她置之不理，勉强抱走，她就哭着奋力挣脱。有时候，我在北屋睡午觉，只觉得周围鸦雀无声，阒静幽雅。“北堂夏睡足”，一枕黄粱，猛一睁眼：一个小东西站在我的身旁，大气不出。一见我醒来，立即“爷”“爷”叫个不停，不知道她已经等了多久了。我此时真是万感集心，连忙抱起小东西，连声叫着“华华儿”。有一次我出门办事，回来走到大门口，华华妈正把她抱在怀里，她说，她想试一试华华，看她怎么办。然而奇迹出现了：华华一看到我，立即用惊人的力量，从妈妈怀里挣脱出来，举起小手，要我抱她。她妈妈说，她早就想到有这种可能，却没有想到华华挣脱的力量竟是这样惊人的大。大家都大笑不止，然而我却在笑中想流眼泪。有一年，老祖和德华来京小住，后来听同院的人说，在上着锁的西屋门前，天天有两个小动物在那里蹲守：一个是一只猫，一个是已经长到三四岁的华华。“可怜小儿女，不解忆长安。”华华大概还不知道什么北京，不知道什么别离。天天去蹲守。她那天真稚嫩的心灵里，不知是什么滋味，望眼欲穿而不见伊人。她的失望，她的寂寞，大概她自己也说不出，只能意会而不能言传了。

上面是华华的故事，下面再讲吴双的故事。

二十世纪八十年代的某一年，我应邀赴上海外国语大学去访问。我的学生吴永年教授十分热情地招待我。学校领导陪我参观，永年带了他的妻子和女儿吴双来见我。吴双大概有六七岁光景，是一个秀美、文静、活泼、伶俐的小女孩。我们是第一次见面，她最初还有点腼腆，叫了一声“爷爷”以后，低下头，不敢看我。但是，我们在校园中走了没有多久，她悄悄地走过来，挽住我的右臂，扶我走路，一直偎依在我的身旁，她爸爸妈妈都有点吃惊，有点不理解。我当然更是吃惊，更是不理解。一直等到我们参观完了图书馆和许多大楼，吴双总是寸步不离地挽住我的右臂，一直到我们不得不离开学校，不得不同吴双和她妈妈分手为止，吴双眼睛中流露出依恋又颇有一点凄凉的眼神。从此，我们就结成了相差六七十岁的忘年交。她用幼稚但却认真秀美的小字写信给我。我给永年写信，也总忘不了吴双。我始终不知道，我有什么地方值得这样一个聪明可爱的小女孩眷恋？

上面是吴双的故事，现在轮到未未了。未未是一个十二岁的小女孩，姓贾，爸爸是延边大学出版社的社长，学国文出身，刚强、正直、干练，是一个绝不会阿谀奉承的硬汉子。母亲王文宏，延边大学中文系副教授，性格与丈夫迥乎不同，多愁、善感、温柔、淳朴、感情充沛，用我的话来说，就是：感情超过了需要。她不相信天底下还有坏人。她是个才女，写诗，写小说，在延边地区颇有点名气，研究的专行是美学，文艺理论与禅学，是一个极有前途的女青年学者。十年前，我在北大通过刘烜教授的介绍，认识了她。去年秋季她又以访问学者的名义重返北大，算是投到了我的门下。一年以来，学习十分勤奋。我对美学和禅学，虽然也看过一些书，并且有些想法和看法，写成了文章，但实际上是"野狐谈禅"，成不了正道的。蒙她不弃，从我受学，使得我经常觳觫不安，如芒刺在背。也许我那一些内行人绝不会说的石破天惊的奇谈怪论，对她有了点用处？连这一点我也是没有自信的。

由于她母亲在北大学习，未未曾于寒假时来北大一次，她父亲也陪来了。第一次见面，我发现未未同别的年龄差不多的女孩不一样。面貌秀美，逗人喜爱，却有点苍白。个子不矮，却有点弱不禁风。不大说话，说话也是慢声细语。文宏说她是娇生惯养惯了，有点自我撒娇。但我看不像。总之，第一次见面，这个东北长白山下来的小女孩，对我成了个谜。我约了几位朋友，请她全家吃饭。吃饭的时候，她依然是少言寡语。但是，等到出门步行回北大的时候，却出现了出我意料的事情。我身居师座，兼又老迈，文宏便从左边扶住我的左臂搀扶着我。说老实话，我虽老态龙钟，却还不到非让人搀扶不行的地步。文宏这一番心意我却不能拒绝，索性倚老卖老，任她搀扶，倘若再递给我一个龙头拐杖，那就很有点旧戏台上佘太君或者国画大师齐白石的派头了。然而，正当我在心中暗暗觉得好笑的时候，未未却一步抢上前来，抓住了我的右臂来搀扶住我，并且示意她母亲放松抓我左臂的手，仿佛搀扶我是她的专利，不许别人插手。她这一举动，我确实没有想到。然而，事情既然发生——由它去吧！

过了不久，未未就回到了延吉。适逢今年是我八十五岁生日，文宏在北大虽已结业，却专门留下来为我祝寿。她把丈夫和女儿都请到北京来，同一些在我身边工作了多年的朋友，为我设寿宴。最后一天，出于玉洁的建议，我们一起共有十六人之多，来到了圆明园。圆明园我早就熟悉，六七十年前，当我还在清华大学读书的时候，晚饭后，常常同几个同学步行到圆明园来散步。此时圆明园已破落不堪，满园野草丛生，狐鼠出没，"西风残照，清家废宫"，我指的是西洋楼遗址。当年何等辉煌，而今只剩下几个汉白玉雕成的古希腊式的宫门，也都已残缺不全。"牧童打碎了龙碑帽"，虽然不见得真有牧童，然而情景之凄凉、寂寞，恐怕与当年的明故宫也差不多了。我们当时还都很年轻，不大容易发思古之幽情，不过爱其地方幽静，来散散步而已。

新中国成立后，北大移来燕园，我住的楼房，仅与圆明园有一条马路之隔。登上楼旁小山，遥望圆明园之一角绿树蓊郁，时涉遐想。今天竟然身临其境，早已面目全非，让我连连吃惊，仿佛美国作家 Washington Irving 笔下的 Rip Van Winkle"山中方七日，世上几千年"，等他回到家乡的时候，连自己的曾孙都成了老爷爷，没有人认识他了。现在我已不认识圆明园了，圆明园当然也不会认识我。园内游人摩肩接踵，多如过江之鲫。而商人们又争奇斗妍，各出奇招，想出了种种的门道，使得游人如痴如醉。我们当然也不会例外，痛痛快快地畅游了半天，福海泛舟，饭店盛宴。我的"西洋楼”却如蓬莱三山，不知隐藏在何方了？

第二天是文宏全家回延吉的日子。一大早，文宏就带了未未来向我辞行。我上面已经说到，文宏是感情极为充沛的人，虽是暂时别离，她恐怕也会受不了。小萧为此曾在事前建议过：临别时，谁也不许流眼泪。在许多人心目中，我是一个怪人，对人呆板冷漠，但是，真正了解我的人却给我送了一个绰号：“铁皮暖瓶”，外面冰冷而内心极热。我自己觉得，这个比喻道出了一部分真理，但是，我现在已届望九之年，我走过阳关大道，也走过独木小桥，天使和撒旦都对我垂青过。一生磨炼，已把我磨成了一个“世故老人”，于必要时，我能够运用一个世故老人的禅定之力，把自己的感情控制住。年轻人，道行不高的人，恐怕难以做到这一点的。

现在，未未和她妈妈就坐在我的眼前。我口中念念有词，调动我的定力来拴住自己的感情，满面含笑，大讲苏东坡的词：“人有悲欢离合，月有阴晴圆缺，此事古难全。”又引用俗语：“千里凉棚，没有不散的筵席。”自谓“口若悬河泻水，滔滔不绝”。然而，言者谆谆，而听者藐藐。文宏大概为了遵守对小萧的诺言，泪珠只停留在眼眶中，间或也滴下两滴。而未未却不懂什么诺言，也不会有什么定力，坐在床边上，一语不发，泪珠仿佛断了线似的流个不停。我那八十多年的定力有点儿动摇了，我心里有点儿发慌，连忙强打精神，含泪微笑，送她们母女出门。一走上门前的路，未未好像再也忍不住了，一把抓住了我的胳臂，伏在我怀里，哭了起来。热泪透过了我的衬衣，透过了我的皮肤，热意一直滴到我的心头。我忍住眼泪，捧起未未的脸，说：“好孩子！不要难过！我们还会见面的！”未未说：“爷爷！我会给你写信的！”我此时的心情，连才尚未尽的江郎也是写不出来的，他那名垂千古的《别赋》中，就找不到对类似我现在的心情的描绘，何况我这样本来无才可尽的俗人呢？我挽着未未的胳臂，送她们母女过了楼西曲径通幽的小桥，又忽然临时顿悟：唐朝人送别有灞桥折柳的故事。我连忙走到湖边，从一棵垂柳上折下了一条柳枝，递到文宏手中。我一直看她母女俩折过小山，向我招手，直等到连消逝的背影也看不到的时候，才慢慢地走回家来。此时，我再不需要我那劳什子定力，索性让眼泪流个痛快。

三个女孩的故事就讲完了。

还不到两岁的华华为什么对我有这样深的感情，我百思不得其解。

五六岁第一次见面的吴双，为什么对我有这样深的感情，我千思不得其解。

十二岁下学期才上初中的未未，为什么对我有这样深的感情，我万思不得其解。

然而这都是事实，我没有半个字的虚构。我一生能遇到这样三个小女孩，就算是不虚此生了。

到今天，华华已经超过四十岁。按正常的生活秩序，她早应该"绿叶成荫"了，不知道她是否还记得我这"爷"？

吴双恐怕大学已经毕业了，因为我同她父亲始终有联系，她一定还会记得我这样一位"北京爷爷"的。

至于未未，我们离别才几天。我相信，她会遵守自己的诺言给我写信的。而且她父亲常来北京，她母亲也有可能再到北京学习、进修。我们这一次分别，仅仅不过是为下一次会面创造条件而已。

像奇迹一般，在八十多年内，我遇到了这样三个小女孩，是我平生一大乐事、一桩怪事。但是人们常说，普天之下，没有无缘无故的爱。可是我这"缘"何在？我这"故"又何在呢？佛家讲因缘，我们老百姓讲"缘分"。虽然我不信佛，从来也不迷信，但是我却只能相信"缘分"了。在我走到那个长满了野百合花的地方之前，这三个同我有着说不出是怎样来的缘分的小姑娘，将永远留在我的记忆中，保留一点甜美，保留一点幸福，给我孤寂的晚年涂上点有活力的色彩。

1996 年 8 月

长歌行

幽梦记

黄昏真的不能久留，一转眼，这黄昏像一个轻梦，只在人们心上一掠，留下黑暗的夜，带着它的寂寞走了。

黄昏

黄昏是神秘的，只要人们能多活下去一天，在这一天的末尾，他们便有个黄昏。但是，年滚着年，月滚着月，他们活下去，有数不清的天，也就有数不清的黄昏。我要问：有几个人觉到过黄昏的存在呢？

早晨，当残梦从枕边飞去的时候，他们醒转来，开始去走一天的路。他们走着，走着，走到正午，路陡然转了下去。仿佛只一溜，就溜到一天的末尾，当他们看到远处弥漫着白茫茫的烟，树梢上淡淡涂上了一层金黄色，一群群的暮鸦驮着日色飞回来的时候，仿佛有什么东西轻轻地压在他们心头。他们知道：夜来了。他们渴望着静息，渴望着梦的来临。不久，薄冥的夜色糊了他们的眼，也糊了他们的心。他们在低矮的小屋里忙乱着；把黄昏关在门外，倘若有人问：你看到黄昏了没有？黄昏真美啊，他们却茫然了。

他们怎能不茫然呢？当他们再从屋里探出头来寻找黄昏的时候，黄昏早随了白茫茫的烟的消失、树梢上金色的消失、鸦背上日色的消失而消失了。只剩下朦胧的夜。这黄昏，像一个春宵的轻梦，不知在什么时候漫了来，在他们心上一掠，又不知在什么时候去了。

黄昏走了。走到哪里去了呢？——不，我先问：黄昏从哪里来的呢？这我说不清。又有谁说得清呢？我不能够抓住一把黄昏，问它到底。从东方吗？东方是太阳出的地方。从西方吗？西方不正亮着红霞吗？从南方吗？南方只充满了光和热。看来只有说从北方来的最适宜了。倘若我们想了开去，想到北方的极端，是北冰洋和北极，我们可以在想象里描画出：白茫茫的天地，白茫茫的雪原和白茫茫的冰山。再往北，在白茫茫的天边上，分不清哪是天、是地、是冰、是雪，只是朦胧的一片灰白。朦胧灰白的黄昏不正应当从这里蜕化出来吗？

然而，蜕化出来了，却又扩散开去。漫过了大平原、大草原，留下了一层阴影；漫过了大森林，留下了一片阴郁的黑暗；漫过了小溪，把深灰色的暮色溶入琤琮的水声里，水面在阒静里透着微明；漫过了山顶，留给它们星的光和月的光；漫过了小村，留下了苍茫的暮烟……给每个墙角扯下了一片，给每个蜘蛛网网住了一把。以后，又漫过了寂寞的沙漠，来到我们的国土里。我能想象：倘若我迎着黄昏站在沙漠里，我一定能看着黄昏从辽远的天边上跑了来，像——像什么呢？是不是应当像一阵灰蒙的白雾？或者像一片扩散的云影？跑了来，仍然只是留下一片阴影，又跑了去，来到我们的国土里，随了弥漫在远处的白茫茫的烟，随了树梢上的淡淡的金黄色，也随了暮鸦背上的日色，轻轻地落在人们的心头，又被人们关在了门外。

但是，在门外，它却不管人们关心不关心，寂寞地，冷落地，替他们安排好了一个幻变的又充满了诗意的童话般的世界，朦胧、微明，正像反射在镜子里的影子，它给一切东西涂上银灰的梦的色彩。牛乳色的空气仿佛真牛乳似的凝结起来，但似乎又在软软地黏黏地浓浓地流动。它带来了阒静，你听：一切静静的，像下着大雪的中夜。但是死寂吗？却并不，再比现在沉默一点，也会变成坟墓般的死寂。仿佛一点也不多，一点也不少，优美的轻适的阒静软软地黏黏地浓浓地压在人们的心头，灰的天空像一张薄幕；树木，房屋，烟纹，云缕，都像一张张的剪影，静静地贴在这幕上。这里，那里，点缀着晚霞的紫曛和小星的冷光。黄昏真像一首诗，一支歌，一篇童话；像一片月明楼上传来的悠扬的笛声，一声缭绕在长空里亮唳的鹤鸣；像陈了几十年的绍酒；像一切美到说不出来的东西。说不出来，只能去看；看之不足，只能意会；意会之不足，只能赞叹。——然而却终于给人们关在门外了。

给人们关在门外，是我这样说吗？我要小心，因为所谓人们，不是一切人们，也绝不会是一切人们的。我在童年的时候，就常常待在天井里等候黄昏的来临。我这样说，并不是想表明我比别人强。意思很简单，就是：别人不去，也或者是不愿意去这样做。我（自然也还有别人）适逢其会地常常这样做而已。常常在夏天里，我坐在很矮的小凳上，看墙角里渐渐暗了起来，四周的白墙上也布了一层淡淡的黑影。在幽暗里，夜来香的花香一阵阵地沁入我的心里。天空飞着蝙蝠。檐角上的蜘蛛网，映着灰白的天空，在朦胧里，还可以数出网上的线条和粘在上面的蚊子和苍蝇的尸体。在不经意的时候蓦地再一抬头，暗灰的天空里已经嵌上闪着眼的小星了。在冬天，天井里满铺着白雪。我蜷伏在屋里。当我看到白的窗纸渐渐灰了起来，炉子里在白天看不出颜色来的火焰渐渐红起来、亮起来的时候，我也会知道：这是黄昏了。我从风门的缝里望出去：灰白的天空，灰白的盖着雪的屋顶。半弯惨淡的凉月印在天上，虽然有点儿凄凉；但仍然掩不了黄昏的美丽。这时，连常常坐在天井里等着它来临的人也不得不蜷伏在屋里。只剩了灰蒙的雪色伴了它在冷清的门外，这幻变的朦胧的世界造给谁看呢？黄昏不觉得寂寞吗？

但是寂寞也延长不多久。黄昏仍然要走的。李商隐的诗说：“夕阳无限好，只是近黄昏。”诗人不正慨叹黄昏的不能久留吗？它也真的不能久留，一转眼，这黄昏，像一个轻梦，只在人们心上一掠，留下黑暗的夜，带着它的寂寞走了。

走了，真的走了。现在再让我问：黄昏走到哪里去了呢？这不比我知道它从哪里来的更清楚。我也不能抓住黄昏的尾巴，问它到底。但是，推想起来，从北方来的应该到南方去的吧。谁说不是到南方去的呢？我看到它怎样地走了。——漫过了南墙，漫过了南边那座小山，那片树林；漫过了美丽的南国，一直到辽阔的非洲。非洲有耸峭的峻岭，岭上有深邃的永古苍暗的大森林。再想下去，森林里有老虎——老虎？黄昏来了，在白天里只呈露着淡绿的暗光的眼睛该亮起来了吧。像不像两盏灯呢？森林里还该有莽苍葳蕤的野草，比人高。草里有狮子，有大蚊子，有大蜘蛛，也该有蝙蝠，比平常的蝙蝠大。夕阳的余晖从树叶的稀薄处，透过了架在树枝上的蜘蛛网，漏了进来，一条条灿烂的金光，照耀得全林子里都发着棕红色，合了草底下毒蛇吐出来的毒气，幻成五色绚烂的彩雾。也该有萤火虫吧，现在一闪一闪地亮起来了。也该有花，但似乎不应该是夜来香或晚香玉。是什么呢？是一切毒艳的恶之花。在毒气里，不正应该产生恶之花吗？这花的香慢慢融入棕红色的空气里，融入绚烂的彩雾里。搅乱成一团，滚成一团暖烘烘的热气。然而，不久这热气就给微明的夜色消融了。只剩一闪一闪的萤火虫，现在渐渐地更亮了。老虎的眼睛更像两盏灯了，在静默里瞅着暗灰的天空里才露面的星星。

然而，在这里，黄昏仍然要走的。再走到哪里去呢？这却真的没人知道了。——随了淡白的稀疏的冷月的清光爬上暗沉沉的天空里去吗？随了眨着眼的小星爬上了天河吗？压在蝙蝠的翅膀上钻进了屋檐吗？随了西天的晕红消融在远山的后面吗？这又有谁能明白地知道呢？我们知道的，只是：它走了，带了它的寂寞和美丽走了，像一丝微飔，像一个春宵的轻梦。

是了。——现在，现在我再有什么可问呢？等候明天吗？明天来了，又明天，又明天。当人们看到远处弥漫着白茫茫的烟，树梢上淡淡涂上了一层金黄色，一群群的暮鸦驮着日色飞回来的时候，又仿佛有什么东西压在他们的心头，他们又渴望着梦的来临。把门关上了。关在门外的仍然是黄昏，当他们再伸头出来找的时候，黄昏早已走了。从北冰洋跑了来，一过路，到非洲森林里去了。再到，再到哪里，谁知道呢？然而夜来了，漫长的漆黑的夜，闪着星光和月光的夜，浮动着暗香的夜……只是夜，长长的夜，夜永远也不完。黄昏呢？——黄昏永远不存在在人们的心里的。只一掠，走了，像一个春宵的轻梦。

1934 年 1 月 4 日

听雨

从一大早就下起雨来。下雨，本来不是什么稀罕事儿，但这是春雨，俗话说：“春雨贵如油。”而且又在罕见的大旱之中，其珍贵就可想而知了。

“润物细无声”，春雨本来是声音极小极小的，小到了“无”的程度。但是，我现在坐在隔成了一间小房子的阳台上，顶上有块大铁皮。楼上滴下来的檐溜就打在这铁皮上，打出声音来，于是就不“细无声”了。按常理说，我坐在那里，同一种死文字拼命，本来应该需要极静极静的环境、极静极静的心情，才能安下心来，进入角色，来解读这天书般的玩意儿。这种雨敲铁皮的声音应该是极为讨厌的，是必欲去之而后快的。

然而，事实却正相反。我静静地坐在那里，听到头顶上的雨滴声，此时有声胜无声，我心里感到无量的喜悦，仿佛饮了仙露，吸了醍醐，大有飘飘欲仙之感了。这声音时慢时急，时高时低，时响时沉，时断时续，有时如金声玉振，有时如黄钟大吕，有时如大珠小珠落玉盘，有时如红珊白瑚沉海里，有时如弹素琴，有时如舞霹雳，有时如百鸟争鸣，有时如兔落鹘起，我浮想联翩，不能自已，心花怒放，风生笔底。死文字仿佛活了起来，我也仿佛又溢满了青春活力。我平生很少有这样的精神境界，更难为外人道也。

在中国，听雨本来是雅人的事。我虽然自认还不是完全的俗人，但能否就算是雅人，却还很难说。我大概是介乎雅俗之间的一种动物吧。中国古代诗词中，关于听雨的作品是颇有一些的。顺便说上一句：外国诗词中似乎少见。我的朋友章用回忆表弟的诗中有："频梦春池添秀句，每闻夜雨忆联床。"是颇有一点诗意的。连《红楼梦》中的林妹妹都喜欢李义山的"留得枯荷听雨声"之句。最有名的一首听雨的词当然是宋蒋捷的《虞美人》，词不长，我索性抄它一下：

少年听雨歌楼上，
红烛昏罗帐。
壮年听雨客舟中，
江阔云低，
断雁叫西风。
而今听雨僧庐下，
鬓已星星也。
悲欢离合总无情，
一任阶前，点滴到天明。

蒋捷听雨时的心情，是颇为复杂的。他是用听雨这一件事来概括自己的一生的，从少年、壮年一直到老年，达到了"悲欢离合总无情"的境界。但是，古今对老的概念，有相当大的悬殊。他是"鬓已星星也"，有一些白发，看来最老也不过五十岁左右。用今天的眼光看，他不过是介乎中、老之间，用我自己比起来，我已经到了望九之年，鬓边早已不是"星星也"，顶上已是"童山濯濯"了。要讲达到"悲欢离合总无情"的境界，我比他有资格。我已经能够"纵浪大化中，不喜亦不惧"了。

可我为什么今天听雨竟也兴高采烈呢？这里面并没有多少雅味，我在这里完全是一个“俗人”。我想到的主要是麦子，是那辽阔原野上的青青的麦苗。我生在乡下，虽然六岁就离开，谈不上干什么农活，但是我拾过麦子，捡过豆子，割过青草，劈过高粱叶。我血管里流的是农民的血，一直到今天垂暮之年，毕生对农民和农村怀着深厚的感情。农民最高希望是多打粮食。天一旱，就威胁着庄稼的成长。即使我长期住在城里，下雨一少，我就望云霓，自谓焦急之情，绝不下于农民。北方春天，十年九旱。今年似乎又旱得邪行。我天天听天气预报，时时观察天上的云气。忧心如焚，徒唤奈何，在梦中也看到的是细雨濛濛。

今天早晨，我的梦竟实现了。我坐在这长宽不过几尺的阳台上，听到头顶上的雨声，不禁神驰千里，心旷神怡。在大大小小高高低低，有的方正、有的歪斜的麦田里，每一个叶片都仿佛张开了小嘴，尽情地吮吸着甜甜的雨滴，有如天降甘露，本来有点儿黄萎的，现在变青了。本来是青的，现在更青了。宇宙间凭空添了一片温馨，一片祥和。

我的心又收了回来，收回到了燕园，收回到了我楼旁的小山上，收回到了门前的荷塘内。我最爱的二月兰正在开着花。它们拼命从泥土中挣扎出来，顶住了干旱，无可奈何地开出了红色的、白色的小花，颜色如故，而鲜亮无踪，看了给人以孤苦伶仃的感觉。在荷塘中，冬眠刚醒的荷花，正准备力量向水面冲击。水当然是不缺的。但是，细雨滴在水面上，画成了一个个的小圆圈，方逝方生，方生方逝。这本来是人类中的诗人所欣赏的东西，小荷花看了也高兴起来，劲头更大了，肯定会很快地钻出水面。

我的心又收近了一层，收到了这个阳台上，收到了自己的腔子里，头顶上叮当如故，我的心情怡悦有加。但我时时担心，它会突然停下来。我潜心默祷，祝愿雨声长久响下去，响下去，永远也不停。

1995 年 4 月 13 日

雾

浓雾又升起来了。

近几天以来，我早晨起床后第一件事就是推开窗子，欣赏外面的大雾。

我从来没有喜欢过雾。为什么现在忽然喜欢起来了呢？这其中有一点因缘。前天在飞机上，当飞临西藏上空时，机组人员说，加德满都现在正弥漫着浓雾，能见度只有一百米，飞机降落怕有困难，加德满都方面让我们飞得慢一点。我当时一方面有点担心，害怕如果浓雾不消，我们将降落何方？另一方面，我还有点好奇：加德满都也会有浓雾吗？但是，浓雾还是消了，我们的飞机按时降落在尼泊尔首都机场，机场上阳光普照。

因此，我就对雾产生了好奇心和兴趣。

抵达加德满都的第二天凌晨，我一起床，推开窗子：外面是大雾弥天。昨天下午我们从加德满都的大街上看到城北面崇山峻岭，层峦叠嶂，个个都戴着一顶顶的白帽子，这些都是万古雪峰，在阳光下闪出了耀眼的银光。这是我生平第一次看到这种景象，我简直像小孩子一般的喜悦。现在大雾遮蔽了一切，连那些万古雪峰也隐没不见，一点影子也不给留下。旅馆后面的那几棵参天古树，在平常时候，高枝直刺入晴空，现在只留下淡淡的黑影，衬着白色的大雾，宛如一张中国古代的画。昨天抵达旅馆下车时，我看到一个尼泊尔妇女背着一筐红砖，倒在一大堆砖上。现在我看到一个男子，手里拿着一堆红红的东西。我以为他拿的也是红砖，但是当他走得近了一点时，我才发现那一堆红红的东西簌簌抖动，原来是一束束红色的鲜花。我不禁自己笑了起来。

正当我失神落魄地自己暗笑的时候，忽然听到不知从哪里传来了咕咕的叫声。浓雾虽然遮蔽了形象，但是却遮蔽不住声音。我知道，这是鸽子的声音。当我倾耳细听时，又不知从哪里传来了阵阵的犬吠声。这都是我意想不到的情景。我万万没有想到，我在加德满都开始喜欢的两种动物：鸽子和狗，竟同时都在浓雾中出现了。难道浓雾竟成了我在这个美丽的山城里学会欣赏的第三件东西吗？

世界上，喜欢雾的人似乎是并不多的。英国伦敦的大雾是颇有一点名气的。有一些作家写散文、写小说来描绘伦敦的雾，我们读起来觉得韵味无穷。对于尼泊尔文学我所知甚少，我不知道，是否也有尼泊尔作家专门写加德满都的雾。但是，不管是在伦敦，还是在加德满都，明目张胆大声赞美浓雾的人，恐怕是不会多的，其中原因我不甚了了，我也没有那种闲情逸致去钻研探讨。我现在在这高山王国的首都来对浓雾大唱赞歌，也颇出自己的意料。过去我不但没有赞美过雾，而且也没有认真去观察过雾。我眼前是由赞美而达到观察，由观察而加深了赞美。雾能把一切东西：美的、丑的、可爱的、不可爱的，一塌瓜子都给罩上一层或厚或薄的轻纱，让清楚的东西模糊起来，从而带来了另外一种美，一种在光天化日之下看不到的美，一种朦胧的美，一种模糊的美。

一些时候以前，当我第一次听到模糊数学这个名词的时候，我曾说过几句怪话：数学比任何科学都更要求清晰，要求准确，怎么还能有什么模糊数学呢？后来我读了一些介绍文章，逐渐了解了模糊数学的内容。我一反从前的想法，觉得模糊数学真是一个了不起的发现。在人类社会中，在日常生活中，在社会科学和自然科学中，有着大量模糊的东西。无论如何也无法否认这些东西的模糊性。承认这个事实，对研究学术和制定政策等等都是有好处的。

在大自然中怎样呢？在大自然中模糊不清的东西更多。连审美观念也不例外。有很多东西，在很多时候，朦胧模糊的东西反而更显得美。月下观景，雾中看花，不是别有一番情趣在心头吗？在这里，观赏者有更多的自由，自己让自己的幻想插上翅膀，上天下地，纵横六合，神驰于无何有之乡，情注于自己制造的幻象之中；你想它是什么样子，它立刻就成了什么样子，比那些一清见底、纤毫不遗的东西要好得多。而且绝对一清见底、纤毫不遗的东西，在大自然中是根本不存在的。

我的幻想飞腾，忽然想到了这一切。我自诧是神来之笔，我简直陶醉在这些幻象中了。这时窗外的雾仍然稠密厚重，它似乎了解了我的心情，感激我对它的赞扬。它无法说话，只是呈现出更加美妙更加神秘的面貌，弥漫于天地之间。

1986 年 11 月 26 日

寻梦

夜里梦到母亲，我哭着醒来。醒来再想捉住这梦的时候，梦却早不知道飞到什么地方去了。

我瞪大了眼睛看着黑暗，一直看到只觉得自己的眼睛在发亮。眼前飞动着梦的碎片，但当我想把这些梦的碎片捉起来凑成一个整个的时候，连碎片也不知道飞到什么地方去了。眼前剩下的就只有母亲依稀的面影……

在梦里向我走来的就是这面影。我只记得，当这面影才出现的时候，四周灰蒙蒙的，母亲仿佛从云堆里走下来，脸上的表情有点儿同平常不一样，像笑，又像哭，但终于向我走来了。

我是在什么地方呢？这连我自己也有点儿弄不清楚。最初我觉得自己是在现在住的屋子里。母亲就这样一推屋角上的小门，走了进来，橘黄色的电灯罩的穗子就罩在母亲头上。于是我又想了开去，想到格丁根的全城：我每天去上课走过的两旁，有惊人的粗橡树的古旧城墙，斑驳陆离的灰黑色的老教堂，教堂顶上高得有点儿古怪的尖塔，尖塔上面的晴空。

然而，我的眼前一闪，立刻闪出一片芦苇，芦苇的稀薄处还隐隐约约地射出了水的清光。这是故乡里屋后面的大苇坑。于是我立刻感觉到，不但我自己是在这苇坑的边上，连母亲的面影也是在这苇坑的边上向我走来了。我又想到，当我童年还没有离开故乡的时候，每个夏天的早晨，天还没亮，我就起来，沿了这苇坑走去，很小心地向水里面看着。当我看到暗黑的水面下，有什么东西在发着白亮的时候，我伸下手去一摸，是一只白而且大的鸭蛋。我写不出当时快乐的心情。这时再抬头看，往往可以看到对岸空地里的大杨树顶上，正有一抹淡红的朝阳——两年前的一个秋天，母亲就静卧在这杨树的下面，永远地，永远地。现在又在靠近杨树的坑旁，看到她生前八年没见面的儿子了。

但随后这苇坑闪出的却是一枝白色灯笼似的小花，而且就在母亲的手里。我真想不出故乡里什么地方有过这样的花。我终于又想了回来，想到格丁根，想到现在住的屋子，屋子正中的桌子上，两天前房东曾给摆上这样一瓶花。那么，母亲毕竟是到格丁根来过了，梦里的我也毕竟在格丁根见过母亲了。

想来想去，眼前的影子渐渐乱了起来。教堂尖塔的影子套上了故乡的大苇坑。在这不远的后面，又现出一朵朵灯笼似的白花。在这一些的前面，若隐若现的是母亲的面影。我终于也不知道究竟在什么地方看到的母亲了。我努力压住思绪，使自己的心静了下来，窗外立刻传来潺潺的雨声，枕上也觉得微微有些寒意。我起来拉开窗幔，一缕清光透进来。我向外怅望，希望发现母亲的踪迹。但看到的却是每天看到的那一排窗户，现在都沉浸在静寂中，里面的梦该是甜蜜的吧！

但我的梦却早飞得连影儿都没有了，只在心头有一线白色的微痕，蜿蜒出去，从这异域的小城一直到故乡大杨树下母亲的墓边；还在暗暗地替母亲担着心：这样的雨夜，怎能跋涉这样长的路来看自己的儿子呢？此外，眼前只是一片空蒙，什么东西也看不到了。

天哪！连一个清清楚楚的梦都不给我吗？我怅望灰天，在泪光里，幻出母亲的面影。

1936 年 7 月 11 日于格丁根

回忆

回忆很不好说。究竟什么才算是回忆呢？我们时时刻刻沿着人生的路向前走着，时时刻刻有东西映入我们的眼里。——即如现在吧，我一抬头就可以看到清浅的水在水仙花盆里反射的冷光，漫在水里的石子的晕红和翠绿，茶杯里残茶在柔软的灯光下照出的几点金星。但是，一转眼，眼前的这一切，早跳入我的意想里，成轻烟，成细雾，成淡淡的影子，再看起来，想起来，说起来的话，就算是我的回忆了。

只说眼前这一步，只有这一点淡淡的影子，自然是迷离的。但是我自从踏到世界上来，走过不知多少的路。回望过去的茫茫里，有着我的足迹叠成的一条白线，一直引到现在，而且还要引上去。我走过都市的路，看尘烟缭绕在栉比的高屋的顶上。我走过乡村的路，看似水的流云笼罩着远村，看金海似的麦浪。我走过其他许许多多的路，看红的梅，白的雪，潋滟的流水，十里稷稷的松壑，死人的蜡黄的面色，小孩充满了生命力的踊跃。我在一条路上接触到种种的面影，熟悉的，不熟悉的。这一切的一切都在我走着的时候，蓦地成轻烟，成细雾，成淡淡的影子，储在我的回忆里。有的也就被埋在回忆的暗陬里，忘了。当我转向另一条路的时候，随时又有新的东西，另有一群面影凑集在我的眼前。蓦地又成轻烟，成细雾，成淡淡的影子，移入我的回忆里，自然也有的被埋在暗陬里，忘了。新的影子挤入来，又有旧的被挤到不知什么地方去幻灭，有的简直就被挤了出去。以后，当另一群更新的影子挤进来的时候，这新的也就追踪了旧的命运。就这样，挤出，挤进，一直到现在。我的回忆里残留着各样的影子、色彩，分不清先先后后，萦混成一团了。

我就带着这萦混的一团从过去的茫茫里走上来。现在抬头就可以看到水仙花盆里反射的水的冷光，水里石子的晕红和翠绿，残茶在灯下照出的几点金星。自然，前面已经说过，这些都要倏地变成影子，移入回忆里，移入这萦混的一团里，但是在未移入以前，这萦混的一团影子说不定就在我的脑海里浮动起来，我就自然陷入回忆里去了——陷入回忆里去，其实是很不费力的事。我面对着当前的事物，不知怎的，迷离里忽然电光似的一掣，立刻有灰蒙蒙的一片展开在我的意想里，仿佛是空空的，没有什么，但随便我想到曾经见过的什么，立刻便有影子浮现出来。跟着来的还不止一个影子，两个，三个，多，更多了。影子在穿梭，在萦混。又仿佛电光似的一掣，我又顺着一条线回忆下去。——比如回忆到故乡里的秋吧。先仿佛看到满场里乱摊着的谷子，黄黄的。再看到左右摆动的老牛的头，飘浮着云烟的田野，屋后银白的一片秋芦。再沉一下心，还仿佛能听到老牛的喘气，柳树顶蝉的曳长了的鸣声。豆荚在日光下毕剥的炸裂声。蓦地，有如阴云漫过了田野，只在我的意想里一晃，在故乡里的这些秋的影子上面，又挤进来别的影子了——红的梅，白的雪，潋滟的流水，十里稷稷的松壑，死人的蜡黄的面色，小孩充满了生命力的踊跃。同时，老牛的影，芦花的影，田野的影，也站在我的心里的一个角隅里。这许多的影子掩映着，混起来。我再不能顺着刚才那条线想下去。又有许多别的历乱的影子在我的意念里跳动。如电光石火，炫了我的眼睛。终于我一无所见，一无所忆。仍然展开了灰蒙蒙的一片，空空的，什么也没有。我的回忆也就停止了。

我的回忆停止了，但是绝不能就这样停止下去。我仍然说，我们时时刻刻沿着人生的路向前走着，时时刻刻就有回忆萦绕着我们。——再说到现在吧。灯光平流到我面前的桌上，书页映出了参差的黑影，看到这黑影，我立刻想到在过去不知什么时候看过的远山的淡影。玻璃杯反射着清光。看了这清光，我立刻想到月明下千里的积雪。我正写着字，看了这一颗颗的字，也使我想到了阶下的蚁群……倘若再沉一下心，我可以想到过去在某处见过这样的山的淡影。在另一个地方也见过这样的影子，纷纷的一团。于是想了开去，想到同这影子差不多的影子，纷纷的一团。于是又想了开去，仍然是纷纷的一团影子。但是同这山的淡影，同这书页映出的参差的黑影却没有一点关系了。这些影子还没幻灭的时候，又有别的影子隐现在它们后面，朦胧，暗淡，有着各样的色彩。再往里看，又有一层影子隐现在这些影子后面，更朦胧，更暗淡，色彩也更繁复。……一层，一层，看上去，没有完。越远越暗淡了下去。到最后，只剩了那么一点绰绰的形象。就这样，在我的回忆里，一层一层的，这许许多多的影子、色彩，分不清先先后后，又萦混成一团了。

我仍然带了这萦混的一团影子走上去。倘若要问：这些影子都在什么地方呢？我却说不清了。往往是这样，一闭眼，先是暗冥冥的一片，再一看，里面就有影子。但再问：这暗冥冥的一片在什么地方呢？恐怕只有天知道吧。当我注视着一件东西发愣的时候，这些影子就叠在我眼前的东西上。在不经意的时候，我常把母亲的面影叠在茶杯上。把忘记在什么时候看到的一条长长的伸到水里去的小路叠在 Hölderlin 的全集上，把一树灿烂的海棠花叠在盛着花的土盆上，把大明湖里的塔影叠在桌上铺着的晶莹的清玻璃上，把晚秋黄昏的一天暮鸦叠在墙角的蜘蛛网上，把夏天里烈日下的火红的花团叠在窗外草地上平铺着的白雪上……然而，只要一经意，这些影子立刻又水纹似的幻化开去。同了这茶杯的，这 Hölderlin 全集的，这土盆的，这清玻璃的，这蜘蛛网的，这白雪的，影子，跳入我的回忆里，在将来的不知什么时候，又要叠在另一些放在我眼前的东西上了。

将来还没有来，而且也不好说。但是，我们眼前的路不正引向将来去吗？我看过了清浅的水在水仙花盆里反射的冷光，映在水里的石子的晕红和翠绿，残茶在软柔的灯光下照出的那几点金星。也看过了茶杯，Hölderlin 全集，土盆，清玻璃，蜘蛛网，白雪，第二天我自然看到另一些新的东西，第三天我自然看到另一些更新的东西。第四天，第五天……看到的东西多起来，这些东西都要倏地成轻烟，成细雾，成淡淡的影子，储在我的回忆里吧。这一团萦混的影子，也要更萦混了。等我不能再走，不能再看的时候，这一团也随了我走应当走的最后的路。然而这时候，我却将一无所见，一无所忆。这一团影子幻失到什么地方去了呢？随了大明湖里的倒影飘散到茫迷里去了吗？随了远山的淡霭被吸入金色的黄昏里去了吗？说不清，而且也不必说。——反正我有过回忆了。我还希望什么呢？

幽径悲剧

出家门，向右转，只有二三十步，就走进一条曲径。有二三十年之久，我天天走过这一条路，到办公室去。因为天天见面，也就成了司空见惯，对它有点漠然了。

然而，这一条幽径却是大大有名的。记得在20世纪五十年代，我在故宫的一个城楼上，参观过一个有关《红楼梦》的展览。我看到由几幅山水画组成的组画，画的就是这一条路。足证这一条路是同这一部伟大的作品有某一些联系的。至于是什么联系，我已经记忆不清。留在我记忆中的只是一点印象：这一条平平常常的路是有来头的，不能等闲视之。

这一条路在燕园中是极为幽静的地方。学生们称之为“后湖”，他们是很少到这里来的。我上面说它平平常常，这话有点语病，它其实是颇为不平常的。一面傍湖，一面靠山，蜿蜒曲折，实有曲径通幽之趣。山上苍松翠柏，杂树成林。无论春夏秋冬，总有翠色在目。不知名的小花，从春天开起，过一阵换一个颜色，一直开到秋末。到了夏天，山上一团浓绿，人们仿佛是在一片绿雾中穿行。林中小鸟，枝头鸣蝉，仿佛互相应答。秋天，枫叶变红，与苍松翠柏相映成趣，凄清中又饱含浓烈，几乎让人不辨四时了。

小径另一面是荷塘，引人注目主要是在夏天。此时绿叶接天，红荷映目。仿佛从地下深处爆发出一股无比强烈的生命力，向上，向上，向上，欲与天公试比高，真能使懦者立、怯者强，给人以无穷的感染力。

不管是在山上，还是在湖中，一到冬天，当然都有白雪覆盖。在湖中，昔日潋滟的绿波为坚冰所取代。但是在山上，虽然落叶树都把叶子落掉，可是松柏反而更加精神抖擞，绿色更加浓烈，意思是想把其他树木之所失，自己一手弥补过来，非要显示出绿色的威力不行。再加上还有翠竹助威，人们置身其间，绝不会感到冬天的萧索了。

这一条神奇的幽径，情况大抵如此。

在所有的这些神奇的东西中，给我印象最深，让我最留恋难忘的是一株古藤萝。藤萝是一种受人喜爱的植物。清代笔记中有不少关于北京藤萝的记述。在古庙中，在名园中，往往都有几棵寿达数百年的藤萝，许多神话故事也往往涉及藤萝。北大现住的燕园，是清代名园，有几棵古老的藤萝，自是意中事。我们最初从城里搬来的时候，还能看到几棵据说是明代传下来的藤萝。每到春天，紫色的花朵开得满棚满架，引得游人和蜜蜂猬集其间，成为春天一景。

但是，根据我个人的评价，在众多的藤萝中，最有特色的还是幽径的这一棵。它既无棚，也无架，而是让自己的枝条攀附在邻近的几棵大树的干和枝上，盘曲而上，大有直上青云之慨。因此，从下面看，除了一段苍黑古劲像苍龙般的粗干外，根本看不出是一株藤萝。每到春天，我走在树下，眼前无藤萝，心中也无藤萝。然而一股幽香蓦地闯入鼻官，嗡嗡的蜜蜂声也袭入耳内，抬头一看，在一团团的绿叶中——根本分不清哪是藤萝叶，哪是其他树的叶子——隐约看到一朵朵紫红色的花，颇有万绿丛中一点红的意味。直到此时，我才清晰地意识到这一棵古藤的存在，顾而乐之了。

茫茫燕园中，幽径的这一棵藤萝成了燕园中藤萝界的鲁殿灵光。每到春天，我在悲愤、惆怅之余，唯一的一点安慰就是幽径中这一棵古藤。每次走在它下面，闻到淡淡的幽香，听到嗡嗡的蜂声，顿觉这个世界还是值得留恋的，人生还不全是荆棘丛。其中情味，只有我一个人知道，不足为外人道也。

然而，我快乐得太早了。人生毕竟还是一个荆棘丛，绝不是到处都盛开着玫瑰花。今年春天，我走过长着这棵古藤的地方，我的眼前一闪，吓了一大跳：古藤那一段原来凌空的虬干，忽然成了吊死鬼，下面被人砍断，只留上段悬在空中，在风中摇曳。再抬头向上看，藤萝初绽出来的一些淡紫的成串的花朵，还在绿叶丛中微笑。它们还没有来得及知道，自己赖以生存的树干已经被砍断了，脱离了地面，再没有水分供它们生存了。它们仿佛成了失掉了母亲的孤儿，不久就会微笑不下去，连痛哭也没有地方了。

我是一个没有出息的人。我的感情太多，总是供过于求，经常为一些小动物、小花草惹起万斛闲愁。真正的伟人们是绝不会这样的。反过来说，如果他们像我这样的话，也绝不能成为伟人。我还有点自知之明，我注定是一个渺小的人，也甘于如此，我甘于为一些小猫小狗小花小草流泪叹气。这一棵古藤的灭亡在我心灵中引起的痛苦，别人是无法理解的。

从此以后，我最爱的这一条幽径，我真有点儿怕走了。我不敢再看那一段悬在空中的古藤枯干，它真像吊死鬼一般，让我毛骨悚然。非走不行的时候，我就紧闭双眼，疾趋而过。心里数着数：一、二、三、四，一直数到十，我估摸已经走到了小桥的桥头上，吊死鬼不会看到了，我才睁开眼走向前去。此时，我简直是悲哀至极，哪里还有什么闲情逸致来欣赏幽径的情趣呢？

但是，这也不行。眼睛虽闭，但耳朵是关不住的。我隐隐约约听到古藤的哭泣声，细如蚊蝇，却依稀可辨。它在控诉无端被人杀害。它在这里已经待了二三百年，同它所依附的大树一向和睦相处。它虽阅尽人间沧桑，却从无害人之意。每到春天，就以自己的花朵为人间增添美丽。焉知一旦毁于愚氓之手。它感到万分委屈，又投诉无门。它的灵魂死守在这里。每到月白风清之夜，它会走出来“显圣”的。在大白天，只能偷偷地哭泣。山头的群树、池中的荷花是对它深表同情的，然而又受到自然的约束，寸步难行，只能无言相对。在茫茫人世中，人们争名于朝，争利于市，哪里有闲心来关怀一棵古藤的生死呢？于是，它只有哭泣，哭泣……

世界上像我这样没有出息的人，大概是不多的。古藤的哭泣声恐怕只有我一个人能听到。在浩茫无际的大千世界上，在林林总总的植物中，燕园的这一棵古藤，实在渺小得不能再渺小了。你倘若问一个燕园中人，绝不会有任何人注意到这一棵古藤的存在的，绝不会有任何人关心它的死亡的，绝不会有任何人为之伤心的。偏偏出了我这样一个人，偏偏让我住到这个地方，偏偏让我天天走这一条幽径，偏偏又发生了这样一个小小的悲剧；所有这一些偶然性都集中在一起，压到了我的身上。我自己的性格制造成的这一个十字架，只有我自己来背了。奈何，奈何！

但是，我愿意把这个十字架背下去，永远永远地背下去。

1992 年 9 月 13 日

园花寂寞红

楼前右边，前临池塘，背靠土山，有几间十分古老的平房，是清代保卫八大园的侍卫之类的人住的地方。整整四十年以来，一直住着一对老夫妇：女的是德国人，北大教员；男的是中国人，钢铁学院教授。我在德国时，已经认识了他们，算起来到今天已经将近六十年了，我们算是老朋友了。三十年前，我们的楼建成，我是第一个搬进来住的。从那以后，老朋友又成了邻居。有些往来，是必然的。逢年过节，互相拜访，感情是融洽的。

我每天到办公室去，总会看到这个个子不高的老人，蹲在门前临湖的小花园里，不是除草栽花，就是浇水施肥；再就是砍几竿门前屋后的竹子，扎成篱笆。嘴里叼着半只雪茄，笑眯眯的。忙忙碌碌，似乎乐在其中。

他种花很有一些特点。除了一些常见的花以外，他喜欢种外国种的唐菖蒲，还有颜色不同的名贵的月季。最难得的是一种特大的牵牛，比平常的牵牛要大一倍，宛如小碗口一般。每年春天开花时，颇引起行人的注目。据说，此花来头不小。在北京，只有梅兰芳家里有，齐白石晚年以画牵牛花闻名全世，临摹的就是梅府上的牵牛花。

我是颇喜欢一点花的。但是我既少空闲，又无水平。买几盆名贵的花，总养不了多久，就呜呼哀哉。因此，为了满足自己的美感享受，我只能像北京人说的那样看“蹭”花。现在有这样神奇的牵牛花，绚丽夺目的月季和唐菖蒲，就摆在眼前，我焉得不“蹭”呢？每到下班或者开会回来，看到老友在侍弄花，我总要停下脚步，聊上几句，看一看花。花美，地方也美，湖光如镜，杨柳依依，说不尽的旖旎风光，人在其中，顿觉尘世烦恼，一扫而光，仿佛遗世而独立了。

但是，世事往往有出人意料者。两个月前，我忽然听说，老友在夜里患了急病，不到几个小时，就离开了人间。我简直不敢相信，然而这又确是事实。我年届耄耋，阅历多矣，自谓已能做到“悲欢离合总无情”了。事实上并不是这样。我有情，有多得超过了需要的情，老友之死，我焉能无动于衷呢？“当时只道是寻常”这一句浅显而实深刻的词，又萦绕在我心中。

几天来，我每次走过那个小花园，眼前总仿佛看到老友的身影，嘴里叼着半根雪茄，笑眯眯的，蹲在那里，侍弄花草。这当然只是幻象。老友走了，永远永远地走了。我抬头看到那大朵的牵牛花和多姿多彩的月季花，她们失去了自己的主人。朵朵都低眉敛目，一脸寂寞相，好像“溅泪”的样子。她们似乎认出了我，知道我是自己主人的老友，知道我是自己的认真入迷的欣赏者，知道我是自己的知己。她们在微风中摇曳，仿佛向我点头，向我倾诉心中郁积的寂寞。

现在才只是夏末秋初。即使是寂寞吧，牵牛和月季仍然能够开花的。一旦秋风劲吹，落叶满山，牵牛和月季还能开下去吗？再过一些时候，冬天还会降临人间的。到了那时候，牵牛们和月季们只能被压在白皑皑的积雪下面的土里，做着春天的梦，连感到寂寞的机会都不会有了。

明年，春天总会重返大地的。春天总还是春天，她能让万物复苏，让万物再充满了活力。但是，这小花园的月季和牵牛花怎样呢？月季大概还能靠自己的力量长出芽来，也许还能开出几朵小花。然而护花的主人已不在人间。谁为她们施肥浇水呢？等待她们的不仅仅是寂寞，而是枯萎和死亡。至于牵牛花，没有主人播种，恐怕连幼芽也长不出来。她们将永远被埋在地中了。

我一想到这里，不禁悲从中来。眼前包围着月季和牵牛花的寂寞，也包围住了我。我不想再看到春天，我不想看到春天来时行将枯萎的月季，我不想看到连幼芽都冒不出来的牵牛。我虔心默祷上苍，不要再让春天降临人间了。如果非降临不行的话，也希望把我楼前池边的这一个小花园放过去，让这一块小小的地方永远保留夏末秋初的景象，就像现在这样。

1992 年 8 月 30 日

当时只道是寻常

这是一句非常明白易懂的话，却道出了几乎人人都有的感觉。所谓“当时”者，指人生过去的某一个阶段。处在这个阶段中时，觉得过日子也不过如此，是很寻常的。过了十几二十年或者更长的时间，回头一看，当时实在有不寻常者在。因此有人，特别是老年人，喜欢在回忆中生活。

在中国，这种情况更是比较突出，魏晋时代的人喜欢做羲皇上人。这是一种什么心理呢？“鸡犬之声相闻，而老死不相往来”，真就那么好吗？人类最初不会种地，只是采集植物，猎获动物，以此为生。生活是十分艰苦的。这样的生活有什么可向往的呢？

然而，根据我个人的经验，发思古之幽情，几乎是每个人都有的。到了今天，沧海桑田，世界有多少次巨大的变化，人们思古的情绪却依然没变。我举一个具体的例子。十几年前，我重访了我曾待过十年的德国哥廷根。我的老师瓦尔德施米特教授夫妇都还健在。但已今非昔比，房子捐给梵学研究所，汽车也已卖掉。他们只有一个独生子，第二次世界大战中阵亡。

此时老夫妇二人孤零零地住在一座十分豪华的养老院里。院里设备十分齐全，游泳池、网球场等等一应俱全。但是，这些设备对七八十岁、八九十岁的老人有什么用处呢？让老人们触目惊心的是，每隔一段时间就有某一个房号空了出来，主人见上帝去了。这对老人们的刺激之大是不言而喻的。我的来临大出教授的意料，他简直有点喜不自胜的意味。夫人摆出了当年我在哥廷根时常吃的点心。教授仿佛返老还童，回到当年去了。他笑着说："让我们好好地过一过当年过的日子，说一说当年常说的话！"我含着眼泪离开了教授夫妇，嘴里说着连自己都不相信的话："过几年，我还会来看你们的。"

我的德国老师不会懂"当时只道是寻常"隐含的意蕴，但是古今中外人士所共有的这种怀旧追忆的情绪却是有的。这种情绪通过我上面描述的情况完全流露出来了。

仔细分析起来，"当时"是很不相同的。国王有国王的"当时"，有钱人有有钱人的"当时"，平头老百姓有平头老百姓的"当时"。在李煜眼中，"当时"是车如流水马如龙，花月正春风游上林苑的"当时"。对此，他没有别的办法，只有哀叹"天上人间"了。

我不想对这个概念再进行过多的分析。本来是明明白白的一点真理，过多的分析反而会使它迷离模糊起来。我现在想对自己提出一个怪问题：你对我们的现在，也就是眼前这个现在，感觉到是寻常呢还是不寻常？这个"现在"，若干年后也会成为"当时"的。到了那时候，我们会不会说"当时只道是寻常"呢？现在无法预言。现在我住在医院中，享受极高的待遇。应该说，没有什么不满足的地方。但是，倘若扪心自问：你"当时只道是寻常"？

2003 年 6 月 20 日

幽梦记

有所思

这是一个非常复杂、变化多端的世纪。我心里这一面镜子照见的东西当然也是富于变化的，五花八门的，但又多姿多彩的。它既照见了阳光大道，也照见了独木桥；它既照见了山重水复，也照见了柳暗花明。我现在怎样来评价镜子里照出来的我的一生呢？呜呼，慨难言矣，慨难言矣！《却道天凉好个秋》。

不完满才是人生

每个人都争取一个完满的人生。然而，自古及今，海内海外，一个百分之百完满的人生是没有的。所以我说，不完满才是人生.

关于这一点，古今的民间谚语，文人诗句，说到的很多很多。最常见的比如苏东坡的词：“人有悲欢离合，月有阴晴圆缺，此事古难全。”南宋方岳（根据吴小如先生考证）诗句：“不如意事常八九，可与人言无二三。”这都是我们时常引用的，脍炙人口的。类似的例子还能够举出成百上千来。

这种说法适用于一切人，旧社会的皇帝老爷子也包括在里面。他们君临天下，率土之滨，莫非王土，可以为所欲为，杀人灭族，小事一端，按理说，他们不应该有什么不如意的事。然而，实际上，王位继承，宫廷斗争，比民间残酷万倍。他们威仪俨然地坐在宝座上，如坐针毡。虽然捏造了龙驭上宾这种神话，他们自己也并不相信。他们想方设法以求得长生不老，他们最怕一旦魂断，宫车挽出。连英主如汉武帝、唐太宗之辈也不能“免俗”。汉武帝造承露金盘，妄想饮仙露以长生；唐太宗服印度婆罗门的灵药，期望借此以不死。结果，事与愿违，仍然是龙驭上宾呜呼哀哉了。

在这些皇帝手下的大臣们，一人之下，万人之上，权力极大，骄纵恣肆，贪赃枉法，无所不至。在这一类人中，好东西大概极少，否则包公和海瑞等绝不会流芳千古、久垂宇宙了。可这些人到了皇帝跟前，只是一个奴才，常言道：伴君如伴虎。可见他们的日子并不好过。据说明朝的大臣上朝时在笏板上夹带一点鹤顶红，一旦皇恩浩荡，钦赐极刑，连忙用舌尖舔一点鹤顶红，立即涅槃，落得一个全尸。可见这一批人的日子也并不好过，谈不上什么完满的人生。

至于我辈平头老百姓，日子就更难过了。新中国成立前后，不能说没有区别，可是一直到今天仍然是“不如意事常八九”。早晨在早市上被小贩宰了一刀；在公共汽车上被扒手割了包，踩了人一下，或者被人踩了一下，根本不会说对不起了，代之以对骂，或者甚至演出全武行；到了商店，难免买到假冒伪劣的商品，又得生一肚子气。谁能说，我们的人生多是完满的呢？

再说到我们这一批手无缚鸡之力的知识分子，在历史上一生中就难得过上几天好日子。只一个“考”字，就能让你谈“考”色变。“考”者，考试也。在旧社会科举时代，“千军万马独木桥”，要上进，只有科举一途，你只需读一读吴敬梓的《儒林外史》，就能淋漓尽致地了解到科举的情况。以周进和范进为代表的那一批举人进士，其窘态难道还不能让你胆战心惊、啼笑皆非吗？

现在我们运气好，得生于新社会中。然而那一个“考”字，宛如如来佛的手掌，你别想逃脱得了。幼儿园升小学，考；小学升初中，考；初中升高中，考；高中升大学，考；大学毕业想当硕士，考；硕士想当博士，考。考，考，考，变成烤，烤，烤；一直到知命之年，厄运仍然难免。现代知识分子落到这一张密而不漏的天网中，无所逃于天地之间，我们的人生还谈什么完满呢？

灾难并不限于知识分子："人人有一本难念的经。"所以我说"不完满才是人生"。这是一个"平凡的真理"，但是真能了解其中的意义，对己对人都有好处。对己，可以不烦不躁；对人，可以互相谅解。这会大大地有利于整个社会的安定团结。

1998年8月20日

缘分与命运

缘分与命运本来是两个词儿，都是我们口中常说，文中常写的。但是，仔细琢磨起来，这两个词儿含义极为接近，有时达到了难解难分的程度。

缘分和命运可信不可信呢？我认为，不能全信，又不可不信。

我绝不是为算卦相面的“张铁嘴”“王半仙”之流的骗子来张目。算八字算命那一套骗人的鬼话，只要一个异常简单的事实就能揭穿。试问普天之下——番邦暂且不算，因为老外那里没有这套玩意儿——同年、同月、同日、同时生的孩子有几万，几十万，他们一生的经历难道都能够绝对一样吗？绝对的不一样，倒近于事实。

可你为什么又说，缘分和命运不可不信呢？

我也举一个异常简单的事实。只要你把你最亲密的人，你的老伴——或者“小伴”，这是我创造的一个名词儿，年轻的夫妻之谓也——同你自己相遇，一直到“有情人终成眷属”的经过回想一下，便立即会同意我的意见。你们可能是一个生在天南，一个生在海北，中间经过了不知道多少偶然的机遇，有的机遇简直是间不容发，稍纵即逝，可终究没有错过，你们到底走到一起来了。即使是青梅竹马的关系，也同样有个“机遇”的问题。这种“机遇”是报纸上的词，哲学上的术语是“偶然性”，老百姓嘴里就叫作“缘分”或“命运”。这种情况，谁能否认，又有有谁能解释呢？没有办法，只好称之为缘分或命运。

北京西山深处有一座辽代古庙，名叫“大觉寺”。此地有崇山峻岭，茂林流泉，有三百年的玉兰树，二百年的藤萝花，是一个绝妙的地方。将近二十年前，我骑自行车去过一次。当时古寺虽已破败，但仍给我留下了深刻的印象，至今忆念难忘。去年春末，北大中文系的毕业生欧阳旭邀我们到大觉寺去剪彩。原来他下海成了颇有基础的企业家。他毕竟是书生出身，念念不忘为文化做贡献。他在大觉寺里创办了一个明慧茶院，以弘扬中国的茶文化。我大喜过望，准时到了大觉寺。此时的大觉寺已完全焕然一新，雕梁画栋，金碧辉煌，玉兰已开过而紫藤尚开，品茗观茶道表演，心旷神怡，浑然欲忘我矣。

将近一年以来，我脑海中始终有一个疑团：这个英年歧嶷的小伙子怎么会到深山里来搞这么一个茶院呢？前几天，欧阳旭又邀我们到大觉寺去吃饭。坐在汽车上，我不禁向他提出了我的问题。他莞尔一笑，轻声说：“缘分！”原来在这之前他携伙伴郊游，黄昏迷路，撞到大觉寺里来。爱此地之清幽，便租了下来，加以装修，创办了明慧茶院。

此事虽小，可以见大。信缘分与不信缘分，对人的心情影响是不一样的。信者胜可以做到不骄，败可以做到不馁，决不至胜则忘乎所以，败则怨天尤人。中国古话说：“尽人事而听天命。”首先必须“尽人事”，否则馅儿饼绝不会自己从天上落到你嘴里来。但又必须“听天命”。人世间，波诡云谲，因果错综。只有能做到“尽人事而听天命”，一个人才能永远保持心情的平衡。

1998 年 1 月 16 日

我的怀旧观

《怀旧集》这个书名我曾经想用过，这就是现在已经出版了的《万泉集》。因为集中的文章怀念旧人者颇多。我记忆的丝缕又挂到了一些已经逝世的师友身上，感触极多。我因此想到了《昭明文选》中潘安仁的《怀旧赋》中的文句：“霄展转而不寐，骤长叹以达晨；独郁结其谁语，聊缀思于斯文。”我把那一个集子定名为《怀旧集》。但是，原来应允出版的出版社提出了异议：“怀旧”这个词儿太沉闷，太不响亮，会影响书的销路，劝我改一改。我那时候出书还不能像现在这样到处开绿灯。我出书心切，连忙巴结出版社，立即遵命改名，由《怀旧》改为《万泉》。然而出版社并不赏脸，最终还是把稿子退回，一甩了之。

这一段公案应该说是并不怎样愉快。好在我的《万泉集》换了一个出版社出版了，社会反应还并不坏。我慢慢地就把这一件事忘记了。

最近，出我意料之外，北大出版社的老友张文定先生一天忽然对我说：“你最近写的几篇悼念或者怀念旧人的文章，情真意切，很能感动人，能否收集在一起，专门出一个集子？”他随便举了一个例子，就是悼念胡乔木同志的文章。他这个建议过去我没有敢想过，然而实获我心。我首先表示同意，立即又想到：《怀旧集》这个名字可以复活了，岂不大可喜哉！

怀旧是一种什么情绪，或感情，或心理状态呢？我还没有读到过古今中外任何学人给它下的定义。恐怕这个定义是非常难下的。根据我个人的想法，古往今来，天底下的万事万物，包括人和动植物，总在不停地变化着，总在前进着。既然前进，留在后面的人或物，或人生的一个阶段，就会变成旧的，怀念这样的人或物，或人生的一个阶段，就是怀旧。人类有一个缺点或优点，常常觉得过去的好，旧的好，古代好，觉得当时天比现在要明朗，太阳比现在要光辉，花草树木比现在要翠绿，总之，一切比现在都要好，于是就怀，就“发思古之幽情”，这就是怀旧。

但是，根据常识，也并不是一切旧人、旧物都值得怀。有的旧人，有的旧事，就并不值得去怀。有时一想到，简直就令人作呕，弃之不暇，哪里还能怀呢？也并不是每一次怀人或者怀事都能写成文章。感情过分激动，过分悲哀，一想到，心里就会流血，到了此时，文章无论如何是写不出来的。这个道理并不难懂，每个人一想就会明白的。

同绝大多数的人一样，我是一个非常平常的人。人的七情六欲，我一应俱全。尽管我有不少的缺点，也做过一些错事；但是，我从来没有故意伤害别人；如有必要，我还伸出将伯之手。因此，不管我打算多么谦虚，我仍然把自己归入好人一类，我是一个“性情中人”。我对亲人，对朋友，怀有真挚的感情。这种感情看似平常，但实际上却非常不平常。我生平颇遇到一些人，对人毫无感情。我有时候难免有一些腹诽，我甚至想用一个听起来非常刺耳的词儿来形容这种人：没有“人味”。按说，既然是个人，就应当有“人味”。然而，我积八十年之经验，深知情况并非如此。“人味”，岂易言哉！岂易言哉！

怀旧就是有“人味”的一种表现，而有“人味”是有很高的报酬的：

怀旧能净化人的灵魂。亲故老友逝去了，或者离开自己远了。但是，他们身上那一些优良的品质，离开自己越远，时间越久，越能闪出异样的光芒。它仿佛成为一面镜子，在照亮着自己，在砥砺着自己。怀这样的旧人，在惆怅中感到幸福，在苦涩中感到甜美。这不是很高的报酬吗？对逝去者的怀念，更能激发起我们“后死者”的责任感。先死者固然能让我们哀伤，后死者更值得同情，他们身上的心灵上的担子更沉重。死者已矣，他们不知不觉了。后死者却还活着，他们能知能觉。先死者的遗志要我们去实现，他们没有完成的工作要我们去做。即使有时候难免有点想懈怠一下，休息一下。但一想到先人的声音笑貌，立即会振奋起来。这样的怀旧，报酬难道还不够高吗？

古代希腊哲人说，悲剧能净化 (katharsis) 人们的灵魂。我看，怀旧也同样能净化人们的灵魂。这一种净化的形式，比悲剧更深刻，更深入灵魂。

这就是我的怀旧观。

我庆幸我能怀旧，我庆幸我的“人味”支持我怀旧，我庆幸我的《怀旧集》这个书名在含冤蒙尘十几年以后又得以重见天日，我乐而为之序。

1994 年 10 月 22 日

（原文为《怀旧集》自序）

我的美人观

说清楚一点，就是：我怎样看待美人。

纵观动物世界，我们会发现，在雌雄之间，往往是雄的漂亮、高雅，动人心魄，惹人瞩目。拿狮子来说，雄狮多么威武，雄壮，英气磅礴。如果张口一吼，则震天动地，无怪有人称之为兽中王。再拿孔雀来看，雄的倘一开屏，则遍体金碧耀目，非言语所能形容，仪态万方，令人久久不能忘怀。

但是，一讲到人美，情况竟完全颠倒过来。我们不知道，造物主囊中卖的是什么药。她（他，它）先创造人中雌（女人）。此时她大概心情清爽，兴致昂扬，精雕细琢，刮垢磨光。结果是创造出来的女子美妙、漂亮、悦目、闪光。她看到了自己的作品，左看右看，十分满意，不禁笑上脸庞。

但是，她立刻就想到，只造女人是不行的。这样怎么能传宗接代呢？必须再创造人中雌的对应物——人中雄。这样创造活动才算完成。

这样想过，她立即着手创造人中雄。此时，她的心情比较粗疏，因此手法难以细腻。结果是，造出来的人中雄，一反禽兽的标格，显得有点粗陋。连她自己都并不怎样满意。但是，既然造出来了，就只能听之任之，不必再返工了。

到了此时，造物主老年忽发少年狂，决心在本来已经很秀丽、美妙、赏心悦目的人中雌中再创造几个出类拔萃、傲视群雄的超级美人。于是人类中就出现了：

西施、明妃、赵飞燕、貂蝉、二乔、杨贵妃、柳如是、董小宛、陈圆圆等出类拔萃的超级美人。

这样一来，在中国老百姓的中国史观中，就凭空增添了几分靓丽，几分滋润，几分光彩，几分清芬。

打油诗一首：

中华自古重美人，西施貂蝉论纷纭。
美人只今仍然在，各为神州添馨淳。

但是，我还是有问题的。世界文明古国，特别是亚洲文明古国，不止中国一个，为什么只有中国传留下来这么多超级美人，而别的国家则毫无所闻呢？我个人认为，这绝不是一个无足轻重的问题。如果研究比较文化史，这个问题绝对躲不过去的。目前，我对于这个问题考虑得还不够深透。我只能说，中国老百姓的中国史观，是丰富多彩的，有滋有味的，不是一堆干巴巴的相斫书。

我现在越来越不安分，越来胆子越大了。我想在太岁头上动一下土，探讨一下“美人”这个美字的含义。我没有研究过美学，只记得在很多年以前，中国美学论坛上忽然爆发了一场论战。我以一个外行人的身份，从窗外向论坛瞥了一眼，只见专家们意气风发，舌剑唇枪争得极为激烈。有的学者主张，美是主观的。有的学者主张，美是客观的。有的学者主张，美是主客观相结合的。像美这样扑朔迷离、玄之又玄的现象或者问题，一向难以得到大家一致同意的结论或者解释的。专家们讨论完了，一哄而散，问题仍然摆在那里，原封未动。

我想从一个我认为是新的观点中解决问题。我认为，美人之所以被称为美人，必然有其异于非美人者。但是，她们也只具有五官四肢，造物主并没有给她们多添上一官一肢，也没有挪动官肢的位置，只在原有的排列上卖弄了一点手法，使这个排列显得更匀称，更和谐，更能赏心悦目。

美人身上有多处美的亮点，我现在不可能一一研究。我只选其中一个最引人注意的来谈一谈，这就是细腰的问题。这是一个极老的问题；但是，无论多么古老，也古老不到蒙昧的远古。那时候，人类首要的问题是采集野果，填饱肚子，男女都整天奔波，男女的腰都是粗而又粗的。哪里有什么余裕来要妇女细腰呢？大概到了先秦时期，情况有了改变。《诗经》第一篇中的“苗条（窈窕）淑女，君子好逑”。苗条二字，无论怎样解释也离不开妇女的腰肢。先秦典籍中还有“楚王好细腰，宫中多饿死”的记载。可见此风在高贵不劳动的妇女中已经形成。流风所及，延续未断，可以说到今天也并没有停住。

中国古典诗词中，颇有一些描绘美人的文章，其中讲到美人的各个方面，细腰当然不会遗漏。我现在从宋词中选取几个例子，以见一斑。

1. 柳永《乐章集·木兰花》

酥娘一搦腰肢袅。回雪萦尘皆尽妙。几多狎客看无厌，一辈舞童功不（未）到。星眸顾拍（指）精神峭。罗袖迎风身段小。而今长大懒婆娑，只要千金酬一笑。

2. 柳永《乐章集·浪淘沙令》

有（一）个人人，飞燕精神。急锵环配上华裀。促（拍）尽随红袖举，风柳腰身。

3. 柳永《乐章集·合欢带》

身材儿、早是妖娆。算举（风）措、实难描。一个肌肤浑似玉，更那来、占了千娇。妍歌艳舞，莺惭巧舌，柳妒纤腰。自相逢，便觉韩娥价减，飞燕声消。

4. 柳永《乐章集·少年游》

世间尤物意中人。轻细好腰身。

5. 秦观《淮海集·虞美人影》

妒云恨雨腰肢袅，眉黛不堪重扫。薄幸不来春老，羞带宜男草。

6. 秦观《淮海集·昭君怨》

隔叶乳鸦声软。号（啼）断日斜影转。杨柳小腰肢。画楼西。

7. 贺方回《万年欢》

吴都佳丽苗而秀，燕样腰身，按舞华茵。

8. 秦观《淮海集·满江红》

越艳风流，占天上、人间第一。须信道、绝尘标致，倾城颜色。翠绾垂螺双髻小，柳柔花媚娇无力。笑从来、到处只闻名，今相识。

9. 辛弃疾《临江仙》

小靥人怜都恶瘦，曲眉天与长颦。沉思欢事惜腰身。枕添离别泪，粉落却深匀。

宋词里面讲到细腰的地方，大体就是这样。遗漏几个地方，无关大局，不影响我的推论。

中国其他古典诗词中，也有关于细腰的叙述。因为同我要谈的主要问题无关，我就不谈了。

我现在的首要任务是解释一下，为什么细腰这个现象会同美联系起来。简洁了当地说一句话，我是想使用德国心理学家 Lipps 的“感情移入”的学说来解决这个问题。比如说，你看一个细腰的美女走在你的眼前，步调轻盈、柔软，好像是曹子建眼中的洛神。你一时失神，产生了感情移入的效应，仿佛与细腰女郎化为一体，得大喜悦，飘飘欲仙了。真诚的喜悦，同美感是互相沟通的。

八十述怀

我从来没有想到，我能活到八十岁；如今竟然活到了八十岁，然而又一点也没有八十岁的感觉。岂非咄咄怪事！

我向无大志，包括自己活的年龄在内。我的父母都没能活到五十岁；因此，我自己的原定计划是活到五十岁。这样已经超过了父母，很不错了。不知怎么一来，宛如一场春梦，我活到了五十岁。那时正值所谓三年自然灾害。我流年不利，颇挨了一阵子饿。但是，我是“曾经沧海难为水”，在第二次世界大战时，我正在德国，我经受了而今难以想象的饥饿的考验，以致失去了饱的感觉。我们那一点灾害，同德国比起来，真如小巫见大巫；我从而顺利地渡过了那一场灾难，而且我当时的精神面貌是我一生最好的时期，一点苦也没有感觉到，于不知不觉中冲破了我原定的年龄计划，渡过了五十岁大关。

五十一岁过，又仿佛一场春梦似的，一下子就到了古稀之年，不容我反思，不容我踟蹰。其间跨越了一个十年浩劫。我当然是在劫难逃，被送进牛棚。我现在不知道应当感谢哪一路神灵：佛祖、上帝、安拉；由于一个万分偶然的机缘，我没有走上绝路，活下来了。活下来了，我不但没有感到特别高兴，反而时有悔愧之感在咬我的心。活下来了，也许还是有点儿好处的。我一生写作翻译的高潮，恰恰出现在这个期间。原因并不神秘：我获得了余裕和时间。在那期间，我被打得一佛出世、二佛升天。后来不打不骂了，我却变成了“不可接触者”。在很长时间内，我被分配挖大粪，看门房，守电话，发信件。没有以前的会议，没有以前的发言。没有人敢来找我，很少有勇气同我谈上几句话。一两年内，没有收到一封信。我服从任何人的调遣与指挥。只敢规规矩矩，不敢乱说乱动。然而我的脑筋还在，我的思想还在，我的感情还在，我的理智还在。我不甘心成为行尸走肉，我必须干点事情。二百多万字的印度大史诗《罗摩衍那》，就是在这时候译完的。“雪夜闭门写禁文”，自谓此乐不减羲皇上人。

又仿佛是一场缥缈的春梦，一下子活到了今天，行年八十矣，是古人称之为耄耋之年了。倒退二三十年，我这个在寿命上胸无大志的人偶尔也想到耄耋之年的情况：手拄拐杖，白须飘胸，步履维艰，老态龙钟。自谓这种事情与自己无关，所以想得不深也不多。哪里知道，自己今天就到了这个年龄了。今天是新年元旦。从夜里零时起，自己已是不折不扣的八十老翁了。然而这老景却真如古人诗中所说的“青霭入看无”，我看不到什么老景。看一看自己的身体，平平常常，同过去一样。看一看周围的环境，平平常常，同过去一样。金色的朝阳从窗子里流了进来，平平常常，同过去一样。楼前的白杨，确实粗了一点，但看上去也是平平常常，同过去一样。时令正是冬天，叶子落尽了，但是我相信，它们正蜷缩在土里，做着春天的梦。水塘里的荷花只剩下残叶，“留得枯荷听雨声”，现在雨没有了，上面只有白皑皑的残雪。我相信，荷花们也蜷缩在淤泥中，做着春天的梦。总之，我还是我，依然故我，周围的一切也依然是过去的一切。

我是不是也在做着春天的梦呢？我想，是的。我现在也处在严寒中，我也梦着春天的到来。我相信英国诗人雪莱的两句话：“既然冬天已经到了，春天还会远吗？”我梦着楼前的白杨重新长出了浓密的绿叶；我梦着池塘里的荷花重新冒出了淡绿的大叶子；我梦着春天又回到了大地上。

可是我万万没有想到，“八十”这个数目字竟有这样大的威力，一种神秘的威力。自己已经八十岁了！我吃惊地暗自思忖。它逼迫着我向前看一看，又回头看一看。向前看，灰蒙蒙的一团，路不清楚，但也不是很长。确实没有什么好看的地方，不看也罢。

而回头看呢，则灰蒙蒙的一团中，清晰地看到了一条路，路极长，是我一步一步地走过来的，这条路的顶端是在清平县的官庄。我看到了一片灰黄的土房，中间闪着苇塘里的水光，还有我大奶奶和母亲的面影。这条路延伸出去，我看到了泉城的大明湖。这条路又延伸出去，我看到了水木清华，接着又看到德国小城哥廷根斑斓的秋色，上面飘动着我那母亲似的女房东和祖父似的老教授的面影。路陡然又从万里之外折回到神州大地，我看到了红楼，看到了燕园的湖光塔影。令人泄气而且大煞风景的是，我竟又看到了牛棚的牢头禁子那一副牛头马面似的狞恶的面孔。再看下去，路就缩住了，一直缩到我的脚下。

在这一条十分漫长的路上，我走过阳关大道，也走过独木小桥。路旁有深山大泽，也有平坡宜人；有杏花春雨，也有塞北秋风；有山重水复，也有柳暗花明；有迷途知返，也有绝处逢生。路太长了，时间太长了，影子太多了，回忆太重了。我真正感觉到，我负担不了，也忍受不了，我想摆脱掉这一切，还我一个自由自在身。

回头看既然这样沉重，能不能向前看呢？我上面已经说到，向前看，路不是很长，没有什么好看的地方。我现在正像鲁迅的散文诗《过客》中的那一个过客。他不知道是从什么地方走来的，终于走到了老翁和小女孩的土屋前面，讨了点水喝。老翁看他已经疲惫不堪，劝他休息一下。他说：“从我还能记得的时候起，我就在这么走，要走到一个地方去，这地方就在前面。我单记得走了许多路，现在来到这里了。我接着就要走向那边去，况且还有声音常在前面催促我，叫唤我，使我息不下。那边，西边是什么地方呢？”老人说：“前面，是坟。”小女孩说：“不，不，不的。那里有许多野百合、野蔷薇，我常常去玩，去看它们的。”

我理解这个过客的心情，我自己也是一个过客。但是却从来没有什么声音催着我走，而是同世界上任何人一样，我是非走不行的，不用催促，也是非走不行的。走到什么地方去呢？走到西边的坟那里，这是一切人的归宿。我记得屠格涅夫的一首散文诗里，也讲了这个意思。我并不怕坟，只是走了这么长的路以后，我真想停下来休息片刻。然而我不能，不管你愿意不愿意，反正是非走不行。聊以自慰的是，我同那个老翁还不一样，有的地方颇像那个小女孩说的，我既看到了坟，也看到了野百合和野蔷薇。

我面前还有多少路呢？我说不出，也没有仔细想过。冯友兰先生说：“何止于米？相期以茶。”“米”是八十八岁，“茶”是一百零八岁。我没有这样的雄心壮志，我是“相期以米”。这算不算是立大志呢？我是没有大志的人，我觉得这已经算是大志了。

我从来对穷通寿夭也是颇有一些想法的。十年浩劫以后，我成了陶渊明的志同道合者。他的一首诗，我很欣赏：

纵浪大化中，
不喜亦不惧。
应尽便须尽，
无复独多虑。

我现在就是抱着这种精神，昂然走上前去。只要有可能，我一定做一些对别人有益的事，绝不想成为行尸走肉。我知道，未来的路也不会比过去的更笔直、更平坦。但是我并不恐惧。我眼前还闪动着野百合和野蔷薇的影子。

1991 年 1 月 1 日

死的浮想

但是，我心中并没有真正达到我自己认为的那样的平静，对生死还没有能真正置之度外。

就在住进病房的第四天夜里，我已经上了床躺下，在尚未入睡之前我偶尔用舌尖舔了舔上颚，蓦地舔到了两个小水疱。这本来是可能已经存在的东西，只是没有舔到过而已。今天一旦舔到，忽然联想起邹铭西大夫的话和李恒进大夫对我的要求，舌头仿佛被火球烫了一下，立即紧张起来。难道水疱已经长到咽喉里面来了吗？

我此时此刻迷迷糊糊，思维中理智的成分已经所余无几，剩下的是一些接近病态的本能的东西。一个很大的“死”字突然出现在眼前，在我头顶上飞舞盘旋。在燕园里，最近十几年来我常常看到某一个老教授的家门口开来救护车，老教授登车的时候心中作何感想，我不知道，但是，在我心中，我想到的却是“风萧萧兮易水寒，壮士一去兮不复还！”事实上，复还的人确实少到几乎没有。我今天难道也将变成荆轲吗？我还能不能再见到我离家时正在十里飘香、绿盖擎天的季荷呢？我还能不能再看到那一个对我依依不舍的白色的波斯猫呢？

其实，我并不是怕死。我一向认为，我是一个几乎死过一次的人。“十年浩劫”中，我曾下定决心“自绝于人民”。我在上衣口袋里，在裤子口袋里装满了安眠药片和安眠药水，想采用先进的资本主义自杀方式，以表示自己的进步。在这千钧一发之际，押解我去接受批斗的牢头禁子猛烈地踢开了我的房门，从而阻止了我到阎王爷那里去报到的可能。批斗回来以后，虽然被打得鼻青脸肿，帽子丢掉了，鞋丢掉了一只，身上全是革命小将，也或许有中将和老将吐的痰。游街仪式完成后，被一脚从汽车上踹下来的时候，躺在11月底的寒风中，半天爬不起来。然而，我“顿悟”了。批斗原来是这样子呀！是完全可以忍受的。我又下定决心，不再自寻短见，想活着看一看，“看你横行到几时”。

一个人临死前的心情，我完全有感性认识。我当时心情异常平静，平静到一直到今天我都难以理解的程度。老祖和德华谁也没有发现，我的神情有什么变化。我对自己这种表现感到十分满意，我自认已经参透了生死奥秘，渡过了生死大关，而沾沾自喜，认为自己已经修养得差不多了，已经大大地有异于常人了。

然而黄铜当不了真金，假的就是假的，到了今天，三十多年已经过去了，自己竟然被上颚上的两个微不足道的小水疱吓破了胆，使自己的真相完全暴露于光天化日之下，这完全出乎我的意料。我自己辩解说，那天晚上的行动只不过是一阵不正常的歇斯底里爆发。但是正常的东西往往富于不正常之中。我虽已经痴长九十二岁，对人生的参透还有极长的距离。今后仍须加紧努力。

2002年10月3日写毕

（节录于《在病中》）

一个老知识分子的心声

按我出生的环境，我本应该终生成为一个贫农。但是造化小儿却偏偏要播弄我，把我播弄成了一个知识分子。从小知识分子把我播弄成一个中年知识分子；又从中年知识分子把我播弄成一个老知识分子。现在我已经到了望九之年，耳虽不太聪，目虽不太明，但毕竟还是“难得糊涂”，仍然能写能读，焚膏继晷，兀兀穷年，仿佛有什么力量在背后鞭策着自己，欲罢不能。眼前有时闪出一个长队的影子，是北大教授按年龄顺序排成了的。我还没有站在最前面，前面还有将近二十来个人。这个长队缓慢地向前迈进，目的地是八宝山。时不时地有人“捷足先登”，登的不是泰山，而就是这八宝山。我暗暗下定决心：决不抢先加塞，我要鱼贯而进。什么时候鱼贯到我面前，我就要含笑挥手，向人间说一声“拜拜”了。

干知识分子这个行当是并不轻松的。在过去七八十年中，我尝够酸甜苦辣，经历够了喜怒哀乐。走过了阳关大道，也走过了独木小桥。有时候，光风霁月；有时候，阴霾蔽天；有时候，峰回路转；有时候，柳暗花明。

金榜上也曾题过名，春风也曾得过意，说不高兴是假话。但是，一转瞬间，就交了华盖运，四处碰壁，五内如焚。原因何在呢？古人说：“人生识字忧患始。”这实在是见道之言。“识字”，当然就是知识分子了。一戴上这顶帽子，“忧患”就开始向你奔来。是不是杜甫的诗“儒冠多误身”？“儒”，当然就是知识分子了，一戴上儒冠就倒霉。我只举这两个小例子，就可以知道，中国古代的知识分子们早就对自己这一行腻味了。“诗必穷而后工”，连作诗都必须先“穷”。“穷”并不是一定指的是没有钱，主要指的也是倒霉。不倒霉就作不出好诗，没有切身经历和宏观观察，能说得出这样的话吗？司马迁《太史公自序》说：“昔西伯拘羑里，演《周易》；孔子厄陈蔡，作《春秋》；屈原放逐，乃赋《离骚》；左公失明，厥有《国语》；孙子膑脚，而论兵法；不韦迁蜀，世传《吕览》；韩非囚秦，《说难》《孤愤》；《诗》三百篇，大抵圣贤发愤之所为作也。”司马迁算了一笔清楚的账。

世界各国应该都有知识分子。但是，根据我七八十年的观察与思考，我觉得，既然同为知识分子，必有其共同之处，有知识，承担延续各自国家的文化的重任，至少这两点必然是共同的。但是不同之处却是多而突出。别的国家先不谈，我先谈一谈中国历代的知识分子，中国有五六千年或者更长的文化史，也就有五六千年的知识分子。我的总印象是：中国知识分子是一种很奇怪的群体，是造化小儿加心加意创造出来的一种“稀有动物”。虽然“十年浩劫”中，他们被批为“一心只读圣贤书”的“修正主义”分子。这实际上是冤枉的。这样的人不能说没有，但是，主流却正相反。几千年的历史可以证明，中国知识分子最关心时事，最关心政治，最爱国。这最后一点，是由中国历史环境所造成的。在中国历史上，没有哪一天没有虎视眈眈伺机入侵的外敌。历史上许多赫然有名的皇帝，都曾受到外敌的欺侮。老百姓更不必说了。存在决定意识，反映到知识分子头脑中，就形成了根深蒂固的爱国心。“天下兴亡，匹夫有责”，不管这句话的原形是什么样子，反正它痛快淋漓地表达了中国知识分子的心声。在别的国家是没有这种情况的。

然而，中国知识分子也是极难对付的家伙。他们的感情特别细腻、锐敏、脆弱、隐晦。他们学富五车，胸罗万象。有的或有时自高自大，自以为“老子天下第一”；有的或有时却又患了弗洛伊德（？）讲的那一种“自卑情结”（inferiority complex）。他们一方面吹嘘想“究天人之际，通古今之变”，气魄贯长虹，浩气盈宇宙。有时却又为芝麻绿豆大的一点小事而长吁短叹，甚至轻生，“自绝于人民”。关键问题，依我看，就是中国特有的“国粹”——面子问题。“面子”这个词儿，外国文没法翻译，可见是中国独有的。俗话里许多话都与此有关，比如“丢脸”“真不要脸”“赏脸”，如此等等。“脸”者，面子也。中国知识分子是中国国粹“面子”的主要卫道士。

尽管极难对付，然而中国历代统治者哪一个也不得不来对付。古代一个皇帝说：“马上得天下，不能马上治之！”真是一针见血。创业的皇帝绝不会是知识分子，只有像刘邦、朱元璋等这样一字不识的，不顾身家性命，“厚”而且“黑”的，胆子最大的地痞流氓才能成为开国的“英主”。否则，都是磕头的把兄弟，为什么单单推他当头儿？可是，一旦创业成功，坐上金銮宝殿，这时候就用得着知识分子来帮他们治理国家。不用说国家大事，连定朝仪这样的小事，刘邦还不得不求助于知识分子叔孙通。朝仪一定，朝廷井然有序，共同起义的那一群铁哥儿们，个个服服帖帖，跪拜如仪，让刘邦“龙心大悦”，真正尝到了当皇帝的滋味。

同面子表面上无关实则有关的另一个问题，是中国知识分子的处世问题，也就是隐居或出仕的问题。中国知识分子很多都标榜自己无意为官，而实则正相反。一个最有典型意义又众所周知的例子就是“大名垂宇宙”的诸葛亮。他高卧隆中，看来是在隐居，实则他最关心天下大事。他的“信息源”看来是非常多的，否则，在当时既无电话、电报，甚至连写信都十分困难的情况下，他怎么能对天下大势了如指掌，因而写出了有名的《隆中对》呢？他经世之心昭然在人耳目，然而却偏偏让刘先主三顾茅庐然后才出山“鞠躬尽瘁”。这不是面子又是什么呢？

我还想进一步谈一谈中国知识分子的一个非常古怪，很难以理解又似乎很容易理解的特点。中国古代知识分子贫穷落魄的多。有诗为证：“文章憎命达。”文章写得好，命运就不亨通；命运亨通的人，文章就写不好。那些靠文章中状元、当宰相的人，毕竟是极少数。而且中国文学史上根本就没有哪一个伟大文学家中过状元。《儒林外史》是专写知识分子的小说。吴敬梓真把穷苦潦倒的知识分子写活了。没有中举前的周进和范进等的形象，真是入木三分，至今还栩栩如生。中国历史上一批穷困的知识分子，贫无立锥之地，绝不会有面团团的富家翁相。中国诗文和老百姓嘴中有很多形容贫而瘦的穷人的话，什么“瘦骨嶙峋”，什么“骨瘦如柴”，又是什么“瘦得皮包骨头”，等等，都与骨头有关。这一批人一无所有，最值钱的仅存的“财产”就是他们这一身瘦骨头。这是他们人生中最后的一点“赌注”，轻易不能押上的，押上一输，他们也就“涅槃”了。然而他们却偏偏喜欢拼命，喜欢拼这一身瘦老骨头。他们称这个为“骨气”。同“面子”一样，“骨气”这个词儿也是无法译成外文的，是中国的国粹。要举实际例子的话，那就可以举出很多来。《三国演义》中的祢衡，就是这样一个人，结果被曹操假手黄祖给砍掉了脑袋瓜。近代有一个章太炎，胸佩大勋章，赤足站在新华门外大骂袁世凯，袁世凯不敢动他一根毫毛，只好钦赠美名“章疯子”，聊以挽回自己的一点面子。

中国这些知识分子，脾气往往极大。他们又仗着“骨气”这个法宝，敢于直言不讳。一见不顺眼的事，就发为文章，呼天叫地，痛哭流涕，大呼什么“人心不古，世道日非”，又是什么“黄钟毁弃，瓦釜雷鸣”。这种例子，俯拾即是。他们根本不给当政的最高统治者留一点面子，有时候甚至让他们下不了台。须知面子是古代最高统治者皇帝们的命根子，是他们的统治和尊严的最高保障。因此，我就产生了一个大胆的“理论”：一部中国古代政治史至少其中一部分就是最高统治者皇帝和大小知识分子互相利用又互相斗争，互相对付和应付，又有大棒，又有胡萝卜，间或甚至有剥皮凌迟的历史。

在外国知识分子中，只有印度的同中国的有可比性。印度共有四大种姓，为首的是婆罗门。在印度古代，文化知识就掌握在他们手里，这个最高种姓实际上也是他们自封的。他们是地地道道的知识分子，在社会上受到普遍的尊敬。然而却有一件天大的怪事，实在出人意料。在社会上，特别是在印度古典戏剧中，少数婆罗门却受到极端的嘲弄和污蔑，被安排成剧中的丑角。在印度古典剧中，语言是有阶级性的。梵文只允许国王、帝师（当然都是婆罗门）和其他高级男士们说，妇女等低级人物只能说俗语。可是，每个剧中都必不可缺少的丑角也竟是婆罗门，他们插科打诨，出尽洋相，他们只准说俗语，不许说梵文。在其他方面也有很多嘲笑婆罗门的地方。这有点像中国古代嘲笑“腐儒”的做法。《儒林外史》中就不缺少嘲笑“腐儒”——也就是落魄的知识分子——的地方。鲁迅笔下的孔乙己也是这种人物。为什么中、印同出现这个现象呢？这实在是一个有趣的研究课题。

我在上面写了我对中国历史上知识分子的看法。本文的主要目的就是写历史，连鉴往知今一类的想法我都没有。倘若有人要问：“现在怎样呢？”因为现在还没有变成历史，不在我写作范围之内，所以我不答复，如果有人愿意去推论，那是他们的事，与我无干。

最后我还想再郑重强调一下：中国知识分子有源远流长的爱国主义传统，是世界上哪一个国家也不能望其项背的。尽管眼下似乎有一点背离这个传统的倾向，例证就是苦心孤诣、千方百计地想出国，有的甚至归化为“老外”，永留不归。我自己对这个问题的看法是：这只能是暂时的现象，久则必变。就连留在外国的人，甚至归化了的人，他们依然是“身在曹营心在汉”，依然要寻根，依然爱自己的祖国。何况出去又回来的人渐渐多了起来呢？我们对这种人千万不要“另眼相看”，当然也大可不必“刮目相看”。只要我们国家的事情办好了，情况会大大地改变的。至于没有出国也不想出国的知识分子占绝对的多数。如果说他们对眼前的一切都很满意，那不是真话。但是爱国主义在他们心灵深处已经生了根，什么力量也拔不掉的。甚至泰山崩于前，迅雷震于顶，他们会依然热爱我们这伟大的祖国。这一点我完全可以保证。只举一个众所周知的例子，就足够了。如果不爱自己的祖国，巴老为什么以老迈龙钟之身，呕心沥血来写《随想录》呢？对广大的中国老、中、青知识分子来说，我想借用一句曾一度流行的，我似非懂又似懂得的话：爱国没商量。

我生平优点不多，但自谓爱国不敢后人，即使把我烧成了灰，每一粒灰也还是爱国的。可是我对于当知识分子这个行当却真有点谈虎色变。我从来不相信什么轮回转生。现在，如果让我信一回的话，我就恭肃虔诚祷祝造化小儿，下一辈子无论如何也别再播弄我，千万别再把我弄成知识分子。

我的心是一面镜子

我生也晚，没有能看到二十世纪的开始。但是，时至今日，再有七年，二十一世纪就来临了。从我目前的身体和精神两个方面来看，我能看到两个世纪的交接，是丝毫也没有问题的。在这个意义上来讲，我也可以说是与二十世纪共始终了，因此我有资格写“我与中国二十世纪”。

对时势的推移来说，每一个人的心都是一面镜子。我的心当然也不会例外。我自认为是一个颇为敏感的人，我这一面心镜，虽不敢说是纤毫必显，然确实并不迟钝。我相信，我的镜子照出了二十世纪长达九十年的真实情况，是完全可以依赖的。

我生在1911年辛亥革命那一年。我出生两个月零四天以后，那一位“末代皇帝”，就从宝座上被请了下来。因此，我常常戏称自己是“满清遗少”。到了我能记事儿的时候，还有时候听乡民肃然起敬地谈到北京的“朝廷”(农民口中的皇帝)，仿佛他们仍然高踞宝座之上。我不理解什么是“朝廷”，他似乎是人，又似乎是神，反正是极有权威、极有力量的一种动物。

这就是我的心镜中照出的清代残影。

我的家乡山东清平县（现归临清市）是山东有名的贫困地区。我们家是一个破落的农户。祖父母早亡，我从来没有见过他们。祖父之爱我是一点也没有尝到过的。他们留下了三个儿子，我父亲行大（在大排行中行七）。两个叔父，最小的一个无父无母，送了人，改姓刁。剩下的两个，上无怙恃，孤苦伶仃，寄人篱下，其困难情景是难以言说的。恐怕哪一天也没有吃饱过。饿得没有办法的时候，兄弟俩就到村南枣树林子里去，捡掉在地上的烂枣，聊以果腹。这一段历史我并不清楚，因为兄弟俩谁也没有对我讲过。大概是因为太可怕，太悲惨，他们不愿意再揭过去的伤疤，也不愿意让后一代留下让人惊心动魄的回忆。

但是，乡下无论如何是待不下去了，待下去只能成为饿殍。不知道怎么一来，兄弟俩商量好，到外面大城市里去闯荡一下，找一条活路。最近的大城市只有山东首府济南。兄弟俩到了那里，两个毛头小伙子，两个乡巴佬，到了人烟稠密的大城市里，举目无亲。他们碰到多少困难，遇到多少波折。这一段历史我也并不清楚，大概是出于同一个原因，他们谁也没有对我讲过。

后来，叔父在济南立定了脚跟，至多也只能像是石头缝里的一棵小草，艰难困苦地挣扎着。于是兄弟俩商量，弟弟留在济南挣钱，哥哥回家务农，希望有朝一日，混出点名堂来，即使不能衣锦还乡，也得让人另眼相看，为父母和自己争一口气。

但是，务农要有田地，这是一个最简单的常识。可我们家所缺的正是田地这玩意儿。大概我祖父留下了几亩地，父亲就靠这个来维持生活。至于他怎样侍弄这点儿地，又怎样成的家，这一段历史对我来说又是一个谜。

我就是在这时候来到人间的。

天无绝人之路。正在此时或稍微前一点，叔父在济南失了业，流落在关东。用身上仅存的一元钱买了湖北水灾奖券，结果中了头奖，据说得到了几千两银子。我们家一夜之间成了暴发户。父亲买了六十亩带水井的地。为了耀武扬威起见，要盖大房子。一时没有砖，他便昭告全村：谁愿意拆掉自己的房子，把砖卖给他，他肯出几十倍高的价钱。俗话说："重赏之下，必有勇夫。"别人的房子拆掉，我们的房子盖成。东、西、北房各五大间。大门朝南，极有气派。兄弟俩这一口气总算争到了。

然而好景不长，我父亲是乡村中朱家郭解一流的人物，仗"义"施财，忘乎所以。有时候到外村去赶集，他一时兴起，全席棚里喝酒吃饭的人，他都请了客。据说，没过多久，六十亩上好的良田被卖掉，新盖的房子也把东房和北房拆掉，卖了砖瓦。这些砖瓦买进时似黄金，卖出时似粪土。

一场春梦终成空。我们家又成了破落户。

在我能记事儿的时候，我们家已经穷到了相当可观的程度。一年大概只能吃一两次"白的"（指白面），吃得最多的是红高粱饼子，棒子面饼子也成为珍品。我在春天和夏天，割了青草，或劈了高粱叶，背到二大爷家里，喂他的老黄牛。赖在那里不走，等着吃上一顿棒子面饼子，打一打牙祭。夏天和秋天，对门的宁大婶和宁大姑总带我到外村的田地里去拾麦子和豆子，把拾到的可怜兮兮的一把麦子或豆子交给母亲。不知道积攒多少次，才能勉强打出点麦粒，磨成面，吃上一顿"白的"。我当然觉得如吃龙肝凤髓。但是，我从来不记得母亲吃过一口。她只是坐在那里，瞅着我吃，眼里好像有点潮湿。我当时哪里能理解母亲的心情呀！但是，我也隐隐约约地立下一个决心：有朝一日，将来长大了，也让母亲吃点"白的"。可是，"树欲静而风不止，子欲养而亲不待"。还没有等到我有能力让母亲吃"白的"，母亲竟舍我而去，留下了我一个终生难补的心灵伤痕，抱恨终天！

我们家，我父亲一辈，大排行兄弟十一个。有六个因为家贫，下了关东。从此音讯杳然。留下的只有五个，一个送了人，我上面已经说过。这五个人中，只有大大爷有一个儿子，不幸早亡，我从来没有见过他。我生下以后，就成了唯一的一个男孩子。在封建社会里，这意味着什么，大家自然能理解。在济南的叔父只有一个女儿。于是兄弟俩一商量，要把我送到济南。当时母亲什么心情，我太年幼，完全不能理解。很多年以后，我才听人告诉我说，母亲曾说过："要知道一去不回头的话，我拼了命也不放那孩子走！"这一句不是我亲耳听到的话，却终生回荡在我耳边。"谁言寸草心，报得三春晖？"

我终于离开了家，当年我六岁。

一个人的一生难免稀奇古怪的。个人走的路有时候并不由自己来决定。假如我当年留在家里，走的路是一条贫农的路。生活可能很苦，但风险绝不会大。我今天的路怎样呢？我广开了眼界，认识了世界，认识了人生，获得了虚名。我曾走过阳关大道，也曾走过独木小桥；坎坎坷坷，又颇顺顺当当，一直走到了耄耋之年。如果当年让我自己选择道路的话，我究竟要选哪一条呢？概难言矣！

离开故乡时，我的心镜中留下的是一幅一个贫困至极的、一时走了运、立刻又垮下来的农村家庭的残影。

到了济南以后，我眼前换了一个世界。不用说别的，单说见到济南的山，就让我又惊又喜。我原来以为山只不过是一个个巨大无比的石头柱子。

叔父当然非常关心我的教育，我是季家唯一的传宗接代的人。我上过大概一年的私塾，就进了新式的小学校，济南一师附小。一切都比较顺利。五四运动波及了山东。一师校长是新派人物，首先采用了白话文教科书。国文教科书中有一篇寓言，名叫《阿拉伯的骆驼》，故事讲的是得寸进尺，是国际上流行的。无巧不成书，这一篇课文偏偏让叔父看到了，他勃然变色，大声喊道："骆驼怎么能说话呀？这简直是胡闹！赶快转学！"于是我就转到了新育小学。当时转学好像是非常容易，似乎没有走什么后门就转了过来。只举行一次口试，教员写了一个"骡"字，我认识，我的比我大一岁的亲戚不认识。我直接插入高一，而他则派进初三。一字之差，我硬是沾了一年的光。这就叫作人生！最初课本还是文言，后来则也随时代潮流改了白话，不但骆驼能说话，连乌龟蛤蟆都说起话来，叔父却置之不管了。

叔父是一个非常有天才的人。他并没有受过什么正规教育。在颠沛流离中，完全靠自学，获得了知识和本领。他能作诗，能填词，能写字，能刻图章。中国古书也读了不少。按照他的出身，他无论如何也不应该对宋明理学发生兴趣；然而他竟然发生了兴趣，而且还极为浓烈，非同一般。这件事我至今大惑不解。我每看到他正襟危坐，威仪俨然，在读《皇清经解》一类十分枯燥的书时，我都觉得滑稽可笑。

这当然影响了对我的教育。我这一根季家的独苗他大概想要我诗书传家。《红楼梦》《三国演义》《水浒传》等等，他都认为是“闲书”，绝对禁止看。大概出于一种逆反心理，我爱看的偏是这些书。中国旧小说，包括《金瓶梅》《西厢记》等等几十种，我都偷着看了个遍。放学后不回家，躲在砖瓦堆里看，在被窝里用手电照着看。这样大概过了有几年的时间。

叔父的教育则是另外一回事。在正谊时，他出钱让我在下课后跟一个国文老师念古文，连《左传》等都念。回家后，吃过晚饭，立刻又到尚实英文学社去学英文，一直到深夜。这样天天连轴转，也有几年的时间。

叔父相信“中学为体”，这是可以肯定的。但是是否也相信“西学为用”呢？这一点我说不清楚。反正当时社会上都认为，学点洋玩意儿是能够升官发财的。这是一种实用主义的“崇洋”，“媚外”则不见得。叔父心目中“夷夏之辨”是很显然的。

大概是1926年，我在正谊中学毕了业，考入设在北园白鹤庄的山东大学附设高中文科去念书。这里的教员可谓极一时之选。国文教员王玉先生，英文教员尤桐先生、刘先生和杨先生，数学教员王先生，史地教员祁蕴璞先生，伦理学教员鞠思敏先生（正谊中学校长），伦理学教员完颜祥卿先生（一中校长），还有教经书的“大清国”先生（因为诨名太响亮，真名忘记了），另一位是前清翰林。两位先生教《书经》《易经》《诗经》，上课从不带课本，五经四书连注都能背诵如流。这些教员全是佼佼者。再加上学校环境有如仙境，荷塘四布，垂柳蔽天，是念书再好不过的地方。

我有意识地认真用功，是从这里开始的。我是一个很容易受环境支配的人。在小学和初中时，成绩不能算坏，总在班上前几名，但从来没有考过甲等第一。我毫不在意，照样钓鱼、摸虾。到了高中，国文作文无意中受到了王玉先生的表扬，英文是全班第一。其他课程考个高分并不难，只需稍稍一背，就能应付裕如。结果我生平第一次考了一个甲等第一，平均分数超过九十五分，是全校唯一的一个学生。当时山大校长兼山东教育厅厅长前清状元王寿彭，亲笔写了一副对联和一个扇面奖给我。这样被别人一指，我的虚荣心就被抬起来了。从此认真注意考试名次，再不掉以轻心。结果两年之内，四次期考，我考了四个甲等第一，威名大振。

在这一段时间内，外界并不安宁。军阀混乱，鸡犬不宁。直奉战争、直皖战争，时局瞬息万变，“你方唱罢我登场”。有一年山大祭孔，我们高中学生受命参加。我第一次见到当时的奉系山东土匪督军——不知道自己有多少兵、多少钱和多少姨太太的张宗昌，他穿着长袍、马褂，匍匐在地，行叩头大礼。此情此景，至今犹在眼前。

到了 1928 年，蒋介石假“革命”之名，打着孙中山先生的招牌，算是一股新力量，从广东北伐，有共产党的协助，以雷霆万钧之力，一路扫荡，宛如劲风卷残云，大军占领了济南。此时，日本军国主义分子想趁火打劫，出兵济南，酿成了有名的“五卅惨案”。高中关了门。

在这一段时间内，我的心镜中照出来的影子是封建又兼维新的教育再加上军阀混战。

日寇占领了济南，国民党军队撤走。学校都不能开学。我过了一年临时亡国奴生活。

此时日军当然是全济南至高无上的唯一的统治者。同一切非正义的统治者一样，他们色厉内荏，十分害怕中国老百姓，简直害怕到风声鹤唳、草木皆兵的程度。天天如临大敌，常常搞一些突然袭击，到居民家里去搜查。我们一听到日军到附近某地来搜查了，家里就像开了锅。有人主张关上大门，有人坚决反对。前者说：不关门，日本兵会说："你怎么这样大胆呀！竟敢双门大开！"于是捅上一刀。后者则说：关门，日本兵会说："你们一定有见不得人的勾当；不然的话，皇军驾到，你们应该开门恭迎嘛！"于是捅上一刀。结果是，一会儿开门，一会儿又关上，如坐针毡，又如热锅上的蚂蚁。此情此景，非亲身经历者，是绝不能理解的。

我还有一段个人经历。我无学可上，又深知日本人最恨中国学生，在山东焚烧日货的"罪魁祸首"就是学生。我于是剃光了脑袋，伪装是商店的小徒弟。有一天，走在东门大街上，迎面来了一群日军，检查过往行人。我知道，此时万不能逃跑，一定要镇定，否则刀枪无情。我貌似坦然地走上前去。一个日兵搜我的全身，发现我腰里扎的是一条皮带。他如获至宝，发出狞笑，说道："你的，狡猾的大大地。你不是学徒，你是学生。学徒的，是不扎皮带的！"我当头挨了一棒，幸亏还没有昏过去，我向他解释：现在小徒弟们也发了财，有的能扎皮带了。他坚决不信。正在争论的时候，另外一个日军走了过来，大概是比那一个高一级的，听了那个日军的话，似乎有点不耐烦，一摆手："让他走吧！"我于是死里逃生，从阴阳界上又转了回来。我身上出了多少汗，只有我自己知道。

在这一年内，我心镜上照出的是临时或候补亡国奴的影像。

1929 年，日军撤走，国民党重进。我在求学的道路上，从此开辟了一个新天地。

此时，北园高中关了门，新成立了一所山东省立济南高中，是全省唯一的一所高级中学。我没有考试，就入了学。

校内换了一批国民党的官员，"党"气颇浓，令人生厌。但是总的精神面貌却是焕然一新。最明显不过的是国文课。"大清国"没有了，经书不念了，文言作文改成了白话。国文教员大多是当时颇为著名的新文学家。我的第一个国文教员是胡也频烈士。他很少讲正课，每一堂都是宣传"现代文艺”，亦名“普罗文学”，也就是无产阶级文学。一些青年，其中也有我，大为兴奋，公然在宿舍门外摆上桌子，号召大家参加“现代文艺研究会”。还准备出刊物，我为此写了一篇文章，叫作《现代文艺的使命》，里面生吞活剥抄了一些从日文译过来的所谓马克思主义文艺理论的文句。译文像天书，估计我也看不懂，但是充满了革命义愤和口号的文章，却堂而皇之地写成了。文章还没有来得及刊出，国民党通缉胡先生，他慌忙逃往上海，一两年后就被国民党杀害。我的革命梦像肥皂泡似的破灭了，从此再也没有“革命”，一直到了解放。

接胡先生的是董秋芳（冬芬）先生。他算是鲁迅的小友，北京大学毕业，翻译了一本《争自由的波浪》，有鲁迅写的序。不知道怎样一来，我写的作文得到了他的垂青，他发现了我的写作“天才”，认为是全班、全校之冠。我有点飘飘然，是很自然的。到现在，在六十年漫长的过程中，不管我搞什么样的研究工作，写散文的笔从来没有放下过。写得好坏，姑且不论。对我自己来说，文章能抒发我的感情，表露我的喜悦，缓解我的愤怒，激励我的志向。这样的好处已经不算少了。我永远怀念我这位尊敬的老师！

在这一年里，我的心镜照出来的仿佛是我的新生。

1930 年夏天，我们高中一级的学生毕了业。几十个举子联合“进京赶考”。当时北京的大学五花八门，国立、私立、教会立，纷然杂陈。水平极端参差不齐，吸引力也就大不相同。其中最受尊重的，同今天完全一样，是北大与清华，两所“国立”大学。因此，全国所有的赶考的举子没有不报考这两所大学的。这两所大学就仿佛变成了龙门，门槛高得可怕。往往几十人中录取一个。被录取的金榜题名，鲤鱼变成了龙。我来投考的那一年，有一个山东老乡，已经报考了五次，次次名落孙山。这一年又同我们报考，也就是第六次，结果仍然榜上无名。他精神失常，一个人恍恍惚惚在西山一带漫游了七天，才清醒过来。他从此断了大学梦，回到了山东老家，后不知所终。

我当然也报了北大与清华。同别的高中同学不同的是，我只报这两所学校，仿佛极有信心——其实我当时并没有考虑这样多，几乎是本能地这样干了——别的同学则报很多大学，二流的、三流的、不入流的，有的人竟报到七八所之多。我一辈子考试的次数成百成千，从小学一直考到获得最高学位；但我考试的运气好，从来没有失败过。这一次又撞上了喜神，北大和清华我都被录取，一时成了人们羡慕的对象。

但是，北大和清华，对我来说，却成了鱼与熊掌。何去何从？一时成了挠头的问题。我左考虑，右考虑，总难以下这一步棋。当时“留学热”不亚于今天，我未能免俗。如果从留学这个角度来考虑，清华似乎有一日之长。至少当时人们都是这样看的。“吾从众”，终于决定了清华，入的是西洋文学系（后改名外国语文系）。

在旧中国，清华西洋文学系名震神州。主要原因是教授几乎全是外国人，讲课当然用外国话，中国教授也多用外语（实际上就是英语）授课。这一点就具有极大的吸引力。夷考其实，外国教授几乎全部不学无术，在他们本国恐怕连中学都教不上。因此，在本系所有的必修课中，没有哪一门课我感到满意。反而是我旁听和选修的两门课，令我终生难忘，终生受益。旁听的是陈寅恪先生的“佛经翻译文学”，选修的是朱光潜先生的“文艺心理学”，就是美学。在本系中国教授中，叶公超先生教我们大一英文。他英文大概是好的，但有时故意不修边幅，好像要学习竹林七贤，给我没有留下好印象。吴宓先生的两门课“中西诗之比较”和“英国浪漫诗人”，给我留下了深刻的印象。

此外，我还旁听了或偷听了很多外系的课。比如朱自清、俞平伯、谢婉莹（冰心）、郑振铎等先生的课，我都听过，时间长短不等。在这种旁听活动中，我有成功，也有失败。最失败的一次，是同许多男同学，被冰心先生婉言赶出了课堂。最成功的是旁听西谛先生的课。西谛先生豁达大度，待人以诚，没有教授架子，没有行帮意识。我们几个年轻大学生——

吴组缃、林庚、李长之，还有我自己——由听课而同他有了个人来往。他同巴金、靳以主编大型的《文学季刊》是当时轰动文坛的大事。他也竟让我们名不见经传的无名小卒，充当《季刊》的编委或特约撰稿人，名字赫然印在杂志的封面上，对我们来说这实在是无上的光荣。结果我们同西谛先生成了忘年交，终生维持着友谊，一直到1958年他在飞机失事中遇难。到了今天，我们一想到郑先生还不禁悲从中来。

此时政局是非常紧张的。蒋介石在拼命“安内”，日军已薄古北口，在东北兴风作浪，更不在话下。“九一八”后，我也曾参加清华学生卧轨绝食，到南京去请愿，要求蒋介石出兵抗日。我们满腔热血，结果被满口谎言的蒋介石捉弄，铩羽而归。

美丽安静的清华园也并不安静。国共两方的学生斗争激烈。此时，胡乔木（原名胡鼎新）同志正在历史系学习，与我同班。他在进行革命活动，其实也并不怎么隐蔽。每天早晨，我们洗脸盆里塞上的传单，就出自他之手。这是一个公开的秘密，尽人皆知。他曾有一次在深夜坐在我的床上，劝说我参加他们的组织。我胆小怕事，没敢答应。只答应到他主办的工人子弟夜校去上课，算是聊助一臂之力，稍报知遇之恩。

学生中国共两派的斗争是激烈的，详情我不得而知。我算是中间偏左的逍遥派，不介入，也没有兴趣介入这种斗争。不过据我的观察，两派学生也有联合行动，比如到沙河、清河一带农村中去向农民宣传抗日。我参加过几次，记忆中好像也有倾向国民党的学生参加。原因大概是，尽管蒋介石不抗日，青年学生还是爱国的多。在中国知识分子中，爱国主义的传统是源远流长的，根深蒂固的。

这几年，我们家庭的经济情况颇为不妙。每年寒暑假回家，返校时筹集学费和膳费，就煞费苦心。清华是国立大学，花费不多。每学期收学费40元；但这只是一种形式，毕业时学校把收的学费如数还给学生，供毕业旅行之用。不收宿费，膳费每月六块大洋，顿顿有肉。即使是这样，我也开支不起。我的家乡清平县，国立大学生恐怕只有我一个，视若“县宝”，每年津贴我 50 元。另外，我还能写点文章，得点稿费，家里的负担就能够大大地减轻。我就这样在颇为拮据的情况中度过了四年，毕了业，戴上租来的学士帽照过一张相，结束了我的大学生活。

当时流行着一个词儿，叫“饭碗问题”，还流行着一句话，是“毕业即失业”。除了极少数高官显宦、富商大贾的子女以外，谁都会碰到这个性命交关的问题。我从三年级开始就为此伤脑筋。我面临着承担家庭主要经济负担的重任。但是，我吹拍乏术，奔走无门。夜深人静之时，自己脑袋里好像是开了锅，然而结果却是一筹莫展。

眼看快要到 1934 年的夏天，我就要离开学校了。真好像是大旱之年遇到甘霖，我的母校济南省立高中校长宋还吾先生，托人邀我到母校去担任国文教员。月薪大洋 160 元，是大学助教的一倍。大概因为我发表过一些文章，我就被认为是文学家，而文学家都一定能教国文，这就是当时的逻辑。这一举真让我受宠若惊，但是我心里却打开了鼓：我是学西洋文学的，高中国文教员我当得了吗？何况我的前任是被学生“架”（当时学生术语，意思是“赶”）走的，足见学生不易对付。我去无疑是自找麻烦，自讨苦吃，无异于跳火坑。我左考虑，右考虑，终于举棋不定，不敢答复。然而，时间是不饶人的。暑假就在眼前，离校已成定局，最后我咬了咬牙，横下了一条心：“你有勇气请，我就有勇气承担！”

于是在 1934 年秋天，我就成了高中的国文教员。校长待我是好的，同学生的关系也颇融洽。但是同行的国文教员对我却有挤对之意。全校三个年级，十二个班，四个国文教员，每人教三个班。这就来了问题：其他三位教员都比我年纪大得多，其中一个还是我的老师一辈，都是科班出身，教国文成了老油子，根本用不着备课。他们却每人教一个年级的三个班，备课只有一个头。我教三个年级剩下的那个班，备课有三个头，其困难与心里的别扭是显而易见的。所以在这一年里，收入虽然很好（160 元的购买力约与今天的3200元相当），心情却是郁闷。眼前的留学杳无踪影，手中的饭碗飘忽欲飞。此种心情，实不足为外人道也。

但是，幸运之神（如果有的话）对我是垂青的。正在走投无路之际，母校清华大学同德国学术交换处签订了互派留学生的合同，我喜极欲狂，立即写信报了名，结果被录取。这比考上大学金榜题名的心情，又自不同，别是一番滋味在心头。积年愁云，一扫而空，一生幸福，一锤定音。仿佛金饭碗已经捏在手中。自己身上一镀金，则左右逢源，所向无前。我现在看一切东西，都发出玫瑰色的光泽了。

然而，人是不能脱离现实的。我当时的现实是：亲老，家贫，子幼。我又走到了我一生最大的一个岔路口上。何去何从？难以决定。这个岔路口，对我来说，意义真正是无比的大。不向前走，则命定一辈子当中学教员，饭碗还不一定经常能拿在手中；向前走，则会是另一番境界。“马前桃花马后雪，教人怎敢再回头？”

经过了痛苦的思想矛盾，经过了细致的家庭协商，决定了向前迈步。好在原定期限只有两年，咬一咬牙就过来了。

我于是在1935年夏天离家，到北平和天津办理好出国手续，乘西伯利亚火车，经苏联，到了柏林。我自己的心情是：万里投荒第二人。

在这一段从大学到教书一直到出国的时期中，我的心镜中照见的是：蒋介石猖狂反共，日本军野蛮入侵，时局动荡不安，学生两极分化，这样一幅十分复杂矛盾的图像。

马前的桃花，远看异常鲜艳，近看则不见得。

我在柏林待了几个月，中国留学生人数颇多，认真读书者当然有之，终日鬼混者也不乏其人。国民党的大官，自蒋介石起，很多都有子女在德国“流学”。这些高级“衙内”看不起我，我更藐视这一群行尸走肉的家伙，羞与他们为伍。“此地信莫非吾土”，到了深秋，我就离开柏林，到了小城又是科学名城的哥廷根。从此以后，在这里一住就是十年，没有离开过。

德国给我一月120马克，房租占百分之四十多，吃饭也差不多。手中几乎没有余钱。同官费学生一个月800马克相比，真如小巫见大巫。我在德国住了那么久的时间，从来没有寒暑假休息，从来没有旅游，一则因为“阮囊羞涩”，二则珍惜寸阴，想多念一点书。

我不远万里而来，是想学习的。但是，学习什么呢？最初并没有一个十分清楚的打算。第一学期，我选了希腊文，样子是想念欧洲古典语言文学。但是，在这方面，我无法同德国学生竞争，他们在中学里已经学了八年拉丁文，六年希腊文。我心里彷徨起来。

到了1936年春季始业的那一学期，我在课程表上看到了瓦尔德施米特开的梵文初学课，我狂喜不止。在清华时，受了陈寅恪先生讲课的影响，就有志于梵学。但在当时，中国没有人开梵文课，现在竟于无意中得之，焉能不狂喜呢？于是我立即选了梵文课。在德国，要想考取哲学博士学位，必须修三个系，一主二副。我的主系是梵文、巴利文，两个副系是英国语言学和斯拉夫语言学。我从此走上了正规学习的道路。

1937年，我的奖学金期满。正在此时，日军发动了卢沟桥事件，虎视眈眈，意在吞并全中国和亚洲。我是望乡兴叹，有家难归。但是天无绝人之路，汉文系主任哈隆邀我担任汉语讲师，我实在像久旱逢甘霖，当然立即同意，走马上任。这个讲师工作不多，我照样当我的学生，我的读书基地仍然在梵文研究所，偶尔到汉学研究所来一下。这情况一直继续到1945年秋天我离开德国。

1939年，第二次世界大战正式开幕。我原以为像这样杀人盈野、积血成河的人类极端残酷的大搏斗，理应震撼三界，摇动五洲，使禽兽颤抖，使人类失色。然而，我有幸身临其境，只不过听到几次法西斯头子狂号——这在当时的德国是司空见惯的事——好像是春梦初觉，无声无息地就走进了战争。战争初期阶段，德军的胜利使德国人如疯如狂，对我则是一个打击。他们每胜利一次，我就在夜里服安眠药一次。积之既久，失眠成病，成了折磨我几十年的终生痼疾。

最初生活并没有怎样受到影响。慢慢地肉和黄油限量供应了，慢慢地面包限量供应了，慢慢地其他生活用品也限量供应了。在不知不觉中，生活的螺丝越拧越紧。等到人们明确地感觉到时，这螺丝已经拧得很紧很紧了，但是除了极个别的反法西斯的人以外，我没有听到老百姓说过一句怨言。德国法西斯头子统治有术，而德国人民也是一个十分奇特的民族，对我来说，简直像个谜。

后来战火蔓延，德国四面被封锁，供应日趋紧张。我天天挨饿，夜夜做梦，梦到中国的花生米。我幼无大志，连吃东西也不例外。有雄心壮志的人，梦到的一定是燕涎、鱼翅，哪能像我这样没出息的人只梦到花生米呢？饿得厉害的时候，我简直觉得自己是处在饿鬼地狱中，恨不能把地球都整个吞下去。

我仍然继续念书和教书。除了挨饿外，天上的轰炸最初还非常稀少。我终于写完了博士论文。此时瓦尔德施米特教授被征从军，他的前任已退休的老教授 Prof. E. Sieg(西克)替他上课。他用了几十年的时间读通了吐火罗文，名扬全球。按岁数来讲，他等于我的祖父。他对我也完全是一个祖父的感情。他一定要把自己全部拿手的好戏都传给我：印度古代语法、吠陀，而且不容我提不同意见，一定要教我吐火罗文。我乘瓦尔德施米特教授休假之机，通过了口试，布劳恩口试俄文和斯拉夫文，罗德尔口试英文。考试及格后，仍在西克教授指导下学习。我们天天见面，冬天黄昏，在积雪的长街上，我搀扶着年逾八旬的异国的老师，送他回家。我忘记了战火，忘记了饥饿，我心中只有身边这个老人。

我当然怀念我的祖国，怀念我的家庭。此时邮政早已断绝。杜甫诗：“烽火连三月，家书抵万金。”我却是“烽火连三年，家书抵亿金”。事实上根本收不到任何信。这大大地加强我的失眠症，晚上吞服的药量与日俱增，能安慰我的只有我的研究工作。此时英美的轰炸已成家常便饭，我就是在饥饿与轰炸中写成了几篇论文。大学成了女生的天下，男生都抓去当了兵。过了没有多久，男生有的回来了，但不是缺一只手，就是缺一条腿。双拐击地的声音在教室大楼中往复回荡，形成了独特的合奏。

到了此时，前线屡战屡败，法西斯头子的牛皮虽然照样厚颜无耻地吹，然而已经空洞无力，有时候牛头不对马嘴。从我们外国人眼里来看，败局已定，任何人也回天无力了。

德国人民怎么样呢？经过我十年的观察与感受，我觉得，德国人不愧是世界上最优秀的人民之一。文化昌明，科学技术处于世界前列，大文学家、大哲学家、大音乐家、大科学家，近代哪一个民族也比不上。而且为人正直、淳朴，各个都是老实巴交的样子。在政治上，他们却是比较单纯的，真心拥护希特勒者占绝大多数。令我大惑不解的是，希特勒极端诬蔑中国人，视为文明的破坏者。按理说，我在德国应当遇到很多麻烦。然而，实际上，我却一点麻烦也没有遇到。听说，在美国，中国人很难打入美国人社会。可我在德国，自始至终就在德国人社会之中，我就住在德国人家中，我的德国老师，我的德国同学，我的德国同事，我的德国朋友，从来待我如自己人，没有丝毫歧视。这一点让我终生难忘。

这样一个民族现在怎样看待垂败的战局呢？他们很少跟我谈论战争问题，对生活的极端艰苦，轰炸的极端野蛮，他们好像都无动于衷，他们有点儿茫然、漠然。一直到 1945 年春，美国军队攻入哥廷根，法西斯彻底完蛋了，德国人仍然无动于衷，大有逆来顺受的意味，又仿佛当头挨了一棒，在茫然、漠然之外，又有点昏昏然、懵懵然。

惊心动魄的世界大战，持续了六年，现在终于闭幕了。我在惊魂甫定之余，顿时想到了祖国，想到了家庭，我离开祖国已经十年了，我在内心深处感到了祖国对我这个海外游子的召唤。几经交涉，美国占领军当局答应用吉普车送我们到瑞士去。我辞别德国师友时，心里十分痛苦，特别是西克教授，我看到这位耄耋老人面色凄楚，双手发颤，我们都知道，这是最后一面了。我连头也不敢回，眼里流满了热泪。我的女房东对我放声大哭。她儿子在外地，丈夫已死，我这一走，房子里空空洞洞，只剩下她一个人。几年来她实际上是同我相依为命，而今以后，日子可怎样过呀！离开她时，我也是头也没有敢回，含泪登上美国吉普。我在心里套一首旧诗想成了一首诗：

留学德国已十霜，
归心日夜忆旧邦，
无端越境入瑞士，
客树回望成故乡。

这十年在我的心镜上照出的是法西斯统治，极端残酷的世界大战，游子怀乡的残影。

1945 年 10 月，我们到了瑞士。在这里待了几个月。1946 年春天，离开瑞士，经法国马赛，乘为法国运兵的英国巨轮，到了越南西贡。在这里待到夏天，又乘船经香港回到上海，别离祖国将近十一年，现在终于回来了。

此时，我已经通过陈寅恪先生的介绍，胡适之先生、傅斯年先生和汤用彤先生的同意，到北大来工作。我写信给在英国剑桥大学任教的哥廷根旧友哈隆教授，谢绝了剑桥之聘，决定不再回欧洲。同家里也取得了联系，寄了一些钱回家。我感激叔父和婶母，以及我的妻子彭德华，他们经过千辛万苦，努力苦撑了十一年，我们这个家才得以完整安康地留了下来。

当时正值第二次革命战争激烈进行，交通中断，我无法立即回济南老家探亲。我在上海和南京住了一个夏天。在南京曾叩见过陈寅恪先生，到中央研究院拜见过傅斯年先生。1946 年深秋，从上海乘船到秦皇岛，转乘火车，来到了暌别十一年的北平。深秋寂冷，落叶满街，我心潮起伏，酸甜苦辣，说不出来是什么滋味。阴法鲁先生到车站去接我们，把我暂时安置在北大红楼。第二天，我会见了文学院长汤用彤先生。汤先生告诉我，按北大以及其他大学规定，得学位回国的学人，最高只能给予副教授职称，在南京时傅斯年先生也告诉过我同样的话。能到北大来，我已经心满意足，焉敢妄求？但是过了没有多久，大概只有个把礼拜，汤先生告诉我，我已被定为正教授兼东方语言文学系主任，时年三十五岁。当副教授时间之短，我恐怕是创了新纪录。这完全超出了我的想望。我暗下决心：努力工作，积极述作，庶不负我的老师和师辈培养我的苦心！

此时的时局却是异常恶劣的。以蒋介石为首的国民党，剥掉自己的一切画皮，贪污成性，贿赂公行，大搞“五子登科”，接收大员满天飞，“法币”天天贬值，搞了一套银元券、金元券之类的花样，毫无用处。人民生活在水深火热之中，大学教授也不例外。手中领到的工资，一个小时以后，就能贬值。大家纷纷换银元，换美元，用时再换成法币。每当手中攥上几个大头时，心里便暖乎乎的，仿佛得到了安全感。

在学生中，新旧势力的斗争异常激烈。国民党垂死挣扎，进步学生猛烈进攻。当时流传着一个说法：在北平有两个解放区，一个是北大的民主广场，一个是清华园。我住在红楼，有几次也受到了国民党北平市党部纠集的天桥流氓等闯进来捣乱的威胁。我们在夜里用桌椅封锁了楼口，严阵以待，闹得人心惶惶，我们觉得又可恨，又可笑。

但是，腐败的东西终究会灭亡的，这是一条人类和大自然中进化的规律。1949 年春，北京终于解放了。

有所思

季羡林：人间岁月长

作者
季羡林

选编者
王星淏

封面&内文绘图
舟蒲麦

总策划
王应鲲

项目策划
李　潇

装帧设计
壹　诺　陈　启

策划编辑
方　莹

责任编辑
方　莹　张　琦

特约编辑
李　强　宋晓洋

责任发行
周冬梅

出版社
中国致公出版社

总出品
湖北知音动漫有限公司

制作出品
知音动漫图书•文艺坊

图书在版编目（CIP）数据

季羡林 : 人间岁月长 / 季羡林著. -- 北京 : 中国致公出版社, 2020（2021.7重印）
ISBN 978-7-5145-1261-8

Ⅰ. ①季… Ⅱ. ①季… Ⅲ. ①散文集－中国－当代 Ⅳ. ①I267

中国版本图书馆CIP数据核字(2018)第273714号

季羡林：人间岁月长/季羡林 著

出　版　中国致公出版社
（北京市朝阳区八里庄西里100号住邦2000大厦1号楼西区21层）
出　品　湖北知音动漫有限公司
（武汉市东湖路179号）
发　行　中国致公出版社（010-66121708）
作品企划　知音动漫图书·文艺坊
策划编辑　方　莹
责任编辑　方　莹　张　琦
装帧设计　壹　诺　陈　启
印　刷　武汉精一佳印刷有限公司
版　次　2020年3月第1版
印　次　2021年7月第3次印刷
开　本　960mm×640mm　1/16
印　张　16.5
字　数　207千字
书　号　ISBN　978-7-5145-1261-8
定　价　45.00元